# UN COIN D'AZUR POUR DEUX

DE LA MÊME AUTEURE

*Cinq ami(e)s au soleil*, L'Archipel, 2018.

EMMA STERNBERG

# UN COIN D'AZUR POUR DEUX

*traduit de l'allemand*
*par Jean-Marie Argelès*

ARCHIPOCHE

Ce livre a été publié sous le titre
*Azur Blau für Zwei*
par Wilhelm Heyne Verlag, Munich, 2018,
département de Random House GmBH.

Notre catalogue est consultable à l'adresse suivante :
www.editionsarchipel.com

Éditions de l'Archipel
34, rue des Bourdonnais
75001 Paris

ISBN 978-2-3773-5426-7

# 1

Nous sommes le 30 août, les arbres sont en fleurs et voici exactement un an que ma vie s'est arrêtée. Non que je sois morte, au contraire – si je me fie à ce que je ressens, je suis effroyablement vivante : j'écoute la radio comme tous les matins, j'ai toujours les mains moites quand un contrôleur vérifie si j'ai bien mon billet et je suis, le soir, hors d'haleine quand je monte les escaliers pour regagner mon logement ancien au quatrième étage. Je change tous les jours de sous-vêtements, je me lave les dents matin et soir, je prends des compléments multivitaminés, je fais cuire des pâtes en trop grandes quantités, je respire, je digère, j'ai mes règles. Même mes cheveux continuent de pousser ou, du moins, je dois aller chez le coiffeur tous les trois mois.

Mais ma vie telle que je la connaissais ? Elle est finie.

Il y a un an exactement, je ne me serais par exemple jamais, au grand jamais, réfugiée au café Brel le dimanche matin, uniquement pour ne plus être seule à la maison. Il y a un an encore, le dimanche, soit je serais allée à la salle de sport pour effectuer mes quarante minutes de cross trainer, soit Alex et moi aurions invité des amis pour un brunch – Anni et Peter ou bien Evelyn et Jo, voire les quatre à la fois. Par beau temps, nous aurions peut-être fait un petit tour, mais nous serions sans doute restés tout simplement au lit, lui et moi, pour jouir de la sensation agréable que rien n'était assez important pour nous obliger à quitter notre plumard douillet. Nous nous serions câlinés, nous aurions lu le journal, penchés sur l'iPad d'Alex, nous aurions organisé nos vacances ou nous nous serions tendrement querellés à propos du nom que nous donnerions à notre fils ou à notre fille si, un jour – le plus tôt possible –, nous avions à le faire. Alex aurait fini par se lever pour nous préparer un cappuccino et aller chercher quelque chose de délicieux dans le frigo qui était plein : du jus d'oranges fraîchement pressées, du pudding au chocolat, du fromage et du beurre salé achetés dans la petite fromagerie française de la Vorbergstrasse, du jambon de Parme et de la mortadelle, des rondelles d'ananas, des bottes de cresson et des légumes appétissants. Ensuite, il aurait sorti son vélo de la cave pour aller jusqu'aux portes de la ville et revenir tandis que je me serais traînée du lit jusqu'au canapé avec quelques livres récemment arrivés à la librairie, afin de passer l'après-midi à rechercher des trésors que je recommanderais à mes clients les plus fidèles.

Telle était ma vie jadis : j'avais un petit ami que j'aimais, un boulot qui, dès le matin, m'emplissait de joie. Et des projets d'avenir. Je faisais du sport, je rencontrais à mon gré mes amies et j'avais du camembert au lait cru dans mon frigo.

Et maintenant ? Je n'ai plus rien de tout ça. Depuis un an, je vis seule dans ce qui fut notre appartement. Je ne suis plus retournée à la salle de sport depuis que la librairie où j'ai travaillé avec passion durant quinze ans a soudain fermé, voici huit mois. Parce qu'Iris, ma patronne, est tombée amoureuse d'un autre libraire, à tout juste soixante-trois ans. Lequel libraire n'a bien entendu pas son magasin à Schöneberg ou un autre quartier de Berlin, mais à Palma de Majorque où le couple vend désormais des romans de plage aux nombreux Allemands qui y résident à l'année. D'accord, j'ai toujours dans mon frigo du camembert français, mais ce n'est qu'une pâte molle et insipide de supermarché.

Et mes meilleures amies ? Ma foi, je les ai encore bien sûr. Et je les aime toujours comme personne d'autre au monde, car cela fait une éternité que nous nous connaissons ! Mais voilà : Anni et Evelyn ont des enfants depuis peu et elles ont quitté le quartier. Anni la première. Quand elle est tombée enceinte, Peter et elle ont désespérément cherché un appartement plus grand, mais les loyers ont tellement augmenté ces derniers temps qu'ils n'auraient même plus pu louer un autre deux-pièces. Après mûre réflexion, ils ont fini par emménager à Lichterfelde-Ouest. Certes, ils ont désormais une chambre d'enfant, une cuisine américaine, un petit jardin, ils se garent toujours sans difficulté devant chez eux et ils sont bien desservis par le S-Bahn. Mais, pour moi, c'est trop loin pour simplement aller boire un café avec elle. Et je ne peux pas non plus me rabattre sur Evelyn, car, peu après, celle-ci a emboîté le pas à Anni. En tous points : grossesse, recherche d'un logement, Lichterfelde-Ouest. Depuis, j'erre dans le quartier comme une âme en peine tandis qu'elles se promènent ensemble, avec leurs landaus « high tech », dans le parc du château, comparant les mérites des divers moniteurs de surveillance pour bébés, discutant des problèmes d'endormissement de leur progéniture et des exorbitantes exigences salariales des aides à domicile.

Bien entendu, je m'efforce autant que possible de prendre part à la vie d'Anni et d'Evelyn : je les appelle régulièrement, m'informe de l'état actuel de l'offre de crèches, des troubles du sommeil et de la dermatite du nourrisson. Je m'intéresse aux aliments pour bébés et aux premières manifestations d'opposition, je débats avec passion de la meilleure manière d'obliger un enfant récalcitrant à avaler son sirop antibiotique. Dès que j'en ai l'occasion, je leur rends visite, je pousse les landaus, je prépare des gobelets de cappuccino décaféiné, je dispose les voiles pare-soleil. Pourtant, d'une certaine manière… je ne suis qu'une bonne copine sans enfants, pas une maman comme elles. Je suis certes capable de tenir un bébé, de le bercer, de lui donner le biberon et elles sont toujours mes vieilles copines. D'ailleurs, elles commencent peu à peu à être moins centrées sur leurs enfants et se préoccupent à nouveau de leurs boulots, de la paix dans le monde et de la parité hommes/femmes. Elles paraissent néanmoins avoir pris pied dans un autre monde tandis que, demeurée sur le seuil, je ne peux que deviner comment on se sent de l'autre côté.

Alors que j'aimerais tant le savoir ! Après tout, à l'université, j'étais la seule des trois à aimer parler des bébés, ce qui mettait mes amies mal à l'aise quand le soir, dans un bar, des hommes étaient assis non loin de nous. Voilà pourquoi le sujet des enfants n'est pas chez moi, malgré tout l'amour que je porte aux petits d'Anni et d'Evelyn, tout à fait anodin.

Je suis la femme qui voulait avoir des enfants. Et Alex en souhaitait aussi. Nous envisagions d'en avoir d'emblée au moins deux, voire trois. Et puis il y a eu... comment dire ? Nous avons longtemps essayé, y compris avec une assistance médicale, et quand, un jour, il fut évident que je ne pourrais être enceinte... nous nous sommes bien entendu juré que cela ne changerait rien à notre vie, à notre amour. Mais cela a changé quelque chose. Tout, en vérité ! Le fait de le savoir s'interposa entre nous au point que nous nous sommes perdus en dépit de nos efforts pour nous agripper l'un à l'autre.

Voilà donc pourquoi, un an plus tard, je me retrouve seule dans un bistrot, en train de boire un cappuccino bien loin de valoir celui qu'Alex faisait avec sa machine à café. Mais bon ! Ce n'est pas pour le café que je suis ici. Afin de me changer les idées, je vais au comptoir sur lequel sont soigneusement rangés des journaux et des magazines. Je choisis le quotidien du dimanche et le rapporte à ma table en essayant de me donner l'air intéressé et insouciant d'une citadine célibataire, passant un agréable moment dans son café habituel, et non d'une femme seule et découragée qui ne supporte plus son appartement vide.

Je lisais régulièrement la presse autrefois. Comme la librairie était toujours pleine de gens qui ne passaient que pour prendre une tasse de thé Earl Grey ou faire un brin de causette, je trouvais tout naturel de m'informer, dès le matin, des sujets politiques qui préoccupaient l'opinion, de la situation économique et, bien sûr, des livres qui faisaient un tabac ou un flop. J'aimais la sensation d'être au courant, de parler la langue de mes clients et de gagner leur confiance. Et rien ne surpassait le plaisir que j'éprouvais quand le *Zeit* ou le *Frankfurter Allgemeine* célébrait un livre que je venais de recommander.

Mais tout a changé depuis que la librairie a fermé. À quoi bon se tenir informé de politique ou de littérature quand on n'a personne avec qui en discuter ? Dans le magasin où je travaille désormais, personne n'a besoin de conseil. Les clients ne veulent même pas qu'on leur parle. Le Paradis de la Presse est dans les profondeurs d'une station excentrée, une petite boutique sans fenêtre où l'on ne s'arrête pas plus longtemps que nécessaire. Les gens entrent à toute allure, prennent le journal de leur choix ainsi que des pastilles à la menthe ou un soda, déposent dans le ramasse-monnaie la somme exacte et foncent attraper leur train. Seuls ceux qui ont manqué leur train prennent le temps de choisir un magazine. Mais jamais il ne leur viendrait à l'idée de s'intéresser à la personne derrière le minuscule comptoir, sans même parler de savoir quel hebdomadaire elle pourrait leur conseiller. Si la personne en question se transformait en yucca sous leurs yeux, ils ne s'en apercevraient sans doute pas !

Bien entendu, je suis heureuse d'avoir trouvé un nouveau boulot si vite, mais mon ancienne librairie était en réalité plus qu'une librairie, c'était un peu mon chez-moi. J'aimais cette boutique, l'odeur du thé et du papier, j'aimais bavarder avec les clients et aussi, bien sûr, avec Iris. J'estime toujours que les livres sont un sujet de conversation idéal, car celui qui parle de ce qu'il a lu parle de lui, de ce qu'il ressent, même lorsqu'il évoque les personnages d'un roman. On devient formidablement proche de quelqu'un avec qui on s'entretient de ses lectures, de ce qu'il aime et pourquoi, de ce qui le fait rire ou pleurer, de ce qui lui répugne, l'effraie ou l'émeut.

Je vis toujours dans le même appartement, et j'en connais certes chaque recoin, mais je m'y sens moins chez moi qu'avant. Privée du travail que j'aimais, d'Anni et d'Evelyn, d'Alex. Et puis mon quartier aussi a changé. Nombre de magasins établis de longue date ont mis la clé sous la porte pour laisser la place à des boutiques pour enfants et à des glaciers à la mode. Depuis le mois dernier, même l'épicerie de nuit de la Grunewaldstrasse, où l'on pouvait se rendre en coup de vent, en peignoir et décoiffée, a fermé. Et, à en croire les plaintes de Bettina, la fleuriste, à propos de l'augmentation régulière de son loyer, nous n'en sommes qu'au début. Longtemps on a cru que Schöneberg serait épargné par la gentrification – ici, à la différence du centre-ville ou de Kreuzberg, on peut encore aller boire un café sans avoir à débattre de la torréfaction idéale avec des barbus originaires de Brooklyn. Désormais, les bobos ont découvert l'ancien Berlin-Ouest et la spéculation immobilière les suit. C'en est fini de la vie quasi villageoise du quartier.

Continuant à feuilleter le journal, je m'apprête à lire un article sur la terrifiante addiction aux écrans des jeunes enfants quand un léger courant d'air sur mon épaule me fait lever la tête. À l'entrée du café se tient une femme d'une beauté incroyable, boucles brunes et lèvres pleines, joues roses et grands yeux resplendissants, qui inspecte les lieux afin de trouver une table libre. Elle se retourne vers celui qui l'accompagne et qui entre derrière elle, un homme grand, aux cheveux noirs.

Alex.

L'homme que je n'ai pas revu depuis un an, avec qui je n'ai même pas parlé au téléphone après avoir cru pendant sept ans que je passerais ma vie avec lui.

Alex est sur le pas de la porte, à côté de la plus belle femme qui entrera aujourd'hui dans le café Brel, et sans doute à l'avenir aussi, et il me regarde.

## 2

Tout à coup j'ai l'impression que quelqu'un a coupé le son du monde qui m'entoure. C'est dingue : je sais qu'on parle et qu'on mange autour de moi, que la machine à expresso siffle derrière le comptoir et que des enceintes, dans les coins, diffusent de la musique, mais je n'entends que mon pouls et le bourdonnement de mon sang dans ma tête.

Je vois qu'Alex, comme chaque fois qu'il est embarrassé, se passe la main dans les cheveux d'une main maladroite, geste que je trouvais tout à fait charmant et qui, maintenant encore, m'émeut un peu. Je le vois hésiter un instant, chuchoter quelque chose à la femme et venir lentement vers moi.

— Isa ! dit-il, comme incroyablement surpris de me rencontrer dans le café qui est situé en face de notre ancien appartement.

Il parvient néanmoins à sourire, le sourire doux et chaleureux d'Alex, le sourire dont j'étais tombée amoureuse avant même d'avoir échangé le moindre mot avec lui.

— Tiens, dis-je en réussissant à me fendre d'un sourire. Tu avais le mal du pays ?

— Tu ne le croiras pas mais nous venons de visiter un appartement dans le coin. Dans la Vorbergstrasse, juste au-dessus de la fromagerie.

Il sourit franchement maintenant, comme s'il s'attendait à ce que je le félicite. Tout en cherchant à me ressaisir, je lis dans ses yeux noirs brillants d'innocence qu'il ne pense véritablement pas à mal. Ses paroles, pourtant, me frappent comme autant de balles. Je ne saurais dire laquelle de ses informations est la pire pour moi. Qu'il emploie le « nous » pour parler de lui et de la belle femme là-bas ? Que ce « nous » soit à la recherche d'un appartement ? Ou que cette recherche s'effectue juste sous ma fenêtre, dans notre ancien quartier ? Pense-t-il vraiment que je suis heureuse à l'idée que nous serons voisins ?

Je le regarde fixement et je finis par lâcher un « Ah ? ». Je suis incapable de faire mieux.

— On ne sait pas encore si on va le prendre, il est un peu cher, rétropédale-t-il, l'air effrayé.

Il vient manifestement de comprendre que l'association des mots « nous », « appartement » et « Vorbergstrasse » le conduit sur un terrain glissant. Il préfère changer rapidement de sujet.

— Dis-moi, vous avez dû fermer boutique ? On est passés devant la librairie et c'est devenu un bureau d'architectes !

— En fait, nous n'avons pas *dû*.

Je réponds avec un bref éclat de rire, puis raconte à Alex l'histoire d'Iris et du libraire de Majorque, sur quoi Alex, qui connaît bien Iris, rit à son tour.

— Alors, comme ça, elle a fermé, tout simplement ?

— Oui, c'est ça. Elle a retourné aux éditeurs ce qui pouvait l'être et a fourré le reste dans le conteneur qui l'a suivie à Palma, afin de le ranger dans les étagères de la librairie de son amoureux.

— Et ensuite ? Ça a marché pour eux ? La vieille fille est heureuse là-bas ?

— Je suppose, oui, dis-je en haussant les épaules. En tout cas, elle donne peu de nouvelles depuis son départ.

— Et toi ? demande-t-il.

— Moi ?

— Tu vas bien ?

Je suis au trente-sixième dessous, mais qu'il puisse le supposer à me voir là, seule, devant mon café minable, c'est déjà trop pour moi. Je ne vais certainement pas lui parler de mon emploi au Paradis de la Presse, car, s'il y a quelqu'un qui sait combien je tenais à mon travail à la librairie, c'est bien Alex. Et puis ce n'est même pas un véritable emploi, c'est juste un boulot intérimaire. Ils peuvent me mettre dehors quand ça leur chante.

— Merveilleusement.

— Bien, dit-il. J'en suis heureux.

Nous nous adressons un sourire de convenance et je me rends compte qu'il a grossi depuis notre séparation. Ce n'est pas que quelques kilos supplémentaires lui aillent mal, il a toujours belle allure et quelqu'un qui ne le connaîtrait pas aussi bien que moi ne s'en apercevrait sans doute pas. Mais, pour moi, impossible de ne pas le voir : alors que, les derniers mois de notre relation, il avait maigri, son menton s'est indiscutablement arrondi.

Cela devrait peut-être me satisfaire : rencontrer mon ex et constater qu'il prend un peu d'embonpoint. Au lieu de quoi, cela me fait de la peine, une peine incroyable, parce que je sais qu'Alex ne grossit que lorsqu'il va vraiment bien. Il est l'exemple même de ces gens qui se laissent aller sur la nourriture dès qu'ils se détendent en compagnie d'amis. Une qualité que j'appréciais chez lui parce que moi aussi je ne me sens jamais mieux qu'entourée de personnes que j'aime bien et qui m'aiment bien. Et puis, comment dire ? Alors que, ces derniers mois, je suis généralement seule à table, son léger embonpoint dit clairement que cela n'a pas dû lui arriver souvent.

— Toi aussi, visiblement, dis-je afin d'en finir.

Il rougit.

— Moi…

Je sens soudain mon cœur se remettre à battre et je sais qu'Alex est dans le même cas. Mais impossible d'éluder le sujet. Il y a une autre femme dans sa vie.

— Vous vous connaissez depuis longtemps ?

— Quelques mois.

— Et alors ?

— Eh bien, dit-il. C'est du sérieux. Du très sérieux.

Il me regarde avec de grands yeux.

Et je comprends soudain que ce n'est pas tout. Qu'il veut me dire autre chose. Je jette un regard à la femme qui a entre-temps ôté son manteau. Et je vois tout à coup précisément ce qui, en elle, est si rose, si resplendissant.

Si son visage est magnifique, son ventre aussi rond qu'un ballon l'est encore davantage. Elle est enceinte. Et pas qu'un peu ! Je me demande comment elle avait pu le cacher sous son manteau.

— Oh, fais-je d'une voix atone.

— Je voulais te le dire. Mais je ne savais pas comment m'y prendre, dit-il lentement. C'est allé assez vite, je sais. On ne l'avait pas envisagé mais, d'un seul coup, Sylvie est tombée enceinte et, bien sûr, nous n'avons pas été contre.

Évidemment, me dis-je en mon for intérieur.

Évidemment.

— C'est pour quand... ?

Je regrette aussitôt ma question car, en réalité, je ne tiens pas du tout à le savoir. En fait, je n'ai qu'une envie : disparaître.

— En août, répond-il, avant de préciser : Sylvie paraît beaucoup plus avancée qu'elle ne l'est. En fait, elle n'est qu'au début du sixième mois. C'est que nous...

Il se racle la gorge.

— ... allons avoir des jumeaux.

Il me fixe à nouveau et je sais que je devrais dire quelque chose, le féliciter ou au moins montrer que je suis heureuse pour lui. Je devrais prendre sur moi et aller serrer la main à la jolie femme près de la porte, avoir un mot gentil, la féliciter elle aussi. Mais, au contraire, je me lève d'un bond, saisis ma veste, renverse la chaise que je redresse maladroitement et, dans mon affolement, je fourre le journal dans mon sac à main.

— Isa, dit Alex en tendant la main dans ma direction, un geste d'un autre temps, d'un temps où nous pouvions nous toucher comme ça, tout simplement.

Un temps où ensuite tout allait bien de nouveau, toujours.

Je fais non de la tête. Sa main ne rencontre que le vide et, sans un regard pour l'heureuse et manifestement si féconde Sylvie, je me précipite vers la sortie. À cet instant, je m'aperçois que je n'ai pas payé. Je me retourne vivement, sors un billet de dix euros de la poche de mon pantalon et l'agite pour attirer l'attention de Lina. Puis je le pose sur le comptoir de manière qu'elle puisse le prendre sans problème.

Je fais irruption dans l'Akazienstrasse où l'air frais et printanier me frappe comme un coup de chiffon glacé. J'ai beau connaître ici chaque arbre, chaque parcmètre, chaque pavé, j'ai l'impression d'être rejetée par les flots sur un continent inconnu. Je fais quelques pas, j'essaie de reprendre mes esprits, de décider quelque chose, mais je n'ai pas la moindre idée de ce que je vais faire de moi.

# 3

Dans un film, je partirais en courant au hasard dans la ville, traversant des rues et des parcs, passant à côté d'autres personnes, d'autres destins, du bonheur ou du malheur selon les cas. Mais nous ne sommes pas au cinéma, il s'agit de ma vie et, aucune meilleure idée ne me venant, je traverse simplement la rue, j'ouvre la porte cochère et j'attends, dans l'entrée, qu'elle se referme. Je pose un pied sur la première marche, l'autre sur la suivante, je grimpe un étage, un deuxième, un troisième et j'arrive enfin au quatrième. J'ouvre la porte de mon deux-pièces, je me déchausse et me dirige vers mon canapé par l'étroit couloir.

*En sécurité*, me dis-je en me laissant tomber avec soulagement dans les coussins douillets.

En sécurité.

Mais une seconde plus tard, voilà que commence mon maudit cinéma intérieur, projetant scène après scène. Des images que je ne veux pas voir, mais qui reviennent avec autant d'entêtement que, sur Internet, les bannières publicitaires qu'aucun clic ne réussit à effacer.

Alex avec la femme enceinte qui est beaucoup plus jolie que moi, car, si j'ai moi aussi des boucles brunes, les miennes frisottent et sont rebelles. Je ne suis ni grande, ni mince, mais petite et juste assez peu corpulente pour qu'on ne puisse pas sérieusement dire que je suis grosse. Le seul point que nous ayons en commun, Sylvie et moi, ce sont nos grands yeux ronds, mais qui sont chez moi plus amusants que sexy ou beaux.

Alex dans la salle d'accouchement, en train de caresser les boucles de Sylvie, trempées de sueur mais toujours souples.

Alex avec un siège pour bébé.

Deux sièges pour bébé.

Alex poussant une poussette à deux places dans le parc.

Alex donnant le biberon, changeant les couches.

Alex dans une partie de mamours matinaux à quatre.

Alex et un minuscule nourrisson endormi, blotti contre sa poitrine.

Alex câlinant des bébés sur un canapé.

Alex avec, dans chaque bras, une tendre créature sentant le pain encore chaud.

Alex le chanceux.

Alex doublement chanceux.

Les images ne cessent de défiler, même lorsque j'allume mon petit téléviseur et que je zappe. Elles ne s'interrompent pas non plus quand je me lève du canapé et que, tel un animal de zoo atteint d'hospitalisme, je tourne en rond dans mon appartement, le long de ma bibliothèque et de mes grandes fenêtres doubles à l'ancienne, sur mon plancher qui craque et mes tapis élimés. Je passe devant les photos en noir et blanc qui appartenaient à ma grand-mère et que j'ai laissées accrochées dans l'entrée. Elles ne cessent pas quand je fais couler de l'eau dans la minuscule baignoire de la salle de bains, minuscule elle aussi, et que je m'enfonce dans l'eau chaude avec un roman quelconque. Elles ne cessent pas de défiler, quoi que je fasse.

Au contraire : à cela s'ajoute une idée qui résonne sourdement en moi. *Début du sixième mois*. Au moment où je pleurais si souvent, jour après jour, au point d'éclater en sanglots en rendant une première visite à Evelyn et à sa fille âgée de quatre jours, Alex engendrait des jumeaux avec sa belle et nouvelle amie. Sans l'avoir envisagé. Durant l'automne, tandis que je me sentais chaque jour plus seule, il a trouvé son bonheur.

Cette idée suscite d'un coup en moi une multitude de sentiments. Jalousie et tristesse. Absurdité. Douleur. Je me sens tout à la fois vide et inutile, blessée et humiliée, médiocre et incapable. Tout le monde autour de moi met des enfants au monde. Sauf moi. Ma patronne, qui s'est toujours entichée de personnages romanesques, a trouvé l'amour. Moi, je l'ai perdu. Je me sens abandonnée comme jamais depuis longtemps, mais aussi menacée et attaquée. J'ai l'impression que je devrais me défendre contre quelque chose, m'en protéger, alors que j'ai juste envie de me terrer dans mon trou.

Mais même mon trou n'est plus sûr. Je le comprends soudain. Si Alex emménage dans le voisinage, mon ancien quartier si agréable deviendra un terrain miné.

Rien ne restera plus, alors, de ce qui est mon chez-moi.

Comment pourrai-je me promener avec insouciance dans les rues ?

Comment pourrai-je me sentir libre ?

Je respire un bon coup, mais je sens que quelque chose me serre, me comprime la poitrine.

Alex va être père.

Et moi ?

# 4

Le propre des états d'exception, c'est qu'ils reviennent à la normalité plus vite qu'on ne le pense – on peut s'habituer aux températures extrêmes, à la guerre, à la terreur et, bien sûr, au fait qu'on est désespéré. La raison en est probablement fort simple : on est obligé de pisser même quand, ailleurs, des gens meurent. Le chagrin d'amour n'enlève rien à la nécessité de manger et de boire. Et on aura beau savoir que le monde sombrera demain, on se lavera probablement les dents avant d'aller se coucher. On ne peut s'empêcher de respirer quand bien même on le voudrait. Peu importent les événements autour de soi, on n'a d'autre choix que de vivre.

C'est ainsi qu'en fin d'après-midi, sortant de ma morosité et me redressant dans mon immense canapé, je me suis traînée jusqu'à la cuisine. Elle est toujours à peu près dans l'état où ma grand-mère l'a laissée : de minuscules placards datant des années 1950 avec des tiroirs en verre pour le sucre, la chapelure et la farine. Une petite table de cuisine vermoulue avec des boutons de meuble en porcelaine. Une cuisinière à gaz vieille de plusieurs siècles et qui fonctionne à peine. Mais aussi un buffet blanc laqué acheté par mes soins et déjà bien abîmé. Après m'être préparé un sandwich au fromage et une tasse d'infusion Yogi Tea, j'ai sorti de mon sac à main le journal du dimanche que j'y avais fourré dans ma précipitation, alors qu'en première page un gros tampon bleu indique qu'il appartient au café Brel. Un peu mécontente de mon étourderie, j'ai décidé de le rapporter dès que j'aurais fini mon sandwich. Alex n'y sera probablement plus. L'idéal serait qu'il poursuive sa visite de logements dans un quartier très loin d'ici.

Tout en grignotant mon sandwich, j'ouvre le journal. Ayant déjà lu les pages culturelles, je feuillette les rubriques « politique » et « économie », lisant ici un titre, là un chapeau. Je suis toujours triste, mais je constate qu'un dérivatif aussi familier que la lecture d'un journal fonctionne très bien. J'éprouve une espèce de joie à parcourir les pages sportives et à me demander pourquoi des gens courent, sautent et suent volontairement. Ma séance hebdomadaire de fitness était déjà un supplice pour moi, même si suer sur un cross trainer représente sans doute la manière la plus civilisée de torturer son corps. Une fois les pages locales expédiées, il reste de l'infusion dans ma tasse, et c'est uniquement pour cette raison que je jette un œil sur les offres d'emploi. Comme de bien entendu, il n'y a rien pour une libraire qualifiée, on ne recherche que des ingénieurs, des informaticiens et des diplômés en gestion d'entreprise, si possible spécialisés dans le marketing. Ils doivent être mobiles, capables de prendre des décisions, de travailler en équipe et résistants au stress. En d'autres termes, même si j'avais appris un métier recherché, je n'obtiendrais pas un boulot bien payé.

Je songe à mon travail dans le kiosque à journaux. Endurance ? Créativité ? Bon contact avec la clientèle ?

Au Paradis de la Presse, on a besoin en premier lieu d'un calme stoïque, de chaussures confortables et, dans l'idéal, de bas de compression. On devrait avoir un lecteur de code-barres et pouvoir s'épargner les pensées stupides qui vous viennent quand on encaisse des magazines porno. Sinon, on n'exige pas grand-chose de vous, on n'a même pas besoin de connaître des langues étrangères. Je me débrouille en anglais et, après quelques cours pour adultes, m'en sors passablement en italien, pourtant, même avec le client le plus bavard, je n'ai guère l'occasion de dire plus que *mille grazie* et *have a nice day*.

Mon Dieu, me voilà de nouveau en train de perdre pied : ce boulot, c'est vraiment l'horreur à l'état pur. Chaque minute, tous les jours que Dieu fait, est exactement semblable à la suivante et à la précédente. Je me demande comment ma collègue Hanne a réussi à travailler là depuis seize années sans se suicider. Parfois, le seul nuage de glutamate qui envahit le kiosque depuis le snack chinois d'en face suffit à me faire jouer avec l'idée de courir jusqu'au quai et de me jeter sous l'un des trains qui passent toutes les deux ou trois minutes. Ligne Wittenberg-Cottbus, retard annoncé en raison d'un accident de passager !

Je m'apprête à laisser de côté les offres d'emploi et à me tourner vers le marché de l'immobilier, un des rares sujets qui aient apporté un peu de joie dans ma vie cette dernière année. L'appartement que j'habite m'a en effet été laissé en héritage par ma grand-mère chérie quand elle est morte, il y a dix ans, et chacun sait que les prix de l'immobilier, depuis, ont crevé tous les plafonds. Lire les annonces et évaluer combien mon appartement vaut désormais est chaque fois un petit plaisir.

Mais mon œil s'arrête sur une des offres d'emploi, uniquement parce que s'y trouve un mot qui, normalement, n'a rien à faire dans ce genre d'annonces. Je me penche sur le journal et, effectivement, il y a bien le mot Capri au beau milieu du marché de l'emploi du journal dominical. Je lis l'annonce qui sent un peu l'arnaque, puis je continue à feuilleter.

Pourtant, le journal refermé, je m'aperçois que j'ai le cœur qui bat pour la seconde fois en cette journée.

Je l'ouvre à nouveau. Et je lis l'annonce scrupuleusement, mot après mot.

*Un été à Capri. Auteure cherche assistante personnelle pour des travaux de recherche et de lecture. Connaissances informatiques et permis de conduire indispensables, discrétion exigée. Envoyez, SVP, votre candidature détaillée à : uneteacapri@mailitalia.it.*

Pour qui ne l'aurait pas encore remarqué, je ne suis pas vraiment femme à me lancer dans des folies. Au contraire, j'ai besoin de stabilité dans mon quotidien. J'aime me lever tous les jours à la même heure, rencontrer les mêmes voisins à la même heure dans la cour et garder toute l'année les mêmes collègues. J'aime la série télévisée *Sur le lieu du crime* et la régularité avec laquelle tous les jours, à 20 heures, est diffusé le journal télévisé. Peu importe ce qui s'est passé, peu importe le chaos qui règne dans le monde. Je me maquille toujours exactement comme j'en ai pris l'habitude à l'adolescence. J'ai toujours, grosso modo, la même coupe de cheveux. Je connais mes meilleures amies depuis l'école primaire et, bien que je ne les voie actuellement pas aussi souvent que je le voudrais, il faudrait qu'elles partent très, très loin et qu'elles aient encore de très, très nombreux enfants pour qu'elles perdent leur place dans mon cœur.

Je suis quelqu'un de fidèle, pas une personne capable de changer de vie sur un simple caprice. Et y a-t-il plus grand caprice que de postuler pour un boulot d'assistante d'une écrivaine ?

Pourquoi donc mon cœur bat-il si fort ?

D'un autre côté pourtant, ne suis-je pas devenue libraire parce que l'écriture m'attire de façon quasi magique ? Ce n'est pas seulement que j'aime lire. J'adorerais écrire moi-même, mais je n'ai pas de grandes dispositions en la matière et je ne deviendrais vraisemblablement jamais une auteure convenable. Cependant, j'y prends du plaisir. En participant pendant mes études à plusieurs ateliers d'écriture créative, je me suis aperçue que je maîtrisais correctement la langue et que, de plus, j'étais capable de relever la moindre erreur dans les textes des autres. Les autres participants m'avaient même surnommée « l'inspecteur Columbo » en hommage à l'infaillibilité de mon regard. Et puis j'ai le permis de conduire et je me débrouille fort bien avec mon ordinateur. Je parle italien de surcroît, même si ce n'est pas couramment.

C'est ainsi que, ce triste dimanche d'avril, je m'adresse, par écran interposé, à une inconnue qui habite à Capri, dans la mesure du moins où il ne s'agit pas d'une mauvaise plaisanterie. C'est fou ? Peut-être, mais je n'ai pas grand-chose à perdre, n'est-ce pas ? Et, très franchement, je serais prête, défiant toutes mes angoisses existentielles, à échanger mon travail au Paradis de la Presse contre infiniment moins attirant qu'un été sur une île de la Méditerranée.

J'ouvre ma messagerie. Je tape l'adresse, j'écris dans la case « objet » *Votre offre d'emploi du 30 avril*, et comme, en dépit de ma subite audace, des doutes m'assaillent, je me dépêche d'écrire.

# 5

L'euphorie est bien entendu de courte durée. Mon ordinateur à peine refermé, je suis plus honteuse qu'autre chose. Semblable à un adulte avouant soudain qu'il croit au Père Noël. Je me sens prise sur le fait et un peu stupide. Lorsque, quelques minutes plus tard, je quitte l'appartement pour rapporter le journal au café Brel, j'ai le pressentiment que toute cette affaire cache quelque chose et j'espère juste que mon adresse e-mail ne sera pas utilisée à des fins illégales. De toute façon, même si cette écrivaine existe, je n'entendrai pas parler d'elle.

Avant de remettre le journal à sa place, je relis l'annonce une dernière fois. *Un été à Capri. Auteure recherche.* Mais le battement de tout à l'heure ne revient pas. Il ne revient pas quand j'avale rapidement un expresso au comptoir. Ni quand je grimpe les quatre étages de chez moi et que, comme à l'ordinaire, je perds le souffle. Il ne revient pas davantage quand, le soir, après le journal télévisé, je regarde *Sur le lieu du crime*, qui, une fois n'est pas coutume, se révèle vraiment captivant.

Toujours pas de battements de cœur le lundi quand je passe la journée au Paradis de la Presse, à ranger sur les étagères les nouveaux magazines et que je transporte les anciens dans un dépôt où le grossiste viendra les prendre le lendemain matin. Le mardi, durant les heures interminables que je passe derrière la caisse, je ne ressens de nouveau rien.

Le mercredi matin, j'oublie même pour la première fois de consulter ma messagerie dans l'espoir d'une réponse et, le soir, quand j'y repense, je n'en trouve naturellement pas, ni dans la boîte de réception ni dans la boîte des spams. Au fond, c'est assez logique, non ? Je veux dire : un boulot d'été mystérieux comme assistante personnelle de je ne sais qui sur une île de rêve ? Des hordes de postulants éminemment qualifiés ont dû se faire connaître, qui non seulement parlent couramment l'italien mais sont bardés de diplômes et possèdent une longue qualification en tant que lecteurs d'une maison d'édition. Qui ne se contentent pas d'affirmer qu'ils possèdent un flair grammatical ou orthographique exceptionnel, mais qui peuvent le prouver. Malgré ma conviction que cette affaire n'est qu'un attrape-nigaud, un léger doute m'envahit : n'aurais-je pas dû mentir un peu, comme tout le monde l'a fait probablement ? J'aurais au moins dû prétendre avoir passé avec brio mon diplôme d'italien plutôt que d'avouer avoir interrompu les cours de l'université municipale. Pourtant, si j'avais menti, j'aurais sans doute peur d'être démasquée maintenant. En effet, j'ai certes l'habitude de garder pour moi mes soucis et mes contrariétés, mais mentir vraiment me plonge dans un tel stress que je m'y résous uniquement dans le cas où dire la vérité m'est véritablement impossible. En définitive, je suis donc soulagée, même si quelqu'un de moins scrupuleux que moi devait obtenir cet emploi. Un emploi auquel je ne crois de toute façon guère.

C'est ainsi que se déroulent le jeudi et le vendredi. En fait, j'avais le projet d'aller à Lichterfelde le samedi parce qu'Anni, son mari et leur enfant passent un long week-end sur l'île de Rügen et qu'Evelyn et moi comptions aller nous promener. Mais elle s'est finalement décidée pour une journée entière chez Ikea et ça, vraiment, je peux m'en dispenser.

Je me résous donc à passer la matinée dans la boutique de Bettina, la fleuriste du coin de la rue. Depuis le déménagement de mes copines, elle est mon dernier refuge dans le quartier. Venue de Hanovre à Berlin voici treize ans, elle a réussi à transformer sa boutique en véritable lieu de rencontre du voisinage. Tout le monde dans les environs connaît cette blonde un peu rondelette et sans façons, mais toujours de bonne humeur et souriante. Les gens l'apprécient. Moi aussi, je me sens très bien en sa présence. Et lorsque, le samedi matin, je suis assise dans sa boutique entre des freesias, des renoncules et de gigantesques lys, j'arrive presque à oublier qu'il n'y a sinon aucun endroit au monde où je ne me sente pas seule un samedi ensoleillé.

— Bonjour, Bettina, lancé-je en entrant dans sa boutique qui déborde de plantes aux vives couleurs, ignorant de derrière quel bouquet de tulipes ou de roses va surgir son visage rieur.

— Hello, Isa, ravie de te voir ! répond-elle en se redressant derrière le comptoir et en me lançant un sourire radieux.

Puis ses yeux tombent sur les deux gobelets de café que je tiens à la main.

— Oh ! Il y en a un pour moi ?

Je lui en tends un.

— Avec beaucoup de lait, bien sucré.

— Tu es un ange ! dit-elle en le prenant. Alors ? Comment s'est passée la semaine ? Comment vas-tu ?

— Super bien, dis-je, et ce n'est même pas un mensonge, car le superbe royaume fleuri de Bettina me met, comme toujours, d'excellente humeur. Et toi ?

— Tout baigne, rigole-t-elle, avant d'entreprendre de me raconter les derniers potins du quartier : qui est malade, qui est en vacances, où il y a eu un cambriolage, où il y a des travaux de rénovation.

Tout en bavardant, je me rends utile : je l'aide à déplacer des bacs à fleurs et à envelopper dans un élégant papier de soie rose des bouquets soigneusement ficelés, j'agrafe sur des factures manuscrites des reçus de cartes de crédit ; à l'occasion, je prépare même les fleurs destinées à un bouquet, raccourcissant les tiges, enlevant les feuilles superflues. Quand il n'y a pas de clients, nous bavardons avec des voisins qui passent par là, je raconte ce qui, en ce moment, préoccupe Anni et Evelyn, ce que j'ai vu et entendu dans mon kiosque. Un samedi matin chez Bettina, c'est un peu comme si je disposais dans le monde d'une place au soleil. Aux environs de midi, quand le calme se fait dans la boutique et que je suis allée chercher un autre café chez le glacier d'à côté, arrive enfin le moment où je peux parler de ma rencontre avec Alex qui, après tout, a été longtemps son voisin. Je passe évidemment sous silence combien cette rencontre m'a bouleversée. Bettina a beau être la personne du quartier la plus appréciée, une femme toujours de bonne humeur, je n'ai pas envie de laisser paraître ma faiblesse devant elle. C'est d'ailleurs sans doute précisément sa bonne humeur qui m'en dissuade. Quand on a affaire à quelqu'un qui est autant en paix avec soi-même, aussi fort, satisfait et indépendant qu'elle l'est, comment pourrait-on se mettre à nu et montrer à quel point on est soi-même quelque chose de petit et de vulnérable ? À qui viendrait l'idée de se plaindre à une reine de beauté de ce qu'on se trouve un cul trop gros ?

Et, bien entendu, Bettina réagit en riant quand je lui parle d'Alex et de sa progéniture gémellaire, un rire connu dans toute la rue parce qu'il est aussi contagieux que le virus de la grippe. Impossible de ne pas se laisser emporter par un rire comme celui-ci.

— Alex va avoir des jumeaux? Ha! Ha! Ha! Ça promet! Déjà qu'il ne savait à quel saint se vouer quand il devait décider s'il allait t'offrir des tulipes blanches ou des tulipes jaunes!

Je ris avec elle bien qu'à cette évocation j'aie plutôt envie de pleurer à nouveau. Alex m'apportait des tulipes, surtout vers la fin de notre liaison, afin de me consoler, de me dérider, de me montrer combien il m'aimait. Bettina ignore tout de ça. Quand Alex et moi nous sommes séparés, je lui ai seulement dit que nous nous étions détachés l'un de l'autre.

— Tu crois qu'il va réussir à s'en sortir ? demande Bettina.

— Mais bien sûr, affirmé-je en rougissant un peu. Je souhaite juste qu'il s'en sorte ailleurs qu'ici, dans ce quartier, où je le croiserais tout le temps.

— Tu veux que je lui interdise d'entrer chez moi ? demande-t-elle avec un sourire moqueur, fronçant les sourcils.

— Ça serait sympa, oui, réponds-je en lui rendant son sourire.

— C'est comme si c'était fait. Et de toute façon, je ne vends pas aux femmes enceintes !

Elle ment, bien sûr : Bettina n'a jamais refusé de se montrer cordiale avec qui que ce soit. Elle parvient même à arracher un sourire à la propriétaire, en permanence grincheuse, du salon de massage thaï du bout de la rue.

— Ce n'est pas ton téléphone qui sonne ? demande-t-elle tout à trac.

— Pardon ?

J'ai parfaitement entendu ce qu'elle disait, mais il faut un petit moment avant que la signification de ces mots arrive à mon cerveau.

— Ton téléphone, répète-t-elle, mais, ayant moi-même perçu la sourdine, je l'ai déjà pris dans mon sac à main.

— Oui ? dis-je tandis que s'est affiché le mot « anonyme » sur l'écran allumé, à la place du nom du correspondant.

Habituellement, je ne reçois pas d'appels anonymes, à l'exception peut-être des casse-pieds du service clientèle de mon assurance qui, toutes les deux ou trois semaines, veulent me convaincre que ce serait un suicide financier de ma part de ne pas me protéger contre le bris de verre, le vol de bicyclette ou je ne sais quoi encore.

— Je sors un instant, dis-je, perplexe, tandis qu'au même moment une cliente entre dans le magasin.

Pendant que Bettina l'accueille avec un sourire, je me dépêche de quitter la boutique.

— Allô ?

Je m'attends à entendre un quelconque génie du marketing susurrer à mon oreille.

En réalité, la voix à l'autre bout du fil n'a pas la suavité de celle d'un centre d'appels. Une voix plus vieille aussi. Elle évoque une vie bien remplie où n'ont manqué ni le vin, ni les cigarettes, ni les longues conversations nocturnes.

— Vous êtes bien Isabell Ritter ?

— Oui, dis-je, perplexe.

— Très bien, je suis Mitzi Hauptmann.

— Mitzi Hauptmann ? répété-je d'un ton de surprise car ce nom me dit quelque chose. L'écrivaine ?

— Vous me connaissez, répond la dame d'une voix forte et râpeuse. Je savais bien qu'avec vous je frappais à la bonne porte.

Pourquoi, Dieu du ciel, Mitzi Hauptmann m'appelle-t-elle ? Puis je commence à comprendre : l'annonce ! Je reprends mon souffle.

— J'ai travaillé quinze ans comme libraire, alors bien sûr que je vous connais ! *Dans les jardins étrangers*, c'est bien de vous ? Ou *Les Bateaux lointains*, c'est bien ça, le titre ? Et *Une ultime danse*, qui fait même partie des programmes scolaires ! récité-je d'un trait.

— Exact, dit Mitzi Hauptmann d'une voix soudain un peu contrariée, presque comme si mon énumération lui était désagréable.

Mitzi Hauptmann est pourtant assez célèbre. Ou, du moins, elle l'a été. Parce que… pour être franche, j'ignorais qu'elle était encore en vie. Ses grandes œuvres datent plutôt des années 1960 et 1970.

— L'annonce… était de vous ?

— Je ne voulais pas donner d'idées stupides à des journalistes ou à des fans un peu détraqués. Aussi n'ai-je pas mis mon nom dans l'annonce. Mais oui, c'est exact : je cherche quelqu'un pour me donner un coup de main cet été.

— Vous voulez écrire un nouveau roman ?

— Mes mémoires, dit-elle, et en dépit de la distinction avec laquelle elle prononce ce mot, j'ai subitement l'impression d'entendre une gamine berlinoise qui aurait pris de l'âge.

Mitzi Hauptmann serait-elle originaire de ma ville natale ? Je l'ignore totalement et je n'ai de toute façon pas le loisir de m'en préoccuper plus longtemps. Elle ajoute d'un ton sec :

— Dans la mesure, du moins, où je me souviens de ma vie.

— Comment se fait-il que vous ayez besoin d'aide pour écrire vos mémoires ?

— Eh bien, mon enfant, je suis une vieille toupie, vous devez le savoir. Quand j'étais jeune, j'écrivais mes livres à la main, mais je vois à présent si mal que c'est à peine si j'arrive à déchiffrer mes gribouillages. D'autant que ce que j'écris aujourd'hui ressemble plus à un électrocardiogramme qu'à autre chose. Voilà pourquoi, depuis peu de temps, je me suis résolue à dicter mes textes.

— Vous avez donc besoin de quelqu'un pour taper à la machine ?

— Ah, je savais bien que vous n'étiez pas née de la dernière pluie, dit-elle en éclatant d'un rire tonitruant.

Je ne peux, à mon tour, m'empêcher de rire aussi, tout en me demandant si je dois être vexée, déçue ou paniquée.

Déçue, parce que… ma foi, je ne sais pas ce que j'avais imaginé, mais en tout cas c'était tout autre chose que simplement taper à la machine. Quelque chose… réclamant de la créativité. Paniquée, parce que je ne sais pas si j'arriverai à taper ce qu'une autre personne me dictera. Certes, j'ai pris des cours de dactylographie. Mais un livre entier ? Pendant ces cours, la professeure nous a tout au plus dicté une lettre. Et puis, ça date de quelques années.

Quelques ? Ça va bientôt faire vingt ans.

— Mais vous savez taper à la machine au moins ? me demande-t-elle comme ayant lu dans mes pensées.

— Ça oui, dis-je, hésitante, avant d'avouer : Il se pourrait que j'aie un peu perdu la main.

— Pensez-vous pouvoir réactiver vos aptitudes ?

— Euh… certainement, affirmé-je bien que je ne sois absolument pas certaine de savoir encore taper à la machine ou d'en avoir envie.

— Et vous maîtrisez aussi les ordinateurs et Internet ?

— Ça, ce n'est pas un problème, réponds-je avec, cette fois, absolument bonne conscience.

— Eh bien, parfait.

— Mais pour ce qui est de retravailler un texte…

— Eh bien ?

— Eh bien, je ne suis pas lectrice. Pas une vraie.

— Mais vous maîtrisez l'orthographe et la syntaxe ?

— Oui, mais…

— Ça me suffit. L'essentiel, voyez-vous, c'est que je remette un manuscrit qui ne me ridiculise pas totalement. Au bout du compte, le texte sera à nouveau préparé et corrigé chez l'éditeur. Nous n'aurons pas à nous casser la tête pour de petits détails. Il faut bien qu'ils aient aussi quelque chose à faire, vous ne croyez pas ?

— OK !

— O-kay, répète-t-elle d'un ton amusé, et cette fois je suis presque sûre qu'elle a un accent berlinois.

— Euh, oui, dis-je, me corrigeant.

Puis nous restons l'une et l'autre quelques secondes sans rien dire.

— Madame… madame Ritter, reprend-elle. Je vous offre un travail, mais je ne peux maintenir ma proposition que si j'ai l'impression que cela vous intéresse vraiment, vous aussi.

— Cela m'intéresse, m'empressé-je de confirmer.

— Dans ce cas, marché conclu. Je vais donc vous préciser les conditions. Voilà : je suis en mesure de vous proposer cinq cents euros par semaine, vous serez nourrie et logée de surcroît. Vous n'aurez pas à travailler toute la journée. Quelques heures le matin et, l'après-midi, uniquement les jours où ça marche comme sur des roulettes, mais je présume que ça arrivera rarement. Vous aurez vos dimanches libres, ce qui vous laissera tout le temps pour explorer l'île. Si ça vous chante, vous pourrez même emprunter ma voiture. On ne me laisse de toute façon plus prendre le volant et, ma foi, je n'en ai pas non plus l'envie.

— Mais je vais devoir m'installer à Capri.

C'est drôle, mais c'est en entendant le mot « île » que je me rappelle soudain pourquoi l'annonce m'a sauté aux yeux.

— Holà, holà, « m'installer » est un bien grand mot… ce ne sera que pour un été. Et le voyage sera naturellement à mes frais.

Je parcours du regard l'Akazienstrasse où un vent beaucoup trop frais agite les rangées d'arbres au maigre feuillage. Mes yeux se portent sur le café Brel, sur mon appartement. Ils se tournent en direction du bureau d'architecte sommairement aménagé dans lequel, voici six mois encore, nos étagères et notre librairie étaient bourrées de livres. Deux enfants passent devant moi en courant ; un chien accompagne son maître ; de l'autre côté de la rue, on livre une cargaison de bière au Petit Bistrot. Je jette un coup d'œil à l'intérieur de la boutique où Bettina est en train d'envelopper un gros bouquet de tulipes dans du papier de soie tout en bavardant avec la cliente.

Et soudain je sais que mes hésitations n'ont rien à voir avec la perspective de n'être que la secrétaire de Mitzi Hauptmann. À vrai dire, je trouve même cette perspective assez excitante.

Mais je m'aperçois que ce qui m'effraie, c'est l'idée que je vais passer l'été ailleurs qu'ici. Et j'ai beau me sentir terriblement seule, il n'empêche que c'est ici que je suis chez moi. Qu'aurai-je gagné si, dans quelques mois, à mon retour, je me sens étrangère et déracinée ? Si je rencontre alors Alex et sa famille assis à ma place habituelle au café Brel ? Si Evelyn et Anni m'ont complètement oubliée ? Si Bettina s'est trouvé une autre compagnie que la mienne pour ses samedis au magasin ? Puis-je même laisser mon appartement vide aussi longtemps ? Et ai-je vraiment envie d'abandonner ainsi mon boulot et de me retrouver sans emploi à l'automne ?

— Madame Ritter ?

— Mon problème, ce n'est pas l'argent, avoué-je. C'est juste que je n'ai pas encore réfléchi sérieusement à la question de savoir si je peux plier bagage aussi longtemps.

Mitzi reste silencieuse et moi de même.

— Voudriez-vous me rappeler quand vous aurez pris votre décision ? finit-elle par dire. De quel délai de réflexion avez-vous besoin ?

— Je ne sais pas, peut-être jusqu'à demain ?

Mitzi Hauptmann respire à fond avant de répondre :

— Bon, d'accord.

Je sens combien lui coûte l'effort qu'elle se donne pour paraître convaincante.

Je perçois clairement qu'elle est en train d'abandonner l'idée d'avoir trouvé l'oiseau rare pour son travail. Il se peut que, du doigt, elle cherche déjà sur sa liste de postulants le numéro de téléphone en deuxième position.

— Quoique, à vrai dire…, m'empressé-je de reprendre, parce que, brutalement, ma propre irrésolution m'irrite au plus haut point.

Mais qu'est-ce qui m'arrive ? Rien ne me retient ici. Je n'ai même pas à sous-louer mon appartement puisque je ne paye pas de loyer. Et pour une fois que je peux me féliciter d'avoir un emploi merdique sans préavis de licenciement !

— À vrai dire ?

— À vrai dire, je n'ai absolument pas à réfléchir.

— Non ?

— Non.

— Donc, vous dites non ?

— Non.

Mitzi Hauptmann rigole un bon coup.

— Bon alors, où en est-on ?

— Je ne dis pas non.

— Donc, vous dites oui.

— Oui !

— Forrrmidable ! s'écrie-t-elle avec enthousiasme. Je suis ravie. Car, pour ne rien vous cacher, les autres candidatures n'étaient guère convaincantes : que des gens ne soient même pas capables, dans leur lettre de motivation, de faire référence au texte de l'annonce…

Comment confier à une telle personne le soin d'avoir une vue d'ensemble sur un manuscrit ?

Je me garde de tout commentaire, car, très franchement, je ne suis pas certaine d'avoir moi-même cette vue d'ensemble. Mais je suis bien entendu heureuse d'avoir été, dimanche dernier, assez désespérée pour me donner un peu de peine.

Je m'aperçois d'ailleurs que je suis heureuse de manière générale. Vraiment heureuse ! Pour la première fois depuis très longtemps je suis envahie par quelque chose qui ressemble à de la joie de vivre.

— Je suis heureuse, moi aussi, dis-je en même temps que je sens mon visage s'illuminer d'un sourire, un sourire, un rire, une illumination.

Et, bien que cette journée soit une grise journée de printemps berlinoise, que mes yeux ne rencontrent que de gris visages berlinois, je sens déjà une douce brise jouer avec mes cheveux et le soleil italien me réchauffer la peau. Je vois scintiller la Méditerranée et des barques de pêcheurs se balancer sur les vagues.

— Quand dois-je commencer, au fait ? demandé-je.

— Si ça ne tient qu'à moi, tout de suite.

# 6

Puis la nostalgie me rattrape à nouveau.

Deux semaines plus tard, tandis que je me retrouve en compagnie de mes fidèles amis autour de ma table : Evelyn, toujours aussi gaie, la chaleureuse Anni, Peter et Jo, ainsi que les enfants. Bettina est également de la partie, et, quelques minutes plus tôt, mes voisins préférés étaient là eux aussi : l'amical M. Hofmann qui habite sur le même palier que moi et la vieille Mme Siemes, qui occupe l'appartement au-dessous du mien et qui était déjà une amie de ma grand-mère. Je sers du café, du mousseux et du jus de raisin pétillant, tout le monde rit, les enfants gloussent à l'envi et dessinent des motifs de leur choix dans la fine couche de sucre en poudre et de miettes de gâteau qui recouvre la table.

Mais, bien que tout soit presque comme jadis, rien n'est pourtant comme avant. Comme du temps où je vivais ici avec Alex, quand il n'y avait pas encore d'enfants, quand la conversation n'était jamais interrompue par quelqu'un allant chercher un biberon, une tétine ou se dérangeant pour aller changer une couche. Et quand il n'y avait pas dans le couloir une valise toute prête.

J'avais l'intention de dire quelques mots d'adieu, du genre : certes, je pars en voyage, pourtant mon cœur restera ici, à Berlin, avec mes amis, mais je n'arrive pas à trouver le moment opportun. Chaque fois que je m'apprête à prendre la parole, il y a quelqu'un pour renverser un verre de jus de fruits et éponger le liquide avec des serviettes en papier, un deuxième pour aborder un tout autre sujet, un troisième pour réclamer un café supplémentaire. Il se passe sans arrêt quelque chose. Quand, au cours de l'après-midi, après mon troisième verre de mousseux, je suis d'humeur méditative et que j'éprouve alors le besoin impérieux de dire quelque chose, il est déjà si tard qu'Anni et Evelyn sont obligées de partir et que nous avons juste le temps de nous embrasser, avec chaleur mais en hâte, parce qu'un des enfants se met à pleurer de fatigue.

— Salut, tout le monde !

— Prends soin de toi, chère Isa, et bonne chance !

— Bon voyage !

— Et donne de tes nouvelles, surtout !

Bettina et moi, nous nous retrouvons soudain seules, au milieu d'un chaos invraisemblable de serviettes, de verres et de couvercles de petits pots, et nous avons peine à concevoir que puisse tout à coup régner un tel silence.

— Ouf, gémit-elle en grimaçant un sourire dans ma direction.

— Ça, tu peux le dire.

Je lui souris en retour.

Nous portons les assiettes, les verres et les couverts à la cuisine et, tandis que Bettina s'attaque à la vaisselle, je nettoie la table. Je regarde un instant autour de moi, dans cet appartement où je me suis longtemps sentie si bien et que je vais quitter pour un bon moment. Je m'envole demain matin pour Naples.

À l'aéroport, je prendrai un taxi pour me rendre au Molo Beverello, l'endroit du vaste port de Naples d'où partent les ferrys pour Capri. J'ai tout bien en tête. Mais pas la moindre idée de ce qui m'attend.

Si, à l'instant encore, j'étais soulagée que mon appartement ait retrouvé son calme habituel, je me sens soudain oppressée. Parce que je devine que seul l'appartement ne changera pas durant mon absence. La vie de mes amies va poursuivre son cours, leurs enfants vont grandir, apprendre à marcher et à parler. Dans le kiosque à journaux, ils me remplaceront, Bettina continuera à vendre des fleurs qui se faneront, tandis qu'ailleurs d'autres fleuriront. Les jumeaux d'Alex naîtront même si je préfère ne pas y penser. J'ai l'impression de m'être égarée dans une autre époque, l'impression que tous ceux qui m'entourent ont fait un pas dans l'avenir alors que moi, je suis restée dans le présent.

Et maintenant ? Ma propre vie va-t-elle enfin adopter un véritable cours cet été ?

Et en réalité, en ai-je envie, est-ce que je le désire vraiment ? Pourquoi ai-je si peur à l'idée de commencer quelque chose de nouveau ?

Quelle fichue trouillarde je fais !

Je passe dans la cuisine où Bettina, devant l'évier, remplit l'égouttoir de verres et d'assiettes. Je contemple un instant mon amie, son petit corps rondouillet, ses cheveux blonds qui tombent toujours un peu en désordre sur ses épaules, ses mains rougies, crevassées de sans cesse manier des épines, des fougères et des feuilles. Puis je fais quelque chose que je n'ai encore jamais fait : me plaçant derrière elle, je la prends si fort dans mes bras qu'elle n'éclate de rire qu'une fraction de seconde avant de retrouver son sérieux.

— Tu vas me manquer, Bettina.

— Toi aussi, ma chérie. À moi aussi.

## 7

Le lendemain matin, je descends l'escalier en tirant ma lourde valise, je monte dans le taxi qui m'attend et je traverse comme en rêve ma ville qui s'éveille et qui ne remarque absolument pas que je la quitte. L'unique chose qui intéresse le chauffeur, c'est de savoir si je désire me rendre à Tegel ou à Schönefeld. La circulation, de l'autre côté de la vitre, connaît les mêmes embouteillages et dégage la même puanteur qu'un lundi matin habituel.

On traîne des chariots, on imprime des billets et on trie des bagages dans le hall des départs. Personne ne se soucie de savoir ce que moi et ma valise veulent. Que je sois tout excitée n'intéresse personne non plus. Personne ne m'observe tandis que je me fais enregistrer pour le vol Berlin-Naples et que le tapis roulant emporte mon bagage vers les profondeurs du système digestif de l'aéroport. Et aucune fanfare ne joue quand je monte dans l'avion avec les autres passagers, comme les innombrables hommes d'affaires et touristes qui, jour après jour, semaine après semaine, parcourent le monde par la voie des airs.

La Terre continue de tourner, sans se soucier un instant de ce que je décide, de ce que je pense, fais et ressens, ou de ce que je ne fais pas. Et, subitement, cette idée ne me chagrine plus. Je me sens le cœur léger. Je scrute du regard les visages des gens qui se bousculent autour de moi pour rejoindre leur place et j'entends avec bonheur mon cœur battre de joie et d'angoisse, s'accélérer dans ma poitrine.

J'éprouve une sensation de liberté. Depuis combien de temps ne l'avais-je plus éprouvée ? Je ne peux m'empêcher de penser à la première fois où je suis partie en vacances sans ma mère, un voyage en Toscane avec Jan, mon premier véritable ami. Quel plaisir de flâner dans des villes et des villages où personne ne savait qui j'étais, où je pouvais tout simplement être celle que je voulais être. C'est la première fois où je me suis sentie vraiment libre devenir quelqu'un prenant possession de sa propre vie, sans avoir toujours à ne faire que ce qu'on attend de lui.

Je ferme les yeux quand l'appareil commence à rouler sur la piste. Je le sens accélérer, les roues avant puis les roues arrière décoller du sol, je sens que nous gagnons de l'altitude et que nous laissons Berlin au-dessous de nous, pareil à un tas de jouets dont on n'a plus besoin.

Je sors de mon sac la grammaire d'italien pour élèves avancés que je n'ai pas cessé de feuilleter ces derniers jours (de même que je me suis entraînée plusieurs soirs de suite à taper à la machine). Mais je ne l'ouvre finalement pas, préférant continuer à m'abandonner à mes pensées. À quoi ressemblera cette vie à Capri, dans la maison d'une écrivaine célèbre ? Pour la première fois depuis notre entretien téléphonique, je n'ai pas l'impression que ce n'est pas le bon moment pour y penser. Rien ne s'oppose à faire un peu marcher son imagination. En même temps, mille questions naissent en moi :

allons-nous au moins nous comprendre ? Quel est son genre de vie ? Voit-on la mer de chez elle ? Pourrai-je m'y baigner ? Et arriverai-je enfin de nouveau à bouquiner un peu à ma guise ? Comment vais-je passer mes journées ? Aurai-je véritablement du temps pour moi seule ? Et qu'en ferai-je ?

Mon regard tombe sur l'écran qui, deux rangées devant moi, est accroché au plafond de la cabine entre des lampes et des buses d'aération. On y voit, dans un film animé par ordinateur, un petit avion se déplacer lentement au-dessus d'un continent, traverser l'Allemagne, puis les Alpes en direction de la Méditerranée.

Quand l'hôtesse de l'air passe, je prends un jus d'orange et un paquet de biscuits. Est-ce que Mitzi Hauptmann et moi-même nous mangerons ensemble ? Y aura-t-il un café à proximité de chez elle ? Je me rends soudain compte que je connais certes son adresse à Capri, mais que, contrairement à ce que je m'étais promis, j'ai totalement oublié de chercher sur Google Maps où était exactement située sa maison. Je sais qu'elle se trouve dans un village nommé Anacapri, une commune tranquille, plutôt agricole à en croire le guide de voyage, dans l'ouest de l'île qui est loin d'être aussi riche que le chef-lieu, Capri. La vie y est moins chère et les touristes moins nombreux. Mais Mitzi habite-t-elle dans le village ou bien à l'extérieur ? Je suis un peu contrariée de m'être aussi peu souciée des détails. En fait, je me suis contentée de survoler l'article Wikipedia consacré à l'île, relevant par exemple qu'elle compte moins de quinze mille habitants répartis sur à peine dix kilomètres carrés. J'ai aussi feuilleté le guide de voyage acheté dans la librairie de la Golzstrasse, qui m'a appris que Capri a de tout temps attiré beaucoup d'artistes, d'écrivains et de personnalités inattendues : Lénine par exemple, Rainer Maria Rilke et le médecin suédois Axel Munthe qui, au début du XX^e siècle, a écrit un best-seller mondial sur sa vie dans l'île. Liz Taylor, Kirk Douglas et Greta Garbo y vinrent eux aussi. C'est là que Brigitte Bardot a coupé son pantalon, inventant ainsi son légendaire « pantalon corsaire ». Aujourd'hui encore, la moitié d'Hollywood vient, paraît-il, sur l'île, et Maria Carey y a même passé sa lune de miel. Mais je n'ai pas la moindre idée de ce que la vie sur l'île me réserve. D'un autre côté, comment le pourrais-je ? Ce n'est pas sur Internet qu'on peut chercher et apprendre ce genre de choses.

Tout à coup, les haut-parleurs du plafond au-dessus de moi se mettent à crachoter et le commandant de bord signale que nous survolons l'Adriatique avant de traverser la tige de la botte italienne et d'atterrir à Naples. À travers mon hublot, je découvre l'étroit et long ruban de la bande côtière – c'est bien ça : là, en dessous, c'est l'Italie.

Quelques instants encore et mon été sur Capri commencera.

# 8

Quelle force habite le vent marin quand, sur le pont d'un bateau rapide, on fend les vagues qui mugissent et claquent ! Il me fouette, me décoiffe, chasse au loin toutes les pensées, tous les soucis. Comme si je sortais de mon existence terrestre et ne faisais plus qu'un avec le vent.

Tout là-bas surgissent, émergeant de la brume bleue de la mer, des contours escarpés qui évoquent un fantôme pliant l'échine. Capri. De loin, l'île paraît presque hostile : deux falaises anguleuses qui se dressent au-dessus de l'eau, pareilles aux murailles d'un château fort ou à un dragon endormi, rochers abrupts qui, rudes et durs, s'arc-boutent contre les vagues. Pourtant, à mesure qu'on s'approche, des taches vertes de plus en plus nombreuses parsèment la forteresse de pierre. Je m'aperçois que des arbres et des buissons forment, au-dessus des falaises, comme une parure amicale. Je découvre les premières maisons, accrochées aux falaises, oiseaux prêts à l'envol, je vois des villas, des terrasses et des jardins, des vérandas croulant sous les plantes et d'où la vue sur la mer doit être vertigineuse. Marina Grande apparaît – je suppose du moins que le petit village blotti dans l'échancrure entre les parois tel un chat câlin est le petit port où accostent les vedettes venues de Naples, de Sorrente et d'Ischia. Nous doublons des yachts luxueux qui regagnent à petite allure leur point d'attache, nous passons à côté de barques de pêcheurs et de gros bateaux de plaisance qui roulent et tanguent dans le bassin portuaire. J'aperçois de plus en plus de détails : des maisons aux vives couleurs bordant le port, avec, à leur pied, des cafés et des restaurants aux stores flottant au vent. Des parasols inclinés, des devantures colorées, une minuscule benne à ordures sans portières, à peine plus large qu'une voiture d'enfant, des boutiques de souvenirs aux étalages pleins d'objets kitsch de toutes les couleurs, le port envahi par une foule de promeneurs.

Notre bateau se range, moteur rugissant, contre le quai. Puis un bruit de ferraille ; de lourds cordages sont lancés à terre, des mouettes s'envolent en criaillant et se posent à nouveau. Le vent qui, au large, m'assaillait avec tant de vigueur n'est plus qu'une brise amicale. J'ouvre ma veste car j'ai chaud à présent.

La passerelle par laquelle je prends pied sur l'île tangue et se balance, mais les autochtones me dépassent comme s'ils étaient sur un passage piétons. La valise que je traîne derrière moi comme je traînerais un chien récalcitrant pèse maintenant au moins cent kilos. Comme toujours, quand on arrive au terme d'un voyage, elle n'est plus l'accompagnatrice fidèle mais un boulet dont on voudrait se débarrasser au plus vite. J'inspecte les environs du regard car, lors de notre dernier coup de fil, Mitzi Hauptmann m'a promis qu'on viendrait me chercher. Que j'attende au début du quai ! Mais, dans la foule, je ne vois personne qui semble être à ma recherche, ni une écrivaine âgée, ni personne d'autre. Je me place à un endroit, un peu à l'écart du tohu-bohu, où je suis bien en vue. Bien qu'il n'y ait, à vrai dire, pas d'« endroit à l'écart du tohu-bohu » : partout, autour de moi, les gens se bousculent, traînant des valises ; on agite des fanions, des enfants crient, des touristes grimpent dans des taxis qui sont des cabriolets blancs, tout en longueur, avec des sièges en cuir blanc ou rose. Quelle foire !

Je me mets à une extrémité de la station de taxis recouverte d'une simple bâche, observant les passagers de mon bateau se disperser peu à peu dans toutes les directions : quelques-uns se dirigent sans attendre vers le funiculaire situé en face du port et qui, selon le guide de voyage, conduit à la ville même de Capri qui doit fourmiller de restaurants onéreux, de célébrités vêtues de blanc et de boutiques de haute couture. D'autres se précipitent vers les taxis en attente ou vont un peu plus loin se placer dans la queue qui se forme à la station des bus. Ils montent dans l'un des minuscules véhicules orange et manifestement toujours bondés qui ne cessent de passer et de repartir et dont les conducteurs semblent, en dépit de l'agitation frénétique, avoir tout leur temps pour blaguer bruyamment avec leurs collègues à travers leur fenêtre ouverte.

Peu à peu la foule qui m'entoure finit par s'éclaircir, la vedette avec laquelle je suis arrivée lève déjà l'ancre, embarquant des dizaines de personnes. Très lentement, une nouvelle queue se forme à un autre embarcadère. Là où je suis ne restent plus que quelques chauffeurs de taxi portant des lunettes de soleil.

Je regarde ma montre. Aurais-je indiqué une mauvaise heure ? Ai-je commis une erreur de date ? Y a-t-il eu un accident ? Ou ne s'agit-il que d'un malentendu ? Je n'aurais peut-être pas dû me poster à cet endroit où, semble-t-il, ne s'arrêtent que les taxis ? Je passe d'un pied sur l'autre. Je caresse l'idée d'aller dans un des bistrots du port prendre un cappuccino ou une limonade. Mais n'arrivant pas à me décider, je préfère m'asseoir sur ma valise et consulter toutes les minutes mon portable où ne s'affiche aucune annonce de message. Rien. Le mieux serait-il de prendre un taxi ?

Je me résous à sortir de mon sac le billet avec les coordonnées de Mitzi Hauptmann. Je me rappelle que le numéro de son poste fixe y figure. Je le compose et j'entends aussitôt le signal « occupé », une fois, deux fois, trois fois, six fois… Je vais raccrocher lorsque j'entends klaxonner bruyamment. Levant les yeux, je découvre une camionnette bleu clair qui s'arrête juste devant moi : un authentique Piaggio Ape à trois roues, une minuscule cabine et une plate-forme de chargement tout aussi minuscule, sans doute assez grande pour transporter une petite machine à laver. Le bruit du moteur est celui d'une des Vespa qui, ici, foncent dans tous les sens. Une Vespa en mauvais état, à en juger par les grincements émis par le véhicule. Au volant, un Italien assez âgé qui me regarde droit dans les yeux : le coude appuyé à la portière, un chapeau cabossé sur la tête, un cure-dents au coin de la bouche. Comme je ne réagis pas immédiatement, il donne un aimable coup de klaxon.

— *Signora Ritter ?* crie-t-il.

— *Si ?*

Avec deux doigts qui ne sont pas de la première propreté, il jette son cure-dents ; il saute à terre et soulève son chapeau. Puis il s'empare de ma valise avant de la lancer sur la plate-forme où se trouvent déjà une pelle, une pioche ainsi que d'autres instruments de jardinage.

À vue de nez, l'homme doit avoir au moins soixante-dix ans. Son visage parcouru de rides raconte une vie au soleil ; ses sourcils gris sont si longs qu'ils font penser à de la broussaille. Au-dessus de ses jambes fines de vieillard s'arrondit un petit bedon. Il se déplace néanmoins avec autant d'agilité qu'un enfant de douze ans. Il n'a pas un mot à propos de son retard : à l'évidence, une attente de trois quarts d'heure n'est pas ici matière à faire toute une histoire.

— *Prego*, dit-il en montrant le siège du passager.

À vrai dire, ce n'est pas un siège au sens propre du terme : il n'y a pour le conducteur qu'une étroite banquette et, au milieu de la cabine un guidon en lieu et place du volant. Je ne dispose, pour m'asseoir, que de la place entre lui et la portière.

— *Grazie.*

Je monte après un instant d'hésitation et, voyant que je cherche une ceinture, le vieil homme me gratifie d'un haussement d'épaules accompagné d'un sourire : l'Ape n'a même pas de poignées aux portes, comme je le constate illico. J'étends donc les jambes au maximum afin d'avoir au moins un point d'appui, sur quoi je m'aperçois immédiatement que garder l'équilibre est chose impossible. Car le *signore*, après un rapide regard dans son rétroviseur, appuie de toutes ses forces sur l'accélérateur, fait faire un bond en avant au véhicule, puis un bond en arrière et le stoppe tout aussi brutalement.

— Massimo, dit-il en me tendant une main qui est aussi chaude et rugueuse qu'un morceau de bois rejeté sur le rivage et blanchi par le soleil, avant d'ajouter avec un fort accent italien, mais en allemand : La *signora* Mitzi a envoyé moi.

— J'en suis très heureuse, réponds-je et je le suis réellement. Isabell. Ou bien simplement Isa.

Nous nous regardons en souriant, Massimo accélère de nouveau à fond et les gens encore massés sur le port s'écartent à contrecœur. Mais, à l'instant où nous arrivons au niveau de la station de bus et du petit parking, quelque chose arrête son regard, une ombre passe sur son visage.

— Oh, *merda* !

Je le regarde, interdite. Soudain je remarque qu'une voiture de police s'approche de nous, une Fiat minuscule marquée d'un *Polizia Locale* bleu ciel, qui s'arrête finalement juste à côté de nous.

— *Buongiorno, Luca !* crie Massimo par la fenêtre ouverte avec un large sourire à l'adresse du jeune policier au volant.

— *Ciao, Massimo*, répond celui-ci d'un ton amical.

— Comment vont tes parents ? s'enquiert Massimo, toujours en italien.

Je m'étonne moi-même de comprendre aussi bien. Mais l'italien n'est effectivement pas très difficile et, quand on connaît quelques mots et qu'on a peut-être aussi étudié le latin à l'école, on arrive à se débrouiller grâce au contexte. Mais plus important encore, ce qui m'avait déjà marquée pendant mes cours du soir municipaux et que, d'emblée, je ressens à nouveau : j'aime cette langue, et je l'aime tant que je suis presque triste qu'elle ne soit pas ma langue natale.

— *Bene*, répond l'agent qui, pour un policier, est très beau garçon.

Mais cela tient peut-être uniquement à ma prédilection pour les hommes aux cheveux noirs, au teint mat et à l'étrange éclat qui n'apparaît que dans les yeux d'un marron foncé. Il a à peu près mon âge, au milieu de la trentaine donc, ce qui rend presque touchant que, en dépit de son uniforme, il se mette effectivement à parler de sa famille.

— Maman mange beaucoup trop de *sfogliatelle* et papa s'obstine à faire encore de la Vespa, mais, sinon, tout va bien.

Puis il ajoute quelque chose que je ne comprends pas, mais qui les fait rire tous les deux, et il demande :

— Et chez vous ? J'espère que tu ne laisses plus *signora* Mitzi prendre le volant ?

— Bien sûr que non. Je ne la laisse plus conduire du tout, pas même un mètre. Et elle va à présent avoir de l'aide, ajoute-t-il en me montrant. Signorina Isabella. C'est la nouvelle assistante de Mitzi.

— *Buongiorno*, dis-je avec un sourire poli.

Comme chaque fois que je parle à un policier, j'ai l'impression d'avoir commis une boulette qu'il ne va pas manquer de découvrir. Mais il m'adresse un sourire amical et curieux comme j'en ai plutôt rarement vu en Allemagne, de la part d'un policier bien sûr, mais aussi, à franchement parler, de la part d'autres hommes. Je laisse donc ma timidité de côté et j'essaie d'échanger quelques phrases avec lui, ce qui me vaut de sa part un sourire plus chaleureux encore.

— *Sono Isabell. Isa.*

C'est encore un peu hésitant, car je dois m'habituer au son de ma voix dans une langue étrangère.

— *Benvenuta a Capri*. Je suis Luca, et je suis heureux de l'arrivée de toute personne un tant soit peu raisonnable sur l'île, dit-il avec, oui, oui, un clin d'œil à mon intention !

— Je ferai de mon mieux.

Je réponds lentement parce qu'il me faut réfléchir un peu afin de trouver la bonne forme grammaticale.

— Pour commencer, il suffirait déjà que tu persuades notre Massimo de respecter de temps à autre le code de la route, me dit-il, puis, se tournant vers le vieil homme : Le port est interdit au trafic normal, Massimo, combien de fois devrai-je te le dire ?

— Mais, Luca, proteste Massimo avec le regard de l'innocence même, je devais venir chercher l'invitée de la *signora* Mitzi ! Tu me connais !

— Justement, rigole Luca en levant les yeux au ciel.

Massimo semble indigné.

— Comme si je ne respectais pas en permanence le code, lance-t-il au policier.

— Sans blague ! se moque Luca. Et c'est pourquoi tu n'as toujours pas réparé tes feux arrière ! Depuis quand je te préviens ? L'automne dernier ? Le printemps dernier ?

Massimo hoche la tête, l'air furieux, et démarre. Il observe dans son rétroviseur la voiture de police et son séduisant conducteur se perdre dans la foule. Il ricane alors et dit dans son mauvais allemand :

— Feux arrière, feux arrière ! Voiture vieille, c'est tout !

— Tu devrais peut-être l'emmener au garage, proposé-je.

Mais Massimo fait, en riant, un geste de dénégation.

— *Quel* garage ?

— Mais si la police t'a déjà repéré ?

— *Stupidaggini*, la police… C'était juste Luca, garçon petit du *vicino di casa* de la *signora* Mitzi, dit-il.

Le petit garçon des voisins, me dis-je en me demandant quel âge Massimo peut bien avoir pour continuer à voir dans l'imposant policier le gamin d'autrefois. En même temps, le manque de sagesse du vieillard aux cheveux gris m'arrache un soupir théâtral qui me vaut un regard si malicieux que j'en ai aussitôt la certitude : ce vieil homme est mon premier ami sur l'île. J'ai à peine le temps de sourire que Massimo accélère à nouveau. Imperturbable, il s'insère dans la circulation, roule à tombeau ouvert même dans les virages et, quand nous arrivons à une route qui, aussi étroite qu'un chemin muletier, serpente le long d'une pente incroyablement abrupte, il semble se sentir enfin bien. À ma droite s'offre une vue à couper le souffle sur le port et la mer d'un bleu profond, au loin sur le Vésuve et la côte amalfitaine qui brille en dépit d'un voile de brume. Hélas, je ne peux pas profiter de ce panorama, car je suis obligée de me cramponner à la banquette. Découvrant un chapelet qui, accroché au rétroviseur, se balance dangereusement de droite à gauche et de gauche à droite, je comprends soudain pourquoi les Italiens sont aussi croyants : moi, en tout cas, je me mets à prier fiévreusement au bout de quelques centaines de mètres.

## 9

— Nous y voilà, annonce Massimo quand, au bout de vingt minutes à peine, nous pénétrons, par un porche en pierre couvert de feuillages, dans une allée qui mène à un jardin à la végétation sauvage et d'un vert dense, où des plantes grimpantes recouvrent des sculptures modernes et où des sculptures antiques s'effritent sous de gigantesques palmiers.

Deux cents mètres plus loin, il arrête son véhicule, descend et enlève ma valise de la plate-forme.

— La *signora* Mitzi t'attendre, me déclare-t-il dès que je suis descendue à mon tour. Moi devoir continuer. *A presto ! Ciao !*

Et déjà le voilà reparti dans une bruyante pétarade, me plantant là, bouche bée.

Que c'est beau ici ! Le vert du jardin tacheté de fleurs de toutes formes, de toutes couleurs. On voit, un peu partout, des arrosoirs en zinc et de vieux pots de fleurs. D'une vieille fontaine un peu de guingois, ressemblant à un gigantesque étal à fruits de plusieurs étages, jaillit un jet d'eau qui évoque un célèbre petit garçon absorbé dans son jeu. Sur un rebord, il y a justement un oiseau, pas un moineau berlinois couleur gris muraille, mais un oiseau au plumage jaune éclatant, avec un long bec orange. Il lève la tête et lance un chant mélodieux. Un chat traverse furtivement le chemin d'accès, saute par une fenêtre ouverte et disparaît dans l'obscurité.

Et la maison ! Quelque part en moi s'éveille un reste de raison qui m'indique que je devrais grimper les marches menant à la porte d'entrée vert foncé et vernie, appuyer sur le gros bouton en laiton placé sous un écriteau en carrelage vert et bleu portant l'inscription Villa Azzurra en écriture ronde. Mais la voix de la raison n'a aucune envie de parler haut et fort en moi. Je continue donc à simplement béer d'étonnement et de ravissement.

La Villa Azzurra n'est probablement pas la plus grande de Capri et, sur la route, j'en ai vu de nettement plus luxueuses. Mais de plus belles ? Certainement pas. Pourtant, le bâtiment ne donne pas l'impression de vouloir disputer de compétition, mais plutôt de sortir, par un effet magique, d'un conte des *Mille et une Nuits*. Les fenêtres en lancette sont là pour le prouver, de même que les colonnes vrillées, les mosaïques multicolores et les masques étranges insérés dans les murs. Il y a aussi des grilles en fer forgé richement ornementées, des murs en pierre de taille et un toit en coupole. Des fougères, des palmiers et des figuiers de Barbarie jaillissent un peu partout.

Bien sûr, cette maison donne aussi une impression de luxe, ne serait-ce qu'en raison du large escalier qui décrit un vaste cercle avant d'atteindre la porte d'entrée. De même, le mobilier de jardin disposé un peu partout ne paraît pas avoir été acheté sur un catalogue d'un magasin de bricolage. Les deux parasols que j'aperçois sur une terrasse du premier étage sont doublés d'un tissu blanc. Les sentiers et les allées autour de la maison sont bien entretenus. Et pourtant, le luxe n'est pas ce qui émane de l'ensemble, l'exotisme plutôt, l'ouverture et… la chaleur. Aussi étrange que paraisse cette maison au premier coup d'œil, je devine qu'on doit s'y sentir bien : c'est le genre de maison dans laquelle on a plaisir à réunir ses amis et à passer les vacances les plus merveilleuses qui soient. Des vacances qui durent l'année entière !

— Alors, ça vous convient ?

Une voix m'éveille de ma rêverie, une voix dont la rudesse m'est déjà presque familière, car, dans la préparation de mon voyage, j'ai téléphoné plus d'une fois à sa propriétaire. Dans l'encadrement de la porte de la maison se tient une dame mince et âgée, mais de taille impressionnante bien qu'elle porte des chaussures plates et qu'elle ait le dos un peu courbé. Elle est vêtue d'un simple pantalon bleu marine et d'un corsage blanc, simple lui aussi, sur lequel elle a passé une longue veste tricotée, en laine apparemment, qu'elle tient fermée comme si elle avait froid en cette journée. Elle a noué sa longue chevelure blanche en un chignon et son visage, quoique très ridé, ne semble pas marqué par la vie et ne paraît pas fatigué. Il est plein de distinction, ce qui tient aussi aux perles montées en boucles d'oreilles dont la simplicité et le doux chatoiement s'accordent avec l'élégance du personnage. Elle me sourit et ses yeux ont un tel éclat qu'ils font ma conquête en un éclair.

— Oui, bien sûr, dis-je en m'empressant de grimper l'escalier et de la rejoindre. Je suis Isabell Ritter.

— Mitzi Hauptmann, répond-elle d'un ton espiègle en me tendant la main. Je suis navrée que Massimo ait eu un tel retard. Normalement, il doit juste un peu s'occuper de la maison et du jardin trois jours par semaine, mais, dans les faits, il ne se passe pas une journée sans qu'il soit là à sarcler et à arroser comme un dingue. Et il est tellement absorbé par son jardinage qu'il oublie parfois ce que je lui demande par ailleurs.

— Mais sa peine est bien récompensée, dis-je en pensant à ce magnifique jardin plein de chants d'oiseaux et au clapotis de la fontaine.

Je me permets un ultime regard sur toute cette verdure. Je constate que tout ne m'est pas inconnu : je sais bien entendu distinguer les orangers, les citronniers et les figuiers, mais je sais aussi que cette plante, là-bas, est un magnolia. Je connais d'autres plantes grâce à mes samedis chez Bettina : les hibiscus, les lys et la lavande par exemple. Nombre de feuilles et de fleurs, pourtant, sont pour moi aussi totalement exotiques qu'un buffet de desserts inconnus.

— Et si vous voyiez l'arrière de la maison. L'année dernière, Massimo a planté des bougainvilliers dans la pergola. Ils ont des fleurs si magnifiques qu'on en a le cœur tout réjoui. Mais entrez donc, que je vous montre votre chambre. Vous arriverez à porter votre valise ?

— Sans difficulté.

Je retourne en courant à ma valise, je la hisse jusqu'en haut de l'escalier et j'entre dans la maison où m'accueillent le calme et la fraîcheur. Je regarde autour de moi avec curiosité. Ici aussi l'exotisme est de règle. Je vois des colonnes en pierre, de petites fenêtres en forme de feuilles de trèfle, aux vitres colorées, des murs chaulés de blanc et, par terre, des carreaux de couleur eux aussi. Mitzi, qui a pris les devants, monte lentement un grand escalier de marbre qui commence directement dans l'entrée et mène au premier étage par un large arc de cercle, surmonté de la coupole que j'ai tout à l'heure aperçue depuis l'extérieur.

— Formidable, dis-je, étonnée.

— Oui, je ne cesse de m'étonner. La maison a été construite au début du XIXe siècle, à une époque où on avait un faible pour l'exotisme.

— Je trouve cela magnifique, pas exotique, remarqué-je parce que le mot « exotisme » me paraît négatif.

Mitzi s'arrête sur une marche et me regarde en riant.

— Moi aussi. La maison a jadis appartenu à un Américain à la masse. La première fois que je l'ai vue, j'ai tout de suite su qu'elle était pour moi, dit Mitzi en forçant son accent berlinois et en me lançant un clin d'œil. J'en suis tombée folle amoureuse.

— Je peux le comprendre.

— Si seulement il ne faisait pas toujours aussi frais entre ces murs épais, râle-t-elle.

— Frais ? m'étonné-je.

— Je gèle ici même en plein été, gémit-elle en serrant encore plus fort contre elle sa veste tricotée. C'est vrai que j'ai toujours été très frileuse.

— Par chance, je ne le suis pas.

— En effet, c'est une chance. Et maintenant: *Andiamo !*

Mitzi monte péniblement, pas à pas, les dernières marches, une main tenant la veste fermée, l'autre s'agrippant à la rampe en laiton. Je crains un instant que la vieille dame puisse penser que je la presse. Je ralentis donc le pas moi aussi. D'ailleurs, j'ai de la peine à porter ma valise dans cet escalier et, en secret, je suis heureuse de l'allure paisible adoptée par Mitzi, car, plus que jamais, j'ai l'impression que j'ai fourré dans la valise non seulement mes affaires d'été et de baignade, ainsi que quelques mouchoirs, mais aussi tout mon matériel de cuisine, cocotte en fonte de ma grand-mère et provisions y compris.

## 10

— Eh bien, nous y voilà. Mon logement personnel est au bout de ce couloir ; nous n'aurons donc pas à nous marcher sur les pieds, dit Mitzi devant ce qui sera ma chambre tout en indiquant de la main un couloir qui se perd dans la pénombre.

Elle ouvre ensuite la porte et me fait entrer dans la pièce.

— J'espère que vous ne la trouvez pas trop riquiqui ?

— Elle est magnifique !

Elle l'est vraiment, même s'il serait difficile d'y loger plus que le grand lit à tête en fer forgé, l'immense armoire ancienne et le fauteuil confortable à côté d'un petit secrétaire. En revanche, elle a une grande fenêtre cintrée à croisillons, avec de légers rideaux blancs, qui lui donne une telle extension vers l'extérieur qu'on a presque l'impression d'être à l'air libre. Une porte donne sur une salle de bains à laquelle je n'accorde qu'un coup d'œil, non sans remarquer la splendeur de la baignoire sur pieds, si vaste qu'on pourrait s'y livrer à la plongée sous-marine.

— Et là, vous avez accès à votre terrasse, ajoute Mitzi en me montrant une porte vitrée à côté de la fenêtre.

— Ma terrasse ? demandé-je, incrédule.

J'ouvre la porte et avance d'un pas au-dehors où je sens aussitôt le parfum du romarin réchauffé par le soleil m'envelopper. La terrasse n'est pas immense, mais elle est équipée d'un fauteuil en osier avec d'épais coussins moelleux, d'une table basse juste assez grande pour un verre de vin blanc et un bon livre, et elle offre une vue remarquable.

«Vue» n'est d'ailleurs pas le mot qui convient pour décrire ce qui s'offre à mes yeux: non seulement la merveilleuse mer de fleurs du jardin juste au-dessous de moi mais aussi la mer, la vraie mer, la Méditerranée, qui vient quasiment baigner mes pieds. Bon d'accord, pas tout à fait pour ce qui est des pieds, car la propriété n'est pas bornée par la plage, mais par une paroi rocheuse qui, selon toute apparence, est abrupte. Seul un muret bas nous sépare du vide. J'entends, loin au-dessous de moi, gronder et siffler les vagues contre le rivage.

— En général, le bruit du ressac n'est pas si fort, explique Mitzi, qui semble craindre qu'il ne me gêne. Ces derniers jours, le temps est assez instable et la mer très agitée. Mais il existe un sentier en terre battue qui conduit jusqu'à un rocher d'où l'on peut se mettre sans danger à l'eau quand elle est plus calme. Disons, relativement sans danger. En tout cas pour une jeunesse comme vous. Cela fait plusieurs années que je n'y suis plus descendue et je n'ai pas l'intention de le faire, du moins dans cette vie.

— Bon, on verra bien si je m'y risque, murmuré-je en riant jaune. Je ne suis pas très casse-cou.

— Il n'y a rien à craindre, Isabell. À votre âge, j'y descendais en bondissant comme un cabri.

À mon âge ? Je la regarde avec surprise.

— Il y a combien de temps que tu vis ici ?

Au même instant, je prends un peu peur et je me dépêche de me corriger :

— Je veux dire, bien sûr… vous ?!

— Il n'y a pas de problème à ce que tu me tutoies. Appelle-moi tout simplement Mitzi.

— Volontiers. Moi, c'est Isa.

— On boira à ça plus tard, dit-elle avec un clin d'œil.

— Je ne dis pas non.

Nous rions l'une et l'autre, puis Mitzi revient à ma question.

— Cela fait bientôt cinquante ans que je vis à Capri. J'étais presque encore une fillette, une gamine berlinoise, quand, après m'être disputée avec mes parents, je suis venue en Italie. Quand j'ai publié mon premier best-seller, j'ai acheté cette maison. Aujourd'hui, ce ne serait plus possible, mais, à l'époque, l'immobilier était beaucoup moins cher. J'habite cette maison depuis bientôt quarante ans.

— Je l'ignorais totalement.

— Comment aurais-tu pu le savoir ? Je ne l'ai jamais crié sur les toits. Et je n'ai d'ailleurs jamais écrit sur Capri.

— Pour quelles raisons ?

— Pas la moindre idée, dit-elle en riant, levant les bras en geste d'excuse et avec la tête de quelqu'un qui vient à l'instant de s'apercevoir de sa bêtise.

J'ignorais certes ce qui pouvait inspirer les écrivains, mais ne pas donner forme littéraire à la magie de ce lieu…

— Pas même une poésie ?

Elle fait non de la tête.

— Il doit pourtant bien y avoir une raison, insisté-je parce que cela m'intéresse bougrement : car l'étonnant, c'est non seulement qu'elle ait exclu Capri de ses livres, mais aussi qu'elle ait obstinément écrit sur un monde dans lequel elle ne vivait plus depuis longtemps.

— Oui, c'est certain, dit-elle en se tournant vers la fenêtre, comme songeant à quelque chose qu'elle apercevrait à l'extérieur.

Je lui laisse un peu de temps, mais, voyant qu'elle ne répond pas, je poursuis :

— On dirait que votre… ton paysage spirituel est resté en Allemagne.

Elle me regarde avec surprise et je ressens soudain une excitation étrange, une excitation qui me fait prendre pleinement conscience que je ne suis pas venue en vacances à Capri, mais pour aider cette écrivaine âgée à rédiger ses mémoires. Je saisis d'un seul coup que ce travail risque de devenir beaucoup plus important que je ne le croyais initialement. Jusqu'ici, je l'imaginais surtout sous la forme d'un travail d'écriture, de quelques recherches sur Internet et, peut-être, dans des bibliothèques. Ma réflexion était essentiellement de nature technique, j'ai travaillé ma dactylographie et j'ai révisé les règles grammaticales. Je devine à présent que mon boulot d'été pourrait bien cacher d'autres aspects. J'ai l'impression que nous venons d'ouvrir une porte : je vais accompagner Mitzi Hauptmann dans un voyage. Un voyage dont j'ignore où il me mènera.

J'ai en effet cherché par tous les moyens à me renseigner sur son compte, mais je suis très vite arrivée à mes limites, car Mitzi Hauptmann a en principe cessé d'écrire avant la généralisation d'Internet. Ensuite, elle a été oubliée, manifestement. L'article que lui consacre Wikipedia ne comporte guère que les titres de ses romans et on trouve quelques essais universitaires à propos de certains de ses livres, mais même des informations aussi élémentaires que son âge ou sa situation familiale manquent. On peut juste estimer, à vue de nez, qu'elle doit avoir dépassé les soixante-dix ans, son premier ouvrage datant de plus de cinquante ans.

Sinon, on apprend qu'elle est née à Berlin, qu'elle a remporté quelques prix littéraires importants et, ce que je trouve plaisant, qu'elle est manifestement surtout célèbre en Asie. Elle a en Corée du Sud des clubs de fans comptant de nombreux membres et il y a dans ce pays des professeurs d'université pour qui elle est le pendant littéraire de Jean-Sébastien Bach. Quelques-uns de ses romans ont été portés à l'écran, le premier, *Lettres oubliées*, l'ayant même été à Hollywood, avec Liz Taylor dans le rôle principal (Mitzi y fait elle-même une apparition, interprétant une femme de chambre qui apporte un sandwich aux protagonistes). *Bateaux lointains* a lui aussi été porté à l'écran, avec Mario Adorf et Hildegard Knef. Malheureusement, le titre n'a pas été conservé pour le film, sinon Mitzi serait sans doute définitivement devenue célèbre. Dans la réalité, presque personne n'a su de quel livre le scénario avait été tiré.

Voilà tout ce que je sais d'elle. Mais quant à ce que Mitzi Hauptmann pense, croit, ressent, si elle est quelqu'un d'heureux ou non, on n'en trouvait bien entendu pas trace dans l'omniscient Internet.

Or je vais apprendre bien des choses sur son compte, je le pressens. J'éprouve d'un coup une immense fierté de me trouver ici, devant elle. Je serai aux côtés de cette vieille dame quand elle entreprendra son long voyage au travers de son existence. Quelle aventure !

## 11

Mitzi Hauptmann : Mémoires
Version du 23 mai

### Chapitre 1

Ce sont les seuls mots écrits sur l'écran de l'ordinateur flambant neuf devant lequel nous sommes assises dès le lendemain matin.

Il est posé sur un massif bureau en bois, de couleur sombre, dans la salle de travail de Mitzi, une pièce aux murs remplis d'étagères que le temps a gauchies. Beaucoup trop neuf, il détonne totalement, tel un ovni dans un musée ethnique. Alors qu'une brise marine agite légèrement le rideau et pénètre dans la pièce à la légère odeur de poussière, l'ordinateur paraît froid et impitoyable, le petit curseur clignotant tel un index dressé en signe de rappel à l'ordre.

Mitzi l'a acheté uniquement afin d'écrire ses mémoires. Bien sûr, ce n'est pas elle qui l'a acheté, mais Gianni, le fils cadet de Massimo, qui, à la différence de son frère et de sa sœur, vit toujours sur l'île. C'est du moins ce que m'a raconté Mitzi hier soir. Trois jours avant mon arrivée, il a emprunté l'Ape de son père et s'est rendu à Naples par le ferry, afin d'acheter dans un grand magasin d'informatique tout ce qui lui est apparu nécessaire à la rédaction d'une autobiographie : un routeur sans fil et une imprimante laser, un vidéoprojecteur qui pourra servir à Mitzi à lire, projeté contre le mur, ce qui viendra d'être écrit, un scanner et un clavier ergonomique avec repose-poignet et touches légères afin d'épargner les mains de la nouvelle assistante venue d'Allemagne. Je n'ai pas encore eu l'occasion de vérifier si tout cela fonctionnait, car cela fait déjà une heure que nous sommes assises là et Mitzi ne m'a toujours rien dicté.

— Et si nous faisions une petite pause ? proposé-je, pressentant que même l'écrivaine la plus douée ne peut avancer quand elle est obligée de se battre pour avoir une idée.

Moi, en tout cas, je n'ai jamais réussi à rien quand je me creuse fiévreusement la tête. Au contraire, mes meilleures idées me viennent quand je ne m'en soucie pas, par exemple quand je suis aux cabinets ou sur un escalier roulant, ou bien quand je verse du lait dans mon café.

— Tu n'y penses pas ? proteste Mitzi. Nous n'avons même pas commencé. Si nous commençons par une pause, ce n'est même pas la peine de continuer. On n'écrit pas des livres les doigts de pied en éventail, ma chérie.

— Peut-être, dis-je, désemparée. Mais alors comment commencer ?

— Il faut que je réfléchisse un peu. Ne sois pas impatiente. Nous aurions certainement déjà bien avancé, si nous étions allées nous coucher plus tôt.

C'est possible. Nous avons effectivement veillé fort tard, hier. Nous avons célébré notre rencontre en buvant du *Greco di Tufo*, le meilleur vin blanc de la région à en croire Mitzi. Après le deuxième verre, elle a entrepris de cuisiner – « juste une simple *pasta caprese*, j'en aurai pour une seconde » – mais, sincèrement, si, à un moment, je n'avais pas moi-même pris les choses en main, Mitzi n'aurait, à l'heure qu'il est, toujours pas fini de couper les tomates. C'était vraiment effrayant de voir tant de maladresse. Certes, quand on la voit assise comme ça, elle fait l'effet d'être jeune encore, mais, hier soir, elle avait tout d'une petite vieille, comme incapable de voir ses propres mains. Aussi ai-je saisi le premier prétexte venu pour m'emparer du couteau et la remplacer dans cette tâche, pendant qu'elle émiettait à la main les boules de mozzarella, ce qui était plus facile. Pour finir, nous avons mélangé les morceaux de fromage et de tomates avec une huile d'olive odorante, du basilic et les pâtes encore chaudes. Cela sentait terriblement bon et ce fut plus formidablement délicieux encore, les tomates, qui venaient du jardin, ayant mûri au soleil et dégageant un arôme qui vous montait littéralement à la tête. C'est alors seulement que cela a fait tilt dans ma tête : je compris que *caprese* avait à voir avec Capri. Je n'y avais jamais pensé jusqu'alors. Mon séjour avait donc, au moins sur le plan culinaire, commencé d'un bon pied. Je suis en effet capable de manger de la mozzarella et des tomates tous les jours, à midi et le soir, au petit-déjeuner même, si nécessaire. Mais je pressens que je n'en serai pas réduite à cette extrémité, car, ce matin, j'ai jeté un coup d'œil au potager de Massimo : en plus des tomates, il cultive de la salade, des poivrons, du fenouil et des courgettes, des artichauts et des aubergines. J'ai aperçu un énorme buisson de romarin et de grosses touffes de sauge, ainsi que du thym et du persil, de la menthe et une foule d'herbes qui me sont inconnues mais dont l'odeur les prédestine à coup sûr à assaisonner un plat, sous une montagne de pâtes et de légumes.

Le repas fini, nous avons bien entendu été obligées de boire un dernier verre. Puis un autre dernier. En fait, j'étais déjà assez fatiguée et j'avais mauvaise conscience de priver ainsi une vieille dame de son repos nocturne. Pourtant, chaque fois que je lui proposais d'aller nous coucher, elle prétendait souffrir d'insomnie et ne pas pouvoir dormir la nuit de toute façon.

Au fond, je suis heureuse que nous soyons restées si longtemps ensemble hier. Ce fut une belle soirée qui me permet vraisemblablement, ce matin, de ne pas me formaliser de la mauvaise humeur de Mitzi. La mauvaise humeur d'autrui me déstabilise de manière générale, quand bien même je sais que je n'y suis pour rien. Quand Alex avait mal dormi, il était insupportable, ce dont je ne rendais pas responsable la décrépitude de notre matelas. La coupable, c'était moi. Il s'agit sans doute d'une problématique féminine : quand quelqu'un ne peut nous souffrir ou manifeste sa mauvaise humeur, cela nous perturbe aussitôt et nous nous sentons fautives.

— J'ai plusieurs fois proposé que nous allions au lit, rappelé-je à Mitzi avec un sourire. Mais tu voulais à tout prix boire un verre de plus.

— Pas d'insolences ! (Elle lève la main dans un geste de menace, mais je lis sur ses traits qu'elle ne fait que plaisanter.) C'est ta faute, *principessa* ! dit-elle, le doigt pointé dans ma direction. Sans une jeunesse dans ma maison, jamais il ne me serait venu à l'idée, même en rêve, de boire une demi-bouteille de *Greco di Tufo*.

J'éclate de rire, mais Mitzi reprend soudain son sérieux.

— Je sais, je sais, murmure-t-elle. Cela n'a rien à voir avec le manque de sommeil.

— Avec quoi, alors ?

— Cela tient à ce qu'il est difficile de donner une forme à sa propre existence. De la saisir avec des mots. C'est autre chose que de raconter une histoire, une histoire quelconque.

Elle soupire. Nous restons sans rien dire, plusieurs secondes. Les secondes deviennent des minutes, cinq minutes qui en deviennent dix.

— Crois-tu vraiment que la première phrase te viendra comme ça, simplement, pendant que nous restons assises ici ? finis-je par demander au bout d'un moment.

— La première phrase, je la connais déjà.

— Réellement ?

— Depuis une éternité déjà.

— Alors, pourquoi je ne peux pas l'écrire ?

— Parce que j'ignore totalement comment poursuivre. Et parce que j'ai peur que le début perde de sa force s'il reste trop longtemps couché, seul, sur le papier.

Elle a un geste de désarroi, comme si elle savait elle-même combien ses propos paraissent superstitieux.

— C'est quoi, ce début ?

— Je suis née le regard tourné vers les étoiles.

— Ce n'est pas mal du tout, dis-je, puis, après un bref temps de réflexion, j'écris la phrase.

Je demande alors :

— Ça veut dire quoi ?

— Tu ne connais pas l'expression consacrée en matière d'accouchement ?

— Non, dis-je en haussant les épaules.

— Je suis venue au monde le visage tourné vers le haut, le regard dirigé vers les étoiles.

— Alors, ça y est, on l'a.

— On a quoi ?

— La phrase d'après.

Je me dépêche de la taper à l'ordinateur. Remarquant que Mitzi s'apprête à protester, je lui pose précipitamment la question suivante :

— Ta mère t'en a parlé ?

Prise de court, Mitzi soupire et opine.

— À chacun de mes anniversaires. Elle me racontait combien l'accouchement avait été difficile, combien il avait été long à cause de ma position inhabituelle. Elle était persuadée que, déjà, j'avais montré par là mon caractère, que déjà j'avais choisi le chemin compliqué plutôt que le simple. Et elle m'a aussi raconté une chose qui manifestement l'avait fortement impressionnée : avant d'être complètement née, j'avais les yeux grands ouverts entre ses cuisses. J'étais encore à moitié en elle et je la regardais déjà tel un être venu d'une autre planète pour lui chambarder la vie.

Tandis que j'écoute Mitzi, mes mains, presque malgré moi, s'activent. Elles se déplacent d'elles-mêmes sur le clavier et ce n'est que du coin de l'œil que je vois le curseur se déplacer en clignotant sur l'écran blanc, abandonnant derrière lui une longue traîne de lettres noires. Comme par magie, le début d'un livre naît sous mes mains, ligne après ligne. D'un livre dont je sais maintenant avec certitude qu'il fascinera ses lecteurs. Moi, en tout cas, je suis d'ores et déjà fascinée : je pourrais rester assise là la journée entière à écrire ce que Mitzi raconte. Je ne suis donc que modérément enthousiaste quand, vers midi, elle propose d'en rester là pour aujourd'hui.

— Tu es sûre ? Alors que nous sommes en plein boum.

— Tu es peut-être en plein boum, toi, Isa. Mais moi, je suis fatiguée.

— De dicter ?

— De me souvenir, dit la vieille dame en se tapant du doigt sur la tempe. Se souvenir, c'est éreintant.

J'enregistre ce que j'ai écrit et je ferme le document, à contrecœur, mais satisfaite. Nous sommes parvenues à un résultat, grâce à mon aide. C'est une sensation agréable.

La cuisine est une vaste pièce au sol couvert de vieilles dalles inégales. Une lourde cuisinière à gaz en fonte y trône, flanquée d'un gigantesque évier en pierre et, un peu à l'écart, d'un comptoir où sont empilés des livres et des revues. Dans un coin, il y a une cheminée à foyer ouvert dont j'ai peine à penser qu'on l'utilise encore. J'ajouterai une longue table qui peut à coup sûr accueillir quinze personnes mais qui n'est débarrassée qu'à l'une de ses extrémités. C'est là qu'hier soir nous avons bu.

— Aimerais-tu aussi un verre de *spremuta* ? me demande Mitzi en me montrant une coupe de fruits.

Je suis perplexe. Dans mon cours pour non-débutants, nous avons appris qu'une *spremuta* est un jus d'orange fraîchement pressée, alors que je ne vois que des citrons d'un jaune éclatant dans la coupe.

— Tu veux dire un jus de citron ?

Elle rit de son rire éraillé.

— Allongé d'eau, bien sûr, mais sans sucre, c'est ce qu'on boit ici. Bien frais, c'est succulent, surtout quand les citrons viennent de ton jardin.

Elle coupe deux fruits par le milieu et branche un petit presse-citron d'où coule aussitôt un jus trouble mais de couleur claire. Elle n'en verse qu'un peu dans chaque verre, y ajoute des glaçons, ajoute de l'eau froide et m'en tend un. Au début, cela me semble un peu acide, mais, après quelques gorgées, je m'habitue à l'absence de sucre et je comprends pourquoi les citrons de l'île ont une telle renommée : quel goût en comparaison des trucs qu'on achète chez nous dans les supermarchés ! Et comme c'est rafraîchissant !

— Délicieux.

— Oui, n'est-ce pas ? Ça vous remet un homme sur pied, ça. Veux-tu manger quelque chose ?

— Uniquement si tu manges toi aussi.

— Non, le petit-déjeuner et le dîner me suffisent. À mon âge, on n'a pas besoin de plus. Mais je serais contente de te préparer quelque chose.

— Merci, décliné-je en songeant à la scène de la veille.

— Comme tu voudras.

— Tu souhaites retravailler ?

— Non, j'ai mon compte pour aujourd'hui. Je vais faire une petite sieste. Prends ce dont tu as envie. Hier, Massimo a fait de grosses courses. Tout ce que tu trouveras dans le frigo est à toi aussi. Je te demande juste de ne pas toucher aux cornichons, j'en ai besoin quand je suis dans une mauvaise passe et je n'en reçois d'Allemagne qu'une fois par mois.

Sur ce, elle disparaît.

Je la suis des yeux et, quand je l'entends refermer la porte de sa chambre en haut, je constate que j'ai effectivement faim. En temps normal, je ne mange qu'un sandwich à midi, ce qui ne devrait pas être simple en

Italie. Mais je découvre un morceau de *ciabatta* dans la corbeille à pain à côté de l'évier. Dans le frigo, je trouve, à côté du bocal de cornichons presque vide, un fromage crémeux et à l'arôme léger, du *bel paese*, qui meurt d'envie de rejoindre des tranches de tomate du jardin à l'intérieur d'un sandwich. Tenant ce dernier dans la main droite et un verre d'eau dans l'autre, je m'éclipse par la porte de la terrasse.

Ce matin, le jardin était encore humide à l'ombre, mais il est à présent en plein soleil. Je m'assieds sur le muret bien chaud au-dessus de la falaise et, tout en dégustant mon déjeuner, j'observe un lézard qui se chauffe au soleil à distance respectueuse. Au bout d'un petit moment, j'ai trop chaud et je cherche un abri sous la pergola couverte de fleurs roses, en bordure du jardin. D'ici aussi, on a vue sur la mer et, en plus, on est gratifié d'un peu d'ombre. Il y a aussi une table démodée en fer et quatre chaises tarabiscotées, l'idéal pour une pause de midi. Je bois une gorgée d'eau et, noyée dans les fleurs, j'entends avec ravissement bourdonner et gazouiller autour de moi. Les vagues hier encore violentes clapotent aujourd'hui si paisiblement contre les rochers que l'idée s'impose d'elle-même : je cours jusqu'au rebord de la falaise et je recherche des yeux le sentier qui descend à la mer. Il est raide, mais ne présente rien d'insurmontable. D'un seul coup, je suis prise d'une telle envie que j'avale mon sandwich en trois bouchées. Il est midi, j'ai quartier libre et là, devant moi, s'étale la Méditerranée !

## 12

Le mieux, pour éviter de se mettre à l'eau en risquant une descente compliquée des derniers mètres de la falaise, c'est de plonger, tout simplement.

Plonger et voir du coin de l'œil l'eau jaillir comme autant de diamants sous le soleil. Plonger tout simplement et, passé le bref choc thermique de l'entrée dans l'eau froide, se sentir comme régénérée, comme si on avait retrouvé un corps n'ayant jamais servi, un corps où circulent un sang nouveau, une énergie nouvelle.

En surface, l'eau est agréable, mais, dès que je laisse mes pieds s'enfoncer, je sens un courant glacé les envelopper. Habituellement, l'eau profonde me fait un peu peur, mais ici elle n'est pas hostile. Elle est si limpide qu'on voit le fond, les pierres, si petites soient-elles, les poissons et même les rayons de soleil qui se réfractent en surface et dansent joyeusement en profondeur. J'aperçois des oursins qui semblent se chauffer au soleil et même un crabe qui se déplace sur le fond de la mer.

Je me retourne sur le dos. Je suis doucement ballottée par de petites vagues et, quand je ferme les yeux, j'ai l'impression de flotter dans les airs. Combien de temps resté-je ainsi, quelques secondes, quelques minutes ? Assez longtemps, en tout cas, pour éprouver un intense bien-être de lévitation. Assez longtemps pour penser à Alex, à la douleur que m'a causée notre dernière rencontre. Assez longtemps pour sentir les vaguelettes qui me caressent le corps en clapotant, pour me laver de cette douleur, pas pour toujours sans doute, mais au moins en cet instant.

Il est réconfortant de savoir combien l'eau est forte. Claire, décidée, puissante. Je rouvre les yeux. D'ici, tout en bas, on pourrait croire que l'île est inhabitée, on ne voit que les falaises. On n'aperçoit rien de la maison de Mitzi, d'Anacapri et de l'île qui s'étend au-delà.

Lorsque je sors de l'eau, je m'assieds sur un rocher, laissant avec délice les rayons du soleil chasser avec douceur de mon corps la fraîcheur de la mer et me sécher les épaules goutte après goutte.

Tel sera donc mon chez-moi les semaines et les mois à venir, me dis-je, tandis que monte en moi le désir d'explorer l'île, de longer ses côtes, d'aller de découverte en découverte.

Tel sera mon chez-moi dans les semaines et les mois à venir, une idée qui me fait chaud au cœur !

## 13

Je ne m'étais jamais véritablement représenté la conception d'un livre. J'avais certes entrepris d'écrire des récits, à titre d'essai, lorsque je prenais des cours d'écriture créative, rêvant parfois de me lancer dans un texte plus long. Mais tenter l'aventure d'un roman ? Jamais je ne m'y serais risquée. Je trouvais déjà assez éreintant de travailler à des nouvelles. Par ailleurs, tout ce que j'avais entendu dire à propos du quotidien des écrivains m'intimidait et ne me motivait guère.

Je prenais plaisir aux histoires des représentants des maisons d'édition qui, deux fois par an, nous rendaient visite à la librairie et parlaient à l'occasion de la naissance d'un roman, évoquant la manière dont l'auteur l'avait conçu dans sa tête puis l'avait écrit en une seule semaine ou bien, à l'exact opposé, comment un autre s'était échiné, seize ans durant, chaque jour, sans interruption. Je sais de Thomas Mann qu'il s'enfermait dans son bureau tous les matins, de 9 heures à midi, afin de se concentrer exclusivement sur son travail. J'ai lu un jour que John Irving commence toujours ses livres par la dernière phrase et qu'il remonte ensuite lentement vers le début. Une autre fois, notre librairie a organisé une lecture pour une auteure qui écrit un roman de bout en bout, puis l'efface totalement avant de recommencer depuis le début, sans prendre la moindre note.

Il est donc très excitant pour moi d'assister à la conception d'un livre, mot après mot, ligne après ligne. Ce qui se passe dans notre salle de travail a quelque chose de magique : au début, il n'y a qu'une femme âgée, son silence et moi. Au bout d'un moment, le silence est rompu, Mitzi se met à parler et, subitement, se concrétisent des lieux, des odeurs, des bruits de vaisselle, des rires et des portemanteaux surchargés, du piano et de la fumée de tabac, des gens – une vie, en somme.

L'après-midi, je relis ce que j'ai écrit, parce que ça m'intéresse mais aussi pour faire la chasse aux fautes de frappe et ne pas me retrouver ridicule, à la fin, à cause de stupides coquilles. Souvent, en lisant ce que raconte Mitzi, je pense à ma propre vie qui, en comparaison, est passablement inintéressante. J'ai bien sûr connu des hauts et des bas, mais ils sont vraiment anodins à côté de ceux de Mitzi. Déjà, pour ce qui est des parents ! Ma mère m'a toujours paru infiniment non conventionnelle parce qu'elle m'a élevée seule et qu'elle ramenait sans cesse des amants à la maison. Mais, en définitive, elle n'était qu'une secrétaire qui luttait pour vivre. Secrétaire en chef, me corrigerait-elle aujourd'hui. Elle prétendait que mon père était un important homme d'affaires qui nous avait abandonnées avant ma naissance sans plus jamais donner de nouvelles. Je ne peux vérifier si c'est exact.

En revanche, les parents de Mitzi étaient des musiciens célèbres. Son père, Walter Hauptmann, était un violoniste à la crinière d'artiste, dont les disques remplissaient des mètres d'étagères. Sa mère, Sophie

Senfter, pianiste de concert, était presque aussi connue. Quand Mitzi était enfant, des musiciens et des écrivains leur rendaient visite, alors que, chez nous, seuls les amants de ma mère franchissaient le seuil, des types assez désagréables qu'elle ramenait de son entreprise, de son club de sport ou du Blueberry, un bar de blues voisin où elle allait souvent.

Autre chose encore me différencie de Mitzi : avant d'être avec Alex, je n'avais jamais vraiment quitté Berlin. Ma mère n'avait ni le temps ni l'argent de partir en vacances plus loin que la côte de la Baltique. Si mon premier petit ami ne m'avait, après le bac, emmenée en Toscane où ses parents possédaient un petit appartement à Montepulciano, je ne serais sans doute même jamais allée en Italie, en dépit de l'amour que je porte à sa langue et que, chose que je peux affirmer après les quelques jours passés ici, je parle vraiment avec facilité. Mitzi, elle, avait fréquemment voyagé durant son enfance, ses parents l'emmenant lors de leurs tournées en Asie, aux États-Unis, pour des enregistrements de disques à Londres, Sydney ou Tokyo. La famille n'est devenue sédentaire, mais à contrecœur, que le jour où Mitzi a dû aller à l'école, ses parents obtinrent alors un engagement à l'orchestre philharmonique de Berlin. Ils ne menaient pas une vie sédentaire au sens propre du terme, car ils entreprenaient de longues tournées avec l'orchestre. Mitzi ne les accompagnait plus et restait à la maison, des semaines entières, sous la surveillance d'une nurse ligure. C'est là un point commun à nos deux vies, car ma mère ignorait elle aussi mon existence, notamment quand elle attendait la visite d'un homme. Elle croyait augmenter ses chances de trouver un partenaire durable si elle agissait comme si je n'existais pas. Soit je devais jouer sans bruit dans ma chambre, soit elle me casait chez ma grand-mère. Je préférais la seconde solution parce que je pouvais alors faire autant de bruit que je le voulais et que ma grand-mère me régalait de *streusels* aux pommes, aux groseilles à maquereau, à la rhubarbe ou aux cerises selon la saison. Parfois je restais plusieurs jours chez elle, et je crois que j'y ai toujours été heureuse.

— Qu'est-ce que cela te faisait d'être aussi seule ? demandé-je à Mitzi quand nous nous retrouvons aujourd'hui assises côte à côte, la douce lumière du matin encore hésitante entrant par les fenêtres.

J'ouvre le fichier, je le fais défiler jusqu'à la dernière page et pose les doigts sur les touches.

Nous travaillons depuis déjà près de deux semaines à ce manuscrit, pourtant, comme nous n'y consacrons que les matinées, nos progrès ne sont pas époustouflants. En outre, il m'a fallu, au début, prier Mitzi de parler plus lentement ou bien de ménager des pauses, car mes doigts ne sont pas aussi agiles que sa langue. Elle sait désormais mesurer la vitesse de son débit de manière à ne pas me mettre en difficulté. Par ailleurs, mes doigts ont acquis entre-temps leur autonomie si bien que je n'ai plus à leur accorder autant d'attention. Depuis lors, on a l'impression que le texte qui sort de la bouche de Mitzi s'écoule directement sur l'écran. Le nombre de pages inscrit dans le bas de la fenêtre de Word augmente de jour en jour.

— Hier, tu m'as raconté que tu te sentais très seule, avec cette bonne d'enfants venue d'Italie. Je crois que nous devrions nous greffer là-dessus.

D'un hochement de tête, Mitzi me donne à comprendre que je dois me préparer à taper. Nous nous sommes mises d'accord pour ne pas vouloir à tout prix ménager des transitions avec le texte de la veille, mais pour commencer comme cela nous chante. Quand nous aurons terminé le premier jet, nous nous soucierons des détails et réorganiserons l'économie générale du texte.

— Bien sûr, mes parents essayaient de compenser leurs longues absences. À leur retour d'une tournée, ils me couvraient de cadeaux, me gâtaient de friandises exotiques et de vêtements charmants, ils me montraient des photos et des cartes postales de pays lointains, me faisaient jouer avec des pièces de monnaie et des billets étrangers. Pourtant, dès qu'ils avaient apaisé leur mauvaise conscience, je repassais au second plan de leurs préoccupations. Car, si mes parents aimaient quelque chose, c'était la société, la compagnie. Ils adoraient recevoir, leurs invités leur tenant naturellement plus à cœur que leur petite fille, dit-elle avec un haussement d'épaules. Certains de leurs hôtes aimaient bien sûr les enfants et veillaient à ce que je ne me sente pas exclue de ces soirées. L'écrivain Hugo Hertz, par exemple, jouait de longues heures avec moi. Ce nom te dit quelque chose ?

— Bien entendu. J'ai même lu *Un cheval sauvage*.

— Tu te souviens du personnage de Fritzi ?

— La fillette qui s'enfuit de chez elle, c'est toi ?

— Pas tout à fait, naturellement, mais je lui ai servi de modèle, dit-elle en souriant, une lueur de fierté brillant dans ses yeux.

— Incroyable !

— Il y a vraisemblablement un tas de gens qui pâliraient de jalousie en apprenant quels gens illustres j'ai rencontrés, enfant encore, lors de lectures, de soirées musicales et de concerts privés, combien d'habits prestigieux j'ai sali avec mes doigts barbouillés de chocolat, combien de genoux j'ai couvert de miettes de gâteaux. Sans parler de tous les trucs exotiques qu'il y avait sans arrêt à manger chez nous ! Mes copines d'école en restaient comme deux ronds de flan ! Du caviar russe, des tartelettes japonaises au matcha, des currys à l'arôme enivrant, des huiles, des thés…

Mitzi s'interrompt. On entend par la fenêtre le léger clapotis de la mer, on sent les odeurs mêlées de l'iode, du soleil et du romarin.

— Pourtant, la vie avait beau être tumultueuse chez nous, je n'arrivais pas, dans mon for intérieur, à me satisfaire d'être laissée seule pendant des semaines, pareille à un caniche qu'on dépose de temps en temps dans un refuge pour animaux.

— Et comment t'y es-tu prise ?

Pour ma part, la réponse était claire : je m'accrochai totalement à ma grand-mère, trouvant toujours un prétexte pour passer du temps chez elle, avec elle. C'est sans doute la raison pour laquelle l'appartement de l'Akazienstrasse me tient tant à cœur et qu'il m'est aussi douloureux qu'Alex et moi n'ayons pu y trouver le bonheur.

Le regard de Mitzi se perd dans l'immensité vert et bleu sur laquelle s'ouvre la fenêtre devant nous.

— Comme mes parents n'étaient jamais vraiment là même quand ils étaient présents, j'ai offert tout l'amour que renferme un cœur d'enfant à Sophia, ma bonne d'enfants. Je peignais des tableaux pour elle, je l'aidais à cuisiner et, la nuit, quand je me sentais seule, je me faufilais chez elle, un vrai trou de souris, une minuscule chambre derrière la cuisine.

— C'est vrai ? demandé-je en riant.

— Qu'est-ce que ça a de drôle ?

— Moi aussi, j'ai peint des tableaux pour ma grand-mère. Je lui ai même écrit des histoires, des histoires dans lesquelles ma mère n'apparaissait jamais.

— Tout cela est bien triste, constate Mitzi en me lançant un regard interrogateur.

— Oh, éludé-je en évitant son regard un très bref instant, une seconde, deux peut-être. On s'habitue à tout.

Nous demeurons muettes et, quand nos regards se croisent de nouveau, je sens que quelque chose nous lie. La tristesse, la résignation. Peut-être le sentiment de sécurité qu'on nous a volé.

— Pourtant, j'aurais pu vraisemblablement avoir une enfance sans trop de problèmes, poursuit Mitzi. J'avais mes amies, j'avais Sophia. J'aurais fini par quitter mes parents à un moment ou à un autre, j'aurais, pourquoi pas, passé du temps sur le divan d'un psy quelconque, mais, tôt ou tard, j'aurais clos ce pénible chapitre de la solitude.

— Mais quel problème y a-t-il eu ?

— Le problème, ce fut l'école, répond-elle en levant les yeux au ciel. J'ai vraiment eu des difficultés et mes résultats se sont détériorés d'année en année. À l'école élémentaire, ça allait encore, mais, au fur et à mesure que je grandissais, mes notes devenaient minables. Elles le sont devenues au point que mes parents ont fini par se persuader que je n'étais pas seulement paresseuse, mais aussi stupide.

— Hein ? crié-je, incrédule. Stupide, toi ?

— Un jour, il y a eu cinq zéros dans mon bulletin semestriel et, du jour au lendemain, c'en fut fini des heures joyeuses dans le cercle des artistes. Au lieu de me coucher tard, il m'a fallu bosser dans ma chambre. J'ai passé des soirées entières seule, éclairée par la lampe de mon bureau, le regard perdu dans mes cahiers, tandis que, au salon, mes parents buvaient, riaient et faisaient de la musique. Ce n'est que bien plus tard, une fois devenue adulte, que j'ai appris que mes problèmes scolaires n'avaient rien à voir avec un manque d'intelligence, mais tenaient à ce que j'étais dyslexique.

— Tu es… tu souffres de dyslexie ? demandé-je, prise au dépourvu.

— Elle n'est pas particulièrement marquée, mais j'ai des difficultés d'écriture. La lecture, ça va à peu près, même si je lis lentement. Je suis obligée de déchiffrer les phrases mot par mot, et, quand je dois écrire quelque chose, il me faut une éternité, ce qui ne m'empêche pas de faire des tas de fautes de grammaire, j'oublie des mots, je déforme les lettres et les syllabes…

Mitzi me regarde.

— Au temps de ma scolarité, les enseignants ordinaires ignoraient tout de la dyslexie. À l'époque, on pensait simplement que ceux qui avaient de la peine étaient juste des attardés. Je ne me serais sans doute jamais aperçue que quelque chose clochait chez moi si, un jour, à la télévision, je n'avais vu une émission qui évoquait des gens parfaitement semblables à moi. Ce jour-là, j'ai téléphoné au spécialiste interviewé dans le reportage, un médecin de Rome. Il m'a expliqué que la dyslexie n'était fondamentalement rien d'autre que le daltonisme ou la prosopagnosie. Il existe des personnes incapables de distinguer les visages ou de déterminer si une auto est verte ou rouge. Si j'allais à l'école aujourd'hui, je suivrais des programmes spéciaux qui m'aideraient à combler ce handicap.

— Mais comment as-tu réussi, avec ta dyslexie, à devenir écrivaine ? m'étonné-je.

— Quelques écrivains sont dyslexiques, John Irving par exemple. Ou Agatha Christie. Il paraîtrait même qu'Ernest Hemingway l'était.

— Mais comment parvient-on à écrire tout un livre quand on a tant de mal à écrire ?

— Pour mon premier livre, j'ai eu pour principale préoccupation de prouver que j'étais capable de créer quelque chose qui me soit propre, dit-elle en haussant les épaules. J'ai écrit à la main, lettre après lettre, phrase après phrase, lentement mais inlassablement. En définitive, ma dyslexie m'a peut-être aidée à trouver mon style. Il m'était tout simplement impossible de tomber dans l'ivresse de l'écriture et, comme d'autres, de taper comme une folle sur une machine à écrire. J'ai été contrainte de travailler avec rigueur et lenteur.

— Et tu n'as pas fait de fautes ?

— Si, des centaines. Mais j'ai eu la chance de rencontrer une institutrice à la retraite qui a corrigé mon manuscrit avant que je l'envoie à des maisons d'édition. Je crois que Mme Lobenberg m'a littéralement maudite, car son travail sur le texte final a été au moins aussi long que celui qu'il m'avait fallu pour l'écrire.

C'est à cet instant que je comprends la raison réelle pour laquelle j'ai été engagée ici.

— Donc, c'est essentiellement en raison de ta dyslexie que tu m'as choisie, n'est-ce pas ?

Mitzi me regarde pensivement.

— C'est ça, oui.

Le ventilateur de l'ordinateur pousse sa légère plainte dans le silence de la pièce. On entend au-dehors les bruits du jardin, le bourdonnement des insectes, le vent, la mer.

— Je suis épuisée, dit soudain Mitzi.

— Ça ne va pas ? demandé-je, effrayée.

— Si, j'ai juste besoin d'une pause.

— Alors, arrêtons là pour aujourd'hui.

— Volontiers.

Mitzi se hisse hors de son siège et quitte la pièce sans se retourner, sans un regard dans ma direction.

## 14

Notre verre de *spremuta* après le travail est devenu une espèce de rituel. Pourtant, quand, l'ordinateur fermé, je veux rejoindre Mitzi à la cuisine, je constate qu'elle n'est pas là. Elle n'est pas davantage au salon, ni dans le jardin où nous aimons nous asseoir le soir, pour admirer le célèbre coucher de soleil rougeoyant. Se serait-elle donc couchée aussitôt ? Effectivement, j'entends à ce moment un léger grincement à l'étage, ce sont les volets de la chambre de Mitzi qui se ferment.

Je retourne à la cuisine. Étrange comme on s'habitue vite à un changement d'emploi du temps de ses journées ! Étrange aussi le sentiment qui vous envahit lorsque, d'un seul coup, le nouveau rituel est modifié, même de manière minime. Je peux certes boire seule un verre de jus de citron, mais ce n'est pas la boisson le problème. La *spremuta* ne sert que de transition entre l'intimité de la salle de travail et le retour dans le quotidien de Capri. Quand, après le cinéma, on veut boire un verre, ce n'est pas parce qu'on a envie de vin rouge, mais parce qu'on ne veut pas replonger immédiatement dans la vie réelle.

Je me prépare néanmoins un jus, j'emporte le verre sur la terrasse et je m'assieds sur le banc du jardin, au soleil, près de la porte de la cuisine. Le bois est si chaud que j'ai l'impression d'être posée sur un radiateur.

Que vais-je faire de mon après-midi libre ? Ces derniers jours, équipée d'une serviette de bain, d'un livre et de lunettes de soleil, je suis descendue à la mer où j'ai passé mon temps à plonger dans les flots, me laisser rôtir au soleil ou me forcer à lire quelques lignes. Mais, à cet instant, l'idée du chemin escarpé à parcourir pour atteindre la mer me coupe toute envie de me baigner. Demain peut-être.

Je pose mon verre devant la porte. Une abeille lui tourne autour avec curiosité. J'ai un peu faim, mais je n'arrive pas à me résoudre à me faire un sandwich. Au lieu de quoi, je chemine jusqu'au muret séparant le jardin des falaises. Je contemple la mer qui se brise avec retenue contre les rochers, comme si elle se contentait de faire jouer ses muscles. Je pense à Mitzi. Quel effet cela fait-il d'être considérée comme peu douée par ses parents, ses professeurs, ses camarades de classe et ses amis ? Ma mère n'avait pas non plus une très haute opinion de moi, mais ma grand-mère m'a toujours donné l'impression que je n'étais pas quelqu'un d'ordinaire. Mes amis et mes professeurs ne se doutaient pas de ce que j'étais, chez moi, l'objet d'un rejet. Pour eux, j'étais une fille on ne peut plus normale. J'admire d'autant plus Mitzi. Elle a affronté ses problèmes, pris le taureau par les cornes et a mené une vie indépendante en écrivant des romans, certainement le plus grand défi qu'elle pouvait se lancer, compte tenu de son handicap.

Ces réflexions me stimulent : l'énergie déployée par Mitzi pour mener ses projets à bien sans craindre les conséquences m'inspire soudain. S'évader quand on se sent prisonnière. Peut-être pourrais-je, au cours de ce séjour sur Capri, acquérir un peu du tempérament de cette vieille dame. Pourquoi rester tous les jours dans ce jardin ? Ne pourrais-je pas profiter de cet été pour découvrir l'île ? Je suis déjà ici depuis deux semaines et je n'ai rien vu d'autre que le centre d'Anacapri, le jour où Mitzi m'a demandé de lui rapporter un médicament de la pharmacie.

Je suis soudain prise de honte. Si j'avais été ici avec Alex, il y a belle lurette que j'aurais exploré l'île. Le premier jour, nous aurions jeté nos valises sur le lit et serions sortis sur-le-champ. Chaque soir, nous nous serions penchés ensemble sur le guide de voyage et aurions mis au point le programme du lendemain.

Brutalement, j'ai le cœur qui se serre à nouveau : notre vie à deux était tellement plus séduisante ! Avec Alex, j'ai vu le monde avec d'autres yeux, j'étais beaucoup plus éprise d'aventures, beaucoup plus curieuse que je ne le suis à présent.

Mon regard s'arrête, loin au-dessous de moi, sur les rochers bizarres que l'eau recouvre et découvre inlassablement. Il vaut mieux que je ne pense pas à Alex. Du reste, je m'étonne que cela ne me soit pas arrivé plus souvent ces derniers jours. La tristesse et le regret auraient normalement dû, dans cet endroit merveilleux, me rappeler l'homme avec qui je comptais passer ma vie. Pourquoi ai-je si rarement pensé à lui ? Pas une seule fois je ne me suis imaginé l'enthousiasme qu'aurait suscité chez lui cette maison au bord de la mer ! Pourquoi, lors de mes après-midi solitaires au milieu des rochers, n'ai-je pas été beaucoup plus fréquemment d'humeur sombre ?

Cela tient-il à Mitzi ? À sa force et à son rayonnement, à sa *grandezza* ? À l'évidence je parviens, grâce à elle, peut-être pas à prendre le dessus sur mon sort, mais au moins à le refouler.

C'est déjà un progrès.

Poussant un soupir plein d'espoir, je porte mon regard sur l'étincellement infini de la mer, au-delà des rochers. Soudain, cette immensité grandiose cesse de susciter en moi d'indolentes rêveries, je sens s'éveiller un sentiment de liberté, la soif d'aventures. N'ai-je pas passé trop de temps à paresser, tel un phoque, sur ces rochers au soleil ? Ne suis-je pas venue à Capri parce que j'aspirais au changement ? Tout à coup, me voilà prête à me mettre en route, à découvrir cette île célèbre dans le monde entier.

Mon corps est comme traversé d'une secousse. Je fonce dans ma chambre prendre mon sac à main et j'y glisse le guide de voyage acheté à l'occasion de ce séjour ici. Je me demande quelques secondes si je ne vais pas avertir Mitzi, mais, estimant qu'elle fait la sieste, je pose un petit mot sur la table de la cuisine et, pour la première fois depuis mon arrivée, je quitte la Villa Azzurra par la porte d'entrée ! La fontaine clapote et me fait fête et je foule le fin gravier d'un pas assuré.

— *Signora Isa !*

C'est la voix de Massimo. Il sort du jardin, un chapeau de paille sur la tête.

— *Ciao*, Massimo.

— Tu vas à Anacapri ?

— Non, je voudrais prendre le bus pour Capri.

— Le bus ? s'étonne-t-il, fronçant le sourcil. Pourquoi veux-tu prendre le bus ?

— Pourquoi je ne le prendrais pas ? Mon guide de voyage dit que le réseau de bus fonctionne très bien sur l'île. Ce n'est pas vrai ?

— Pas la moindre idée, répond-il d'un ton contrarié, comme si je lui avais posé une question complexe à propos du système italien des retraites, le bus n'étant à l'évidence pas son mode de déplacement préféré. Pourquoi tu ne prends pas la voiture de la *signora* Mitzi ?

— La voiture de Mitzi ?

Je le regarde avec stupéfaction. Soudain, je me souviens que la vieille dame, lors de notre premier entretien téléphonique, m'avait parlé d'un véhicule. Mais, en bonne citadine, je suis habituée aux transports publics et, par ailleurs, je n'ai pas aperçu l'ombre d'une voiture dans les environs.

— Tu veux dire que je peux prendre la voiture de Mitzi ? répété-je un peu stupidement.

— *Ma certo*. Elle a justement besoin qu'on la promène un peu. Suis-moi !

Il me conduit à une petite baraque que j'avais jusque-là prise pour les restes d'une ancienne grange ou une remise à outils. C'est d'ailleurs sans doute ce qu'elle était autrefois. Pourtant, quand Massimo ouvre les deux battants, apparaît une minuscule Fiat couverte de poussière, un modèle archaïque qu'on aperçoit exceptionnellement sur les routes allemandes dans sa version d'origine, mais alors soigneusement polie comme le réclame une voiture de collection, avec des sièges en cuir et des jantes chromées. Au second coup d'œil, je découvre de surcroît qu'il s'agit d'un cabriolet, la capote, d'une incroyable saleté, laissant penser qu'elle n'a pas été ouverte depuis le siècle dernier.

— Et elle marche ? ne puis-je m'empêcher de demander. Pour de bon ?

— *Naturalmente !* répond Massimo tout en prenant dans une étagère du mur, à droite de la voiture, un bidon d'huile vide dont il extrait une clé qu'il me tend.

— Ouvre, dit-il.

La serrure crisse un peu et les gonds de la portière grincent à leur tour, mais, effectivement, elle s'ouvre. Je m'assois de mon mieux sur le siège poussiéreux qui est si bas que j'ai l'impression que mes fesses toucheront l'asphalte dès que la chaussée sera un tant soit peu irrégulière. Je pose les mains sur le volant, mais il me serait possible de m'en dispenser : je pourrais tout aussi bien conduire cette voiture avec les genoux.

— Comment Mitzi faisait-elle pour entrer là-dedans ? m'inquiété-je. Elle me dépasse d'une bonne tête.

— Tu peux déplacer le siège. En bas, à gauche.

Je cherche la manette de la main et le siège, en effet, recule. Ouf, ça va déjà mieux.

— Démarre maintenant !

Je débraye à fond, je glisse la clef dans la serrure et je la tourne. Le moteur toussote à trois ou quatre reprises, puis se met à vrombir.

— Tu peux aussi ouvrir le toit ! dit Massimo en se penchant par la vitre pour actionner un levier.

Il en actionne un deuxième, repousse la capote vers l'arrière et la bloque dans un clapet. Un peu de poussière me tombe sur la tête.

— Tu vois ?

Je le regarde avec admiration.

— Vas-y maintenant !

J'enclenche la première, ce qui ne me réussit pas du premier coup. Au troisième essai, pourtant, je parviens à placer le levier des vitesses dans la bonne position.

J'embraye avec prudence et la voiture avance un petit peu. Je trouve cela à la fois étrange et excitant, car cela fait des années que je ne me suis pas retrouvée assise au volant d'une auto. Je parcours lentement un bout de l'allée. Avec une certaine dose de respect aussi.

## 15

Au dernier moment, il me vient encore une chose à l'esprit. Mon pied, changeant de pédale, appuie sur celle du frein, mais je débraye trop tard. La Fiat cale en gémissant. J'ai noyé le moteur.

— Aurais-tu une carte de l'île ? crié-je à Massimo qui me rattrape au sprint.

Il passe depuis l'extérieur la main dans la minuscule boîte à gants et en extrait une feuille de papier en mauvais état, pliée en quatre, au moins aussi vieille que la voiture.

— Ça devrait suffire, dit-il en riant. Tu n'as pas besoin de *carte*. L'île est très petite. Tu reviendras ici automatiquement.

— OK, dis-je en considérant d'un air sceptique ce truc entre mes mains. Merci.

— Moi, je ne partirais pas à cette heure à Capri.

— Non ?

— *Troppi turisti*, dit-il, la mine dédaigneuse.

— Et tu irais où ?

— Tu as déjà mangé ?

— À midi ? Non, avoué-je.

— *Bene*. Alors, va à Marina Piccola, au Ristorante Mare Piccolo. Il appartient à mon ami Luigi, c'est le meilleur *ristorante* de toute l'île. Tu lui passeras le bonjour de la part de Massimo !

Il m'explique brièvement comment m'y rendre. Que je vienne d'une grande ville est à cet égard payant. En définitive, le quartier où je réside est aussi grand que l'île entière et le trajet que me trace Massimo ne me paraît pas plus compliqué que celui qui me mène de mon supermarché préféré à ma droguerie habituelle.

Mais ce trajet est tellement plus beau ! Quelle vue extraordinaire ! Sur la route en lacets qui mène à Marina Grande et sur la mer qui scintille entre les arbres ! Et quel spectacle s'offre à moi à mon arrivée à Marina Piccola ! Une minuscule église qui, pareille à un nid de mouettes, domine la station balnéaire, les pins tordus plantés dans la pente, semblables à des parasols qu'on aurait oubliés, les escaliers minuscules et les terrasses biscornues qui, mètre après mètre, descendent jusqu'à l'eau.

Je gare la voiture, ce qui n'est pas un problème à Capri, puisque les touristes laissent leurs autos sur le continent et que seuls les voiturettes, les Vespa et les Ape à trois roues parcourent l'île. Puis je m'avance vers la mer et, grâce à un store portant fièrement l'inscription *Mare Piccolo*, je trouve d'emblée le restaurant. Il ne manque visiblement pas de clientèle et toutes les tables de la terrasse reposant directement sur les rochers qui dominent l'eau bleu turquoise semblent occupées. Toutes sauf une qui, encore dans l'ombre, me tend les bras. À croire que je suis attendue ! Mais, lorsque je m'approche, ma joie subit un bémol car, malheureusement, j'aperçois alors le petit bristol *Riservato* disposé entre les bouteilles d'huile et de vinaigre sur la nappe à carreaux rouges et blancs. Réservé, dommage ! Bon, peut-être que quelqu'un ne va pas tarder à payer et s'en aller. Je vais me renseigner.

D'un pas souple, je me dirige vers le serveur qui, les bras croisés sur un ventre imposant, se tient devant l'entrée, clignant des yeux dans la lumière de midi. Quand il me voit m'approcher de lui, ses lèvres s'ouvrent sous sa moustache en un sourire éclatant. Il esquisse une courbette.

— *Signora*, me dit-il amicalement.

— *Buongiorno*, réponds-je et, dans mon italien d'école déjà quelque peu amélioré, je demande : Auriez-vous, s'il vous plaît, encore une table pour moi ?

— Vous êtes la *signora Isabella* ?

— *Si. Sono io*, dis-je avec surprise.

— Suivez-moi, *signora*.

Il me conduit alors à la table réservée du premier rang, tire sur la nappe pour la rajuster et recule la chaise à mon intention.

Je m'assieds et l'interroge du regard. Il disparaît pourtant sans un mot dans le restaurant et revient une minute plus tard avec un verre de *prosecco*.

— Avec le bonjour de Massimo.

— Oh, il a appelé ? Êtes-vous Luigi ?

— Oui, les amis de Massimo sont nos amis. Et les amis de la *signora* Mitzi sont des amis tout particuliers. Qu'est-ce qui vous ferait plaisir ?

— Peut-être un petit plat de pâtes ? réponds-je, flattée.

Mais Luigi ignore mon souhait sans autre forme de procès, exactement comme s'il ne m'avait pas questionnée.

— Je vais d'abord vous apporter une de nos spécialités, des *antipasti*.

Et l'homme disparaît à nouveau dans la pénombre du restaurant, tandis que je sirote mon mousseux, souriant intérieurement. J'aurais vraiment dû commencer plus tôt mon exploration de l'île ! La mer miroite devant moi, des barques se balancent au rythme des vagues, une Vespa traverse le village en pétaradant, quelques touristes au nez cramoisi font triste mine en s'apercevant que toutes les places de la terrasse sont prises.

Peu après, Luigi reparaît, avec une grande assiette ovale pleine de choses délicieuses.

— Ça m'a l'air magnifique !

— Merci ! dit-il, puis il m'explique tout ce que l'assiette contient: des tomates, de la mozzarella, des aubergines grillées, des tranches ultrafines de jambon de San Daniele, du fromage de brebis grossièrement découpé en cubes, des olives, des rondelles de calmar et de minuscules poissons grillés dont je ne retiens pas le nom, mais peu importe.

— Vous aidez la *signora* Mitzi à écrire son autobiographie ? me demande-t-il quand il a terminé ses explications, tout en disposant, fourchette et cuillère en main, divers ingrédients des *antipasti* dans la petite assiette devant moi.

— Exactement. Je l'aide à taper le texte et je me livrerai à quelques recherches.

— Ce sera certainement un livre passionnant, dit Luigi, et je peux lire dans son regard que ce n'est pas un propos en l'air. Nous, au restaurant, nous avons cuisiné de temps en temps chez elle autrefois, quand elle recevait beaucoup de convives. La *signora* Mitzi n'est pas une mauvaise cuisinière du tout, mais quand il lui faut cuisiner pour plus de quatre personnes, elle a besoin de plusieurs jours rien que pour couper la salade.

— Ça, on peut le dire ! m'exclamé-je en éclatant de rire.

Il me sourit, se penche sur la table et imite Mitzi en train, très très lentement et la mine concentrée, d'émincer un légume imaginaire.

— C'est tout à fait ça, dis-je en pouffant.

Il sourit, heureux que son petit numéro m'ait plu, avant de reprendre son sérieux.

— Mais, à part ça, elle est formidable, assure-t-il d'une voix respectueuse. Elle mène maintenant une vie un peu retirée, mais, quand elle était plus jeune, tout le monde ici la connaissait. C'était la véritable star de l'île !

— Vraiment ?

Je pose cette question alors que je me représente très bien la chose : l'élégance de son allure jointe à son charme rugueux, le tableau devait être assez impressionnant.

— Absolument ! Toute l'intelligentsia de l'île se donnait rendez-vous à la Villa Azzurra. Ah ! Quand je dis l'île, pensez donc : ils venaient même de Naples.

— Des écrivains ?

— Des acteurs aussi.

— Qui par exemple ?

— Liz Taylor.

— Liz Taylor ? Mais qu'est-ce qu'elle faisait par ici ?

— La *signora* Mitzi et elle se sont rencontrées lors d'un tournage. Je crois qu'il s'agissait d'*Une dernière danse*.

— C'est exact, elle a joué dans ce film. Mais qu'elles soient aussitôt devenues amies !

— Voilà, vous tombez pile ! Tous ceux qui faisaient la connaissance de la *signora* Mitzi voulaient être amis avec elle ! Pour combien de peintres, d'écrivains et d'acteurs n'avons-nous pas servis, nous, ici ?

— Des gens célèbres ?

J'insiste, car il a piqué ma curiosité ! Je savais certes que Mitzi était une auteure connue, mais j'ignorais qu'elle avait fréquenté de tels milieux, de telles célébrités. Elle ne s'en est même pas vantée, comme la plupart des gens le feraient vraisemblablement, pour gagner l'admiration de leurs semblables. Au contraire, elle m'a parlé de sa dyslexie et de ses rapports difficiles avec ses parents.

— Assez célèbres, répond-il, mais il relativise : Quand on s'y connaît.

— Donc pas aussi célèbres que Liz Taylor.

— Ça, je ne sais pas. Qui peut avoir une vue d'ensemble de tous ces artistes ? Mais il y avait un nom que je connaissais, comment s'appelle cette auteure qui a un nom allemand ?

— Une Italienne ?

— *Ma certo !*

— Natalia Ginzburg ? proposé-je après réflexion.

— Voilà, exactement. Une femme admirable. Je me suis toujours dit que je lirais quelque chose d'elle.

— Vous devriez, dis-je en sentant la libraire se réveiller en moi.

Il faut que je me contrôle, que j'évite de pontifier sur ses splendides romans.

— Malheureusement, le restaurant ne m'en laisse pas le temps, regrette-t-il.

Je prends un air compréhensif, bien que Natalia Ginzburg soit morte il y a plus de vingt-cinq ans.

— Mes aubergines par exemple, reprend-il en montrant mon assiette, qu'est-ce qu'elle les aimait ! Elle m'a même demandé la recette !

Luigi a l'air aussi fier et heureux que si elle ne lui avait pas demandé une simple recette de légumes, mais son numéro de téléphone, et l'avait ensuite appelé. Je m'empresse d'en goûter un morceau. Elles sont délicieuses : tendres sans être lourdes, avec un merveilleux arôme fruité, un goût de fumé.

— Moi aussi, j'aimerais avoir la recette.

— J'ai dû promettre à la *signora* Ginzburg de ne la révéler à personne d'autre qu'elle, regrette-t-il.

— Dommage.

— Bon, on verra, murmure-t-il d'un ton amical.

— C'étaient sûrement des soirées assez joyeuses, dis-je, me surprenant en train de calculer combien de temps encore il nous faudra, à Mitzi et à moi, pour laisser derrière nous sa jeunesse malheureuse et arriver aux dîners et aux soirées glamour de la Villa Azzurra.

Je me fais déjà une joie de reprendre le travail ! Liz Taylor !

— Et très longues, confirme-t-il.

— Oh oui ! Elle a toujours une sacrée résistance.

Il pouffe.

— Mais mange donc tes *antipasti*, à présent. On te servira ensuite de la *pasta* et, pour finir, une petite *soupe* sucrée.

— Ouah, m'exclamé-je, prise soudain d'une faim de loup. Alors je dois me dépêcher.

Ce que, naturellement, je ne fais pas. Un conseil que j'ai retenu de ma grand-mère, c'est qu'il faut prendre le temps de savourer les bonnes choses.

Quand, deux heures plus tard, je règle une addition ridiculement basse et que je quitte le restaurant en tanguant, j'embrasse Luigi comme j'embrasserais un vieil ami. Habituellement, je ne suis pas si expansive, mais les pâtes aux fleurs de courgettes et la *granita al limone* étaient si délicieuses qu'il m'a fallu absolument montrer mon enthousiasme à mon hôte. En plus, j'ai bu un verre de vin pour accompagner le plat principal, ce dont je n'ai vraiment pas l'habitude. J'ai l'impression d'avoir vidé une bouteille entière, surtout par une chaleur pareille.

— *Ciao*, Luigi, merci pour tout !

— Reviens bientôt !

— Je n'y manquerai pas !

Je lui adresse un dernier signe de la main et me dirige en vacillant, le ventre plein, vers la voiture. Est-il sage de prendre le volant dans mon état ? Mieux vaudrait m'en abstenir ! Je vais d'abord faire quelques pas le long de la côte rocheuse devant laquelle les barques de pêcheurs flottent paresseusement, tandis qu'à l'horizon des yachts blancs patrouillent, pareils à des chiens de garde.

Un peu pompette et euphorique, je caresse l'idée saugrenue que Liz Taylor a admiré le même panorama que moi et qu'elle a peut-être éprouvé les mêmes sentiments. Liz Taylor et moi, me dis-je en pouffant de rire, tandis que, trébuchant dans un passage escarpé, je dois me retenir à un rocher. Un lézard, croyant que je l'attaque, disparaît en un éclair dans une fente entre deux pierres.

Une nouvelle fois, je ne peux m'empêcher de penser à Alex. Se plairait-il ici ? Quel bonheur ce serait de nous promener ensemble, légèrement éméchés, au bord de la mer !

Je respire à fond, deux fois, trois fois. Étonnant comme, une fois qu'une histoire d'amour est terminée, les pires moments de tristesse interviennent au moment où l'on vit des instants de bonheur. C'est sans doute parce qu'on prend alors pleinement conscience qu'il manque à ces derniers la profondeur, l'espace de résonance qui, pour exister, exigent qu'on les vive à deux. Mais je repousse ces pensées et j'attribue la brûlure que je ressens aux yeux à la sueur de mon front sous le soleil de midi. Halte à la sensiblerie ! Il vaudrait mieux que je ne boive pas de vin au déjeuner !

L'air de la mer opère des miracles. Quand, au bout d'une demi-heure au bord de l'eau, je retourne à la Fiat de Mitzi, je me sens tellement mieux que j'ose reprendre le volant. D'ailleurs, je n'ai en fait pas bu tant que ça ! Je mets le contact et parviens à m'extraire du créneau sans, Dieu merci, emboutir les voitures derrière et devant moi. Faisant demi-tour, je reprends la route en lacets qui conduit à l'intérieur de l'île. Je me rends alors compte qu'en réalité je ne suis pas éméchée du tout, que j'ai simplement trop mangé. Mon jean me serre à la taille, à croire que j'ai avalé un cochon entier ! J'ai heureusement un estomac solide, sinon les virages en épingle à cheveux qui ne cessent de monter au flanc de la falaise entre Anacapri et le reste de l'île m'auraient posé des problèmes, d'autant plus que le trafic, sur cette route qui est la principale voie de communication de l'île, est dense. Des cyclomoteurs me doublent à maintes reprises ainsi que des Fiat encore plus petites que la mienne. Voilà maintenant que me double un des bus officiels, ce qui m'oblige à serrer à droite afin de laisser le plus de place possible à ce chauffeur ayant manifestement perdu la raison.

Une forte détonation me tire de ma rêverie digestive. Au même instant, la voiture se met à tanguer et j'ai toutes les peines du monde à l'empêcher d'aller briser la glissière et de m'entraîner avec elle dans l'abîme. Je freine frénétiquement et tourne le volant à gauche et à droite, mais toujours à contretemps, la voiture a pris son autonomie. Durant ces quelques secondes de panique, je découvre, sur le bord de la route, une étroite place de parking qui, sur cette route très fréquentée, me paraît un don du ciel. Mon ange gardien devait avoir pris place sur le siège du passager, pareil hasard serait sinon inexplicable.

Mais que diable s'est-il passé ?

Le cœur battant, je descends de l'auto et constate aussitôt que mon pneu arrière droit a éclaté. Rien que ça ! Il pend de la jante comme un manteau en lambeaux. Quelle poisse !

Je respire à fond et cherche tout d'abord à savoir où je me trouve précisément. Sur ma gauche se dresse le massif rocheux du Monte Solaro, mais la pente semble devoir bientôt cesser, je ne devrais donc pas être loin du sommet. À ma droite, en revanche, du côté du vide, la pente est raide, plantée de quelques arbres au travers desquels j'entrevois, très loin au-dessous de moi, un bout de route. Capri doit se trouver quelque part par là. À quelle distance d'Anacapri puis-je bien être ? Trois kilomètres ? Quatre ? Davantage ? Je m'aperçois que le caractère montagneux de l'île la rend beaucoup plus grande qu'elle ne le paraît sur la carte : les innombrables montées et descentes, les virages doublent, voire triplent les distances. Malheureusement, les automobilistes qui passent devant moi semblent n'en avoir cure : ils foncent sans m'accorder un seul regard. Toutes les quelques secondes, un flot de gaz d'échappement me frappe en plein visage.

Que faire alors ?

Il faut que je téléphone. Comment n'y ai-je pas pensé plus tôt ? Je cherche mon portable, les doigts tremblants, il a deux barres de réception. Je ne suis donc pas coupée de la civilisation. Dois-je appeler Mitzi et lui demander de l'aide ? Je n'en ai pas une envie folle, car j'ai tout de même abîmé sa voiture. Mais que faire d'autre ? Je ne connais pas d'autre numéro de téléphone sur l'île, pas même celui de Massimo. Si j'arrive à la joindre, elle pourra l'envoyer à mon secours avec son Ape.

Je compose le numéro de son fixe que j'ai mis en mémoire sur mon portable et j'écoute la sonnerie tout en m'imaginant l'appareil vieillot sur son socle de la cuisine, la sonnerie qui retentit dans le couloir et la cage d'escalier. Je me surprends à penser : *Eh bien, Mitzi, vas-y, décroche !* Mais ça sonne trois fois, quatre fois, cinq fois, six fois et personne ne répond. Exactement comme deux semaines plus tôt, à mon arrivée à Capri. Mais aujourd'hui il n'y a pas de Massimo pour déboucher d'un coin de rue en klaxonnant.

Alors ?

Ne sachant que faire, je regarde la route dans le sens de la descente, la route que je viens de gravir avec tant de peine. Les Vespa se succèdent devant moi en pétaradant, mais aussi des voitures et des camionnettes, des bus et même une minuscule ambulance pas plus large qu'un transat, vraisemblablement destinée à pénétrer dans les ruelles les plus étroites de l'île en cas de besoin. Tous passent, bruyants et indifférents. Vais-je devoir redescendre à pied jusqu'à Marina Piccola ? Ou grimper jusqu'à Anacapri ? Me faudra-t-il me résoudre à recourir au stop ? Je fais une nouvelle tentative avec le numéro de Mitzi, en laissant sonner plus longtemps encore, jusqu'au moment où j'abandonne tout espoir. Le désespoir commence à m'envahir.

Si au moins j'avais gardé la note du Mare Piccolo, j'aurais le numéro de Luigi qui pourrait soit m'aider, soit me donner celui de Massimo. Mais je l'ai laissée sur la table. Vu la somme ridicule qui y figurait, il m'est apparu que cela n'aurait aucun sens de l'emporter.

Pourtant, cela me donne une idée. Le Mare Piccolo serait-il cité dans mon guide de voyage ? Ce n'est pas exclu, compte tenu de la qualité de ce restaurant ! M'étant rassise dans la voiture, je farfouille dans la boîte à gants, j'en sors le petit volume et je parcours des yeux le chapitre consacré à Marina Piccola. Tiens, il y est ! Je compose avec soulagement le numéro indiqué, quand une voiture s'arrête soudain à côté de la Fiat. Une vitre s'abaisse.

# 16

Effrayée, je repose mon portable. On ne peut confondre le bleu ciel de cette voiture avec aucun autre. Les flics ! Je suis subitement submergée par la mauvaise conscience. Avais-je le droit de conduire ? Ai-je encore de l'alcool dans le sang ? Et au fait, où sont les papiers de la voiture ? Je me vois déjà menottée et jetée au fond d'un cachot creusé dans la pierre.

— *Buongiorno*, dit une voix d'homme.

J'ai à nouveau le front couvert de sueur. Je n'ai encore jamais imaginé qu'un policier puisse être un ami, une aide : un homme en uniforme, c'était jusqu'ici la promesse d'une amende. Et qui sait à quelles extrémités drastiques peut se laisser aller un policier italien doté du tempérament cher à ses compatriotes ? Une patrouille de policiers autochtones contrôle le véhicule antédiluvien d'une touriste qui, de surcroît, est ivre ! Existe-t-il pire ? Il y a pire, car la date de validité du contrôle technique de la Fiat est à coup sûr dépassée depuis belle lurette. Heu… au fait, existe-t-il en Italie un contrôle technique ?

— *Buongiorno*, murmuré-je, sans oser lever les yeux vers le policier qui, lui, passe la tête par sa portière et me demande :

— Est-ce que je peux t'aider ?

Je risque alors un œil dans sa direction et je constate que le flic en question n'est pas un danger pour moi. Au contraire, il pourrait bien être mon sauveur ! C'est le jeune gaillard avec qui Massimo, quand il est venu me chercher au port, a, disons, « bavardé ». Derrière ses verres foncés, je distingue les yeux marron et étincelants qui m'avaient séduite lors de notre première rencontre.

— Oh, mais très volontiers ! Mon pneu a éclaté, dis-je en m'étonnant moi-même de l'aisance avec laquelle je parle l'italien après un petit verre de vin blanc dégusté au soleil.

Je prends l'air désemparé tout en cherchant éperdument comment diable s'appelle ce policier. Lauro ? Leonardo ? Je ne trouve pas. Lui, en tout cas, semble se souvenir de moi. Et il n'a pas du tout la tête de quelqu'un disposé à m'arrêter sur-le-champ.

— C'est ce que je vois, dit-il en redémarrant pour se garer devant mon véhicule, sur l'étroit emplacement de stationnement, sa Fiat portant l'inscription *Polizia Locale*.

Puis il sort afin d'examiner les dégâts.

— Tu as une roue de secours ?

— Bonne question, dis-je en considérant, perplexe, le véhicule si petit que l'on ne voit pas bien où pourrait se dissimuler ce genre de choses. La voiture ne m'appartient pas, malheureusement !

— Je sais, dit-il, c'est celle de la *signora* Mitzi. Vous permettez ?

— Oui, bien sûr.

Il remonte ses lunettes sur ses cheveux et se dirige vers le petit coffre à bagages dont il sort une caisse en bois et une bouteille de vin. Depuis combien de temps celle-ci est-elle là ? Puis il extrait encore du coffre une paire de vieilles et élégantes chaussures à talons hauts ainsi que deux livres, ce qui lui permet de soulever le revêtement du coffre. Effectivement, il y a là une roue de secours.

— La chance est avec moi ! constate le policier avec un sourire sympathique, ses yeux marron prenant soudain la teinte de l'ambre.

À l'instant où il prononce le mot « chance », son nom me revient soudain : Lucky Luca ! Ça y est, j'y suis.

Il sort la petite roue et me la tend comme si l'essentiel était désormais résolu. Ce qui est sans doute vrai pour un policier, mais pas pour moi. Non que je sois dénuée de tout don en matière de bricolage. Je suis en effet capable de changer la chambre à air d'un vélo. Mais je n'ai jamais eu de voiture et je n'ai pas souvenir qu'à mon auto-école on m'ait appris à changer une roue.

— Tu y arriveras ? demande-t-il, à l'évidence plus dans l'intention de s'en assurer que de me proposer son aide.

— Eh bien à franchement parler…

— Non, donc, constate-t-il, toujours aimable mais avec une certaine impatience.

— Est-ce que… pourrais-tu m'aider ? Je ne connais personne ici que je…

Son visage s'assombrit un instant.

— Pour ce genre de choses, c'est notre service de dépannage à Capri qui est compétent. Je suis de service.

J'ai peine à croire que Luca, ce gentil policier, soit à ce point à cheval sur le règlement, soit un bureaucrate comme maints de ses collègues berlinois.

Effectivement : une seconde plus tard, la réserve dans son regard cède la place à un clin d'œil bienveillant.

— Je suis de service, mais je ne vais évidemment pas te laisser ici en plan.

— Merci mille fois, dis-je d'une petite voix, plus humblement que je ne l'aurais voulu.

Il va chercher un cric dans la voiture de police et l'installe sous la Fiat de Mitzi. Afin de ne pas salir son uniforme, il retire sa veste et me la tend. Tandis qu'il manie le cric d'un bras vigoureux, je tâte sans y penser le tissu bleu foncé, chaud et lourd sous mes doigts.

Il fait chaud et la nuque de Luca se couvre de perles de sueur. Quelques minutes plus tard, la Fiat, soulevée à bonne hauteur sur le parking, fait songer à un chien levant la patte en pleine rue.

— Attends, crié-je quand Luca s'apprête à s'agenouiller pour dévisser les boulons et je sors de la voiture la nappe de pique-nique à carreaux que j'ai découverte peu avant sur la banquette arrière.

Je l'étale par terre, devant la roue, afin d'épargner son pantalon.

Quand Luca a fini de dévisser les boulons, de retirer la roue endommagée et de la remplacer, il remet la Fiat sur ses quatre roues.

— Merci beaucoup, dis-je en lui rendant son blouson. Je m'appelle Isa, au cas où tu te souviendrais de moi.

— Je sais, dit-il en opinant du chef.

Il me regarde et il se produit alors une chose que j'ai rarement observée chez un homme. Luca rougit. Ce rouge, associé au bleu sévère de l'uniforme, est bien ce que cet après-midi à la mer m'a offert de plus charmant.

— Inutile de me remercier, finit-il par murmurer. Promets-moi plutôt de faire vérifier les autres pneus. À mon avis, ils ne sont pas assez gonflés et, en plus, passablement usés. En fait, je ne devrais pas te laisser repartir ainsi.

— C'est promis ! Absolument ! dis-je, on ne peut plus sincère.

— Tu sais quoi ? Mon grand frère a un garage à Capri. La *signora* Mitzi pourra te donner son adresse. Si tu le salues de ma part, il vous fera peut-être un bon prix. Ou un mauvais, ajoute-t-il avec un sourire malin. Avec un frère, on n'est jamais sûr de rien.

— Je te promets de m'occuper de ça, dis-je en éclatant de rire.

— Bien, dit-il et, un instant, nous restons là, l'un en face de l'autre, intimidés.

D'une part, j'ai le sentiment que je devrais l'embrasser pour le remercier, ou l'inviter à aller boire un café, mais, d'autre part, il y a son uniforme ainsi que les menottes et le revolver qui, accrochés à sa ceinture, ont tout du panneau d'interdiction : Attention, ne pas toucher ! C'est pourquoi je me contente de lui tendre cérémonieusement la main.

— Encore une fois merci !

Il me toise comme si j'avais commis une incongruité, puis il finit par me tendre à son tour sa main couverte de poussière. Comme elle est chaude, à la fois rugueuse et douce !

— Ne traîne pas ici, dit-il en rougissant à nouveau. L'endroit est dangereux, on ne peut y rester trop longtemps sans se mettre en danger.

— Bien sûr, dis-je en continuant de serrer la main sale de mon bon Samaritain.

Je n'arrive tout simplement pas à la lâcher. Il semble être dans les mêmes dispositions, si bien que nous demeurons là plusieurs secondes, jusqu'au moment où la pétarade d'un vélomoteur nous ramène à la réalité. Cette fois c'est moi qui rougis, j'en ai l'impression, alors je baisse les yeux.

Luca monte dans sa voiture, met son clignotant et démarre. Je lui fais des signes de la main dans l'espoir qu'il jette un œil dans son rétroviseur. Puis la voiture de police disparaît dans le premier virage.

Je retourne lentement à ma Fiat et je prends place, mais il me faut un petit moment avant de me décider à mettre le contact. En fait, je devrais prendre la route du retour, en direction d'Anacapri, raconter l'incident à Mitzi et lui demander le numéro du garage. Je reste pourtant immobile derrière mon volant.

Au bout de quelques instants je comprends pourquoi : mon cœur s'est mis à battre la chamade.

## 17

— Bonjour, marmonne Mitzi quand, le lendemain, j'entre dans la cuisine pour prendre le petit-déjeuner et boire un café.

— Tu ne m'as pas l'air bien réveillée, dis-je à Mitzi. Pourtant, tu t'es couchée de bonne heure hier.

— Aller tôt au lit ne m'avance pas beaucoup. D'abord j'ai eu du mal à m'endormir, puis je me suis réveillée toutes les demi-heures. J'espère que tu as mieux dormi, toi.

— Ça peut aller, soupiré-je, l'éclatement du pneu m'a finalement pas mal secouée. J'ai l'impression d'en avoir rêvé toute la nuit, je me revoyais debout au bord de cette route, désemparée, sans qu'aucun policier n'apparaisse pour me sauver.

— Mais il en est apparu un, sourit Mitzi. Qui sait de quoi tu aurais rêvé si ce n'avait pas été Luca, mais un de ses collègues mal lunés du *commissariat*.

— C'est vrai aussi, bien sûr. Luca s'est montré très gentil avec moi.

— Il *est* très gentil de toute façon, dit Mitzi en me regardant avec insistance.

Avec tant d'insistance que je manque de rougir. Qu'est-ce que la vieille dame a derrière la tête ? Croit-elle que j'en pince pour les uniformes ? Que je suis incapable de me dominer et que je vais draguer tous les mecs du village ? Moi ! Moi qui, depuis un an environ, n'ai pas une seule fois songé, même en rêve, à me trouver un autre mec !

— Je nous fais un café ? dis-je pour changer de sujet.

— Absolument !

Je sors donc des grains de café du moulin et je hume un instant leur parfum envoûtant. Puis je remplis la poignée porte filtre de l'élégante machine à café de Mitzi, je fais mousser du lait et prépare ainsi deux *cappuccini*.

— Massimo est déjà arrivé ? m'inquiété-je.

— Oui, attends. Tiens !

Elle me montre le sac en papier enveloppant le pain que Massimo apporte tous les matins, et dans lequel il y a aussi un délicieux *cornetto* pour chacune de nous. Elle m'en tend un par-dessus la table et nous nous mettons l'une et l'autre à plonger, en silence, le croissant italien dans la mousse de lait pour ensuite grignoter la mie tendre et sucrée.

Quand nous avons fini, nous posons lentement nos tasses vides dans l'évier.

— Eh bien, il faut y aller, soupire Mitzi à contrecœur.

— Au boulot, dis-je en bâillant.

Dans le cabinet de travail, j'allume l'ordinateur, ouvre le fichier et je demande à Mitzi si elle veut que je lui relise la fin.

— Ce n'est pas la peine. Nous en étions à ma dyslexie.

— On continue donc par là ?

Je pose mes mains sur le clavier et j'attends que Mitzi commence son récit, mais elle regarde par la fenêtre – et ne dit rien.

— Tu as raconté que tu avais loupé ton bac, dis-je pour la mettre sur la voie.

— Mouais, se contente-t-elle de murmurer.

— Est-ce que tu as ensuite suivi une formation professionnelle ? Ou bien t'es-tu mise à travailler ?

Elle ne répond pas.

— Habitais-tu toujours chez tes parents ?

Rien.

— En quelle année était-ce exactement ?

— Quelle année ? répète-t-elle mais je vois à sa mine qu'elle est tout à fait ailleurs.

— Au début des années 1960 ?

— À peu près. Peut-être plus tôt.

*Bon Dieu*, me dis-je. *Si on continue comme ça, ce livre sera terminé à l'été 2025 !*

Alors que je réfléchis à une autre question susceptible de la faire sortir de sa réserve, Mitzi se met finalement à parler, étrangement calme et songeuse.

— Les adultes veulent toujours faire croire que les années d'école sont les années les plus heureuses dans la vie. Peut-être y a-t-il des gens pour qui c'est vrai – pour moi, en tout cas, ce ne le fut pas. J'avais des difficultés à l'école, des problèmes avec mes parents. À cela est venu s'ajouter mon intérêt naissant pour les garçons qui, malheureusement, apporte aussi son lot d'ennuis : suis-je assez jolie, assez mince ? Suis-je joyeuse, appréciée ? Pourquoi un garçon que j'aime bien m'ignore ? Que faire si ma meilleure amie s'intéresse au même que moi ? Cette époque était rude, mais plus rude encore fut le jour où il s'avéra que je ne réussirais pas le bac : mon père décida de m'envoyer loin de Berlin, loin de mes amies, de ma classe, de ce qui avait été ma vie jusqu'alors. Dans un internat quelque part en Basse-Saxe, l'École de filles du cloître d'Eichensee, tel était son nom officiel, mais les élèves ne le nommaient que par ses initiales : EFCE, l'École de filles du cachot d'Eichensee.

Tout en parlant, Mitzi se lève et se met à marcher de long en large, à petits pas décidés, les bras serrés contre son corps, donnant l'impression d'avoir froid malgré la veste de laine qu'elle porte. Elle va à la fenêtre, regarde au loin et ne cesse de raconter, librement et sans détour, mais en même temps avec une telle profondeur que réapparaît ce moment magique pendant lequel je sens très bien que ce ne sont pas seulement des mots et des phrases que je transcris, mais qu'il s'agit bel et bien de littérature.

— L'école, logée dans un ancien couvent, était dirigée par des nonnes qui n'avaient certainement plus jamais souri depuis qu'elles avaient prononcé leurs vœux. Les murs faisant plusieurs mètres d'épaisseur, il ne faisait jamais chaud, même en plein été, le froid des voûtes séculaires s'infiltrait en nous par le sol de pierre. L'atmosphère, dans ce cloître, n'était pas plus chaleureuse : la moindre inattention, la moindre peccadille étaient punies d'une consigne et l'enseignement avait pour seul but de nous faire comprendre que la vie est injuste, studieuse et triste.

Dans la chambre de quatre pensionnaires qu'on m'assigna, il y avait trois filles qui se connaissaient depuis longtemps et veillèrent à ce qu'aucune d'elles ne se lie amitié avec moi. J'étais plus âgée qu'elles, je venais de la grande ville et, fille d'artistes, j'étais désemparée devant le règlement qui structurait jusque dans le moindre détail le quotidien du couvent. Les privations de sortie et les retenues ne m'étaient bien sûr pas inconnues, mais le réveil matinal, le service à la cuisine ou l'obligation de changer ses serviettes périodiques dans les douches collectives ? Les rondes de nuit des nonnes vérifiant si on avait bien éteint la lumière ? Je me suis rarement sentie aussi seule dans mon existence que devant les longues tables du réfectoire ou dans ma chambre, quand les autres filles faisaient des messes basses sans qu'il me soit possible d'en saisir le moindre mot.

Un jour, je me liai d'amitié avec Else. Logée dans la chambre mitoyenne de la nôtre, elle était à l'internat depuis trois ans. Contrairement à moi, elle était bonne en classe et n'avait atterri dans un internat qu'en raison de son refus de devenir la fillette coquette dont rêvaient ses parents. Elle était trop impertinente, trop pleine d'esprit et beaucoup trop sans façons. De plus, elle aimait manger et, pire encore, elle mangeait trop : elle pesait près de quatre-vingt-dix kilos. L'internat n'avait bien entendu rien changé à cet état de fait. On contrôlait certes ce qu'elle mangeait, mais, comme elle avait trouvé le moyen de faire le mur, elle se rendait au village proche pour s'empiffrer chez le boulanger local. J'aimais bien Else. Quand elle commençait à plaisanter, je me tordais de rire. Elle était en outre très nature et merveilleusement sarcastique. D'une intelligence aiguë, elle avait une impressionnante capacité à juger autrui.

Une fois, je séchais une fois de plus sur un texte latin quand, passant à côté de moi, elle me donna un morceau de gâteau, persuadée qu'il illuminerait ma triste journée. Et elle avait raison, car le gâteau en question était un vrai délice.

« — D'où le sors-tu ? lui demandai-je.

— De chez le boulanger du village.

— Hummm, c'est bon, dis-je en ôtant la dernière miette de l'assiette.

— Si tu me donnes l'argent, je t'en rapporterai demain.

— Oh, c'est vrai ? Tu ferais ça pour moi ?

— Naturellement. Au moins, comme ça je ne serai pas la seule grosse. »

Il en fut ainsi. Tandis que je bûchais, Else allait nous acheter des gâteaux. Parfois, quand on nous autorisait à sortir, nous nous rendions ensemble au village et mettions la patience de la boulangère à rude épreuve, hésitant longuement entre un gâteau feuilleté et un gâteau à la crème. Nous engloutissions nos trésors au bord d'un petit lac entre le village et l'école, sans cesser de bavarder et de rire, profitant de ces heures de liberté.

Un jour – ce devait être au début du printemps car je me rappelle encore la chaleur que le soleil, pour la première fois depuis longtemps, dispensait entre les branches qui bourgeonnaient –, je me rendis seule au village. Un virus à l'internat sévissait, responsable de plusieurs cas de gastro-entérite. Else était alitée ainsi qu'une partie des enseignantes et de nombreuses élèves. Avant de me mettre en route, je proposai à mon amie de lui rapporter quelque chose, mais, à la seule idée de manger, elle dut se pencher sur le seau à côté de son lit.

« — Laisse tomber, me dit-elle, quelques jours de diète ne me feront pas de mal. »

Étrangement, quand j'entrai dans la boulangerie, ce n'était pas la boulangère qui se tenait derrière le comptoir.

— Ça alors, lançai-je au jeune homme svelte, un peu dégingandé, qui me faisait face.

— Je remplace ma mère qui est malade, m'expliqua-t-il.

— Tu es le fils du boulanger ? fis-je, curieuse. (Il opina.) Et tu fais aussi le pain toi-même ?

— Je serai boulanger l'an prochain. »

Je le regardai d'un air provocateur.

« — Quel effet cela fait de toujours mettre la main à la pâte ?

— C'est un métier comme les autres, répondit-il sobrement. »

Je choisis un crumble à la pomme.

« — Et puis j'aimerais bien rapporter quelque chose à mon amie malade, elle a une gastro.

— Alors je vous recommande nos biscottes, dit-il en montrant une étagère et je le vis sourire pour la première fois. »

Je payai et pris congé. Quand, assise un peu plus tard au bord du lac, j'ouvris l'emballage de mon gâteau, celui-ci me parut plus gros qu'à l'ordinaire. Tout en mangeant, je ne cessai d'avoir devant les yeux le longiligne apprenti boulanger. Plus tard encore, j'apportai les biscottes à Else et je lui parlai de la maladie de la boulangère. Le lendemain, je retournai à la boulangerie, de même que le surlendemain. Johann, tel était son nom, et moi bavardions chaque fois un peu plus longuement. Il me questionnait au sujet de mes parents et de Berlin. Il me racontait les potins du village et évoquait la dure vie de boulanger.

Quand la boulangère a été rétablie, Johan et moi nous nous sommes donné rendez-vous tout naturellement. Dès que mon emploi du temps le permettait, nous nous voyions au bord du lac. Au début, Else était présente mais, au bout de quelques jours, elle retourna à l'école plus tôt que d'habitude, sous un prétexte quelconque. Elle supposait sans doute qu'il y avait entre nous deux plus qu'il n'en était en réalité. Nous aimions simplement nous promener, faire des ricochets, manger des gâteaux et de petits sandwichs à la charcuterie. Nous pouvions parler durant des heures ! La compagnie de Johann était différente de celle des garçons que j'avais connus jusqu'ici. En sa présence, je n'étais ni nerveuse ni inquiète, j'avais l'impression de n'être coupable de rien, de ne pas être inférieure aux autres. J'avais trouvé un compagnon, quelqu'un de proche, avec qui je pouvais de nouveau nourrir des rêves et qui, comme moi, n'était pas satisfait de son existence. Nous nous sentions enfermés, moi à l'internat, lui dans le fournil. Nous souffrions l'un et l'autre, lui que ses parents attendaient qu'il reprenne la boulangerie, moi de la pression qu'on exerçait sur moi à propos du bac. Johann avait d'autres ambitions dans la vie, il avait envie d'entreprendre de longs voyages et de connaître les multiples cuisines du monde. Il devait au contraire se lever au milieu de la nuit et trimer dans le fournil chaque jour. L'après-midi, il était trop épuisé pour lire un livre.

Parfois nous essayions d'imaginer comment les choses se passeraient si nous nous enfuyions, partions n'importe où, vivions à l'étranger. Je parlais de l'Italie, d'où était originaire mon ancienne bonne d'enfants, Sophia. Nous connaissions mal le pays dont nous rêvions, mais nous avions assez d'imagination pour estimer que l'air devait être plein de l'odeur du romarin et du citron, de la pierre chauffée au soleil, et des oliviers. Nous imaginions une vie au grand air, avec des amis que nous aurions choisis et non avec une famille à laquelle nous étions enchaînés par la naissance et le destin. Nos rêves d'Italie étaient si vifs que Johann, au fournil, commença à pétrir des pâtes et à préparer des boulettes à partir de pommes de terre, de farine et d'œufs.

« — Quelle vie on pourrait avoir, disait-il parfois, si on en avait une autre ! »

Là, Mitzi interrompt son récit, reste silencieuse tout en regardant longuement par la fenêtre.

Encore prisonnière du monde étrange dans lequel l'écrivaine m'a entraînée, je demeure sans voix. Mais mon attente d'une suite s'avère vaine : au bout de quelques minutes Mitzi lève la séance.

— Ça suffit pour aujourd'hui, s'obstine-t-elle, alors que j'essaie de la persuader de continuer. J'ai envie de ma *spremuta*.

— Bon, d'accord, soupiré-je, je t'accompagne.

Dans la cuisine, nous buvons notre limonade, mais, pour la première fois depuis que nous nous connaissons, il règne entre nous une curieuse atmosphère, comme si de me révéler l'épisode de l'internat lui avait été désagréable, ce qui, bien entendu, n'est pas possible car son récit n'évoque rien que de très bénin. Elle continue néanmoins, son verre à la main, de contempler la mer.

Ne trouvant rien de mieux à faire, je fixe à mon tour sur le mur, au-dessus du comptoir sur lequel est posé le téléphone, un grand dessin qui y est accroché. Il représente la vue sur la mer qu'on avait de la porte de la cuisine, plusieurs années auparavant, quand les bougainvilliers n'avaient pas encore été plantés et que les buissons et les arbres étaient beaucoup plus petits. C'est un artiste de Naples qui l'a offert à Mitzi après un week-end passé sur l'île. J'examine les photos et les lettres dans leur cadre vitré. Il y a là des cartes postales dont certaines semblent dater des années 1960, des vues de Buenos Aires et de New York, de Marrakech et de Berlin, des cartes envoyées à l'occasion d'anniversaires ou pour Noël. Quelques-unes sont en mauvais état. Il y a aussi des numéros de téléphone, des cartes de visite. Des photos encadrées de Mitzi jeune. Cependant, je ne trouve aucune photo d'elle enfant. Ni de clichés où l'on verrait un cloître ou une jeune fille en uniforme. Pas la moindre trace, en tout cas, d'un garçon en tenue de boulanger.

— C'est quoi ? demandé-je en montrant la première photo venue afin de rompre le silence.

On y voit Mitzi, âgée, en compagnie de deux femmes asiatiques au bord d'une plage de sable blanc, très longue.

— C'est la plage de Jumunjin. J'y étais à l'occasion d'une tournée de lectures en Corée du Sud.

— Et que signifie cette lettre-là ? dis-je.

Je me lève et, m'approchant du mur, j'essaie de déchiffrer ce qui est écrit sur le bout de papier abîmé, mais la combinaison des lettres que je reconnais ne me dit rien.

— Oh, rien de particulier, juste un vieux souvenir.

— Ah bon ?

Je lance à Mitzi un regard plein d'attente car la manière dont elle a dit « rien de particulier » me laisse croire qu'elle n'en pense pas un mot. Comme pour me détourner un peu du sujet, elle se dirige à son tour vers le mur orné des photos souvenirs.

— Lui, au fait, c'est Antonello, dit-elle en montrant une photo où elle est allongée dans les bras d'un homme de belle prestance. Ils rient tous les deux.

— Antonello ?

— Oui, mon ex.

— Tu as été mariée ? Première nouvelle ! Mais raconte un peu : qui était Antonello ?

— Antonello Baldessari, répond-elle comme si le nom devait me dire quelque chose.

Je suis effectivement interloquée.

— Mais ça ne serait pas ce… ?

— Si, exactement.

— L'auteur de romans policiers ?

— Il a écrit des polars, c'est vrai. Mais l'essentiel de ses revenus provenait de scénarios. Je l'ai connu parce que c'est lui qui a écrit le script du film *Bateaux lointains*.

— Combien de temps avez-vous été mariés ?

— Sept ans.

— Vous avez vécu ici ?

— En partie. Ici, c'était notre résidence commune, mais il était souvent en voyage, comme moi.

— Mais… mais vous n'avez pas eu d'enfants ?

Je pose la question pour plus de sûreté. Mitzi ayant réussi à me taire pendant plusieurs jours la belle histoire du garçon boulanger et de son examen, elle est capable d'en avoir fait autant avec une tripotée d'enfants.

— Non, pas d'enfants.

— Par choix ou… ?

Je ne continue pas.

— Très certainement par choix. Nous n'en avons du moins pas souhaité.

— Pourquoi ?

À l'instant où je pose la question, je m'attends à ce qu'elle refuse de répondre parce qu'elle la trouve trop intime. Mais elle répond carrément.

— J'ai toujours eu peur d'avoir un enfant et de m'apercevoir soudain que je ne suis pas du tout meilleure mère que ma mère, de constater que, pas plus que mes parents, je ne peux renoncer à mes voyages, aux joyeux dîners, aux lectures, aux bourses pour écrivains et aux amis. J'avais peur de découvrir qu'il n'y a pas plus d'amour en moi que chez mon père. Que je suis tout aussi égocentrique et égoïste. (Elle marque une pause.) Pourtant, je suis tombée enceinte, annonce-t-elle ensuite de but en blanc.

Je retiens mon souffle, puis je m'enquiers :

— D'Antonello ?

— Quand je m'en suis aperçue, je n'ai pu m'empêcher de pleurer. Je pleurais de peur de ne pas être une meilleure mère que la mienne, de peur que grandisse en moi un être qui me rejetterait un jour, qui se détournerait de moi parce que je ne serais pas une mère aimante.

— Et alors ?

Elle soupire et secoue la tête.

— Tu as avorté ?

— Oui, dit-elle d'un air triste. Je n'ai pas eu le courage d'affronter mes peurs, d'essayer de faire mieux, de surmonter enfin les erreurs de mes parents.

Elle se tait, pensive, et regarde encore par la fenêtre où le soleil méridional brille sans discontinuer, indifférent aux gens qui vivent, aiment et se trompent sous ses feux.

## 18

Nous nous sommes assises dehors, Mitzi sur le vieux banc en bois, moi presque à ses pieds, à l'endroit où la terrasse borde la petite surface de gazon qui donne sur le jardin entretenu par Massimo.

— Chez moi, ce fut l'inverse, commencé-je prudemment, peu certaine que cela intéresserait Mitzi. Moi aussi, j'ai eu une relation difficile avec ma mère, je me suis sentie non désirée, importune et mal aimée. Mais, contrairement à toi, j'ai éprouvé le besoin de montrer à ma mère que je me débrouillais mieux qu'elle, que je pouvais aimer un enfant quelles que soient les circonstances. Que je serais derrière lui, quoi qu'il arrive.

Nous nous regardons et, soudain, s'établit entre nous une grande connivence, le sentiment que nous formons comme un lac chaleureux qui, loin de tenir ses rives écartées l'une de l'autre, les réunit de son mieux.

— Quel âge as-tu, au fait ? demande Mitzi au bout d'un petit moment.

— Trente-cinq ans.

— Il n'y a donc jamais eu d'homme avec qui tu aurais pu essayer ?

— D'avoir un enfant ?

Elle acquiesce.

— Si, il y en a eu un. Alex. Mon grand amour.

— Et alors ?

— Nous n'y sommes pas arrivés.

À cet instant, mon cinéma intérieur se remet en marche, avec les images qui défilent d'un Alex qui y parviendra, lui. Alex dans la salle d'accouchement. Alex se mordant les lèvres parce que sa chérie en proie aux contractions lui serre la main si fort qu'elle lui fait mal. Alex et les mamours à quatre dans le lit, le matin. Je dois faire un effort pour chasser ces images. Je finis par y parvenir en me persuadant que le bonheur d'Alex ne signifie pas automatiquement mon malheur. Mon malheur, ce n'a pas été du fait d'Alex. Mais de mon fait. Je glisse alors à voix basse :

— Nous avons dû nous séparer, à cause de ça.

Le silence s'établit pour un bon moment. Je suis heureuse que Mitzi ne cherche pas à en savoir davantage car, en dépit de notre intimité, je préfère laisser tout cela enterré au plus profond de moi-même. Je ne veux ni ne peux encore en parler.

— Peut-être que j'aurais dû accepter l'enfant, concède Mitzi après un silence qui me semble durer une éternité. Malgré tous mes doutes. Malgré mon enfance. Malgré ma peur de ne pas être une bonne mère.

— Pourquoi ne l'as-tu pas fait ?

— Parce que je n'étais pas avec l'homme qu'il aurait fallu.

— Antonello n'était pas l'homme qu'il fallait ? Vous êtes pourtant restés mariés pendant sept ans !

— Antonello était formidable, nous avons passé des heures merveilleuses ensemble, mais… (Elle hausse les épaules.) … il n'était pas celui qu'il fallait.

— Y a-t-il eu quelqu'un qui l'aurait été ?

Le regard de Mitzi plonge dans la cuisine ouverte jusqu'au mur aux souvenirs. Elle garde toutefois pour elle la réponse qu'elle pourrait apporter à ma question.

— Tu sais ce que j'aimerais faire ? demande-t-elle subitement.

— Non, quoi ?

— Une pause.

— Ce n'est pas ce qu'on fait précisément ?

— Je parle d'une vraie pause. De quelques jours durant lesquels nous ne nous casserions plus la tête à propos de ce livre.

Je la regarde, stupéfaite.

— N'as-tu pas dit qu'un livre ne s'écrivait que si on l'écrivait ?

— C'est vrai. Mais j'ai le sentiment que diverses choses doivent se mettre en ordre dans ma tête. Que je dois me secouer un grand coup pour qu'enfin l'important se sépare de ce qui ne l'est pas.

— Si c'est ce que tu veux, faisons-le, d'accord. J'avais justement envie de partir en excursion sur l'île.

— Il n'est pas question de « vouloir ». C'est juste l'impression que le moment pour ça est venu.

— Alors faisons cette pause parce que tu le « sens » ainsi, dis-je en souriant.

Mitzi me rend mon sourire.

Après les émotions de cette matinée, je n'ai pas vraiment faim. Mais l'habitude est la plus forte : je me prépare un panini, je cherche une petite place à l'ombre dans le jardin et je le mange sans hâte et sans plaisir véritable. Quand j'ai terminé, j'observe une caravane de fourmis se ruer sur les miettes tombées par terre et les emporter. Pendant que j'observe, j'entends soudain chanter à l'autre bout du jardin. C'est Massimo qui fredonne une chanson sentimentale d'une voix particulièrement belle. J'ai l'impression qu'il s'agit d'un chant ancien et que je vis un authentique moment italien, moment où le passé et le présent, l'obscurité et la clarté, la tristesse et la gaieté semblent se marier.

Massimo travaille dans le potager. Je le trouve devant les plants de tomates, en train de cueillir les fruits rouges à l'éclat mat, de les déposer dans une antique passoire émaillée – et de chanter. Voir le vieux jardinier si absorbé par son travail me donne une sensation d'étrangeté et de beauté. Doit-il lui aussi se ménager des pauses de quelques jours afin de mettre les idées en ordre dans sa tête ? Doit-il rechercher en lui-même quand il se demande comment poursuivre ? Certainement pas, à moins que ? C'est la nature qui dicte son rythme et tout ce qu'il peut faire est de s'abandonner à elle, de s'imprégner d'elle de son mieux. Même revenu chez lui, il a une place dans l'existence : certes, sa femme est morte quelques années plus tôt, mais son fils Gianni l'a alors pris chez lui ; il n'a pas eu le cœur d'abandonner son père veuf à une destinée que ne rempliraient plus que son travail de jardinier et sa chopine de vin le soir, devant la télévision. Cet arrangement fonctionne bien : Massimo s'occupe de ses petits-enfants pendant que Gianni et sa femme vont au travail. Il fait la cuisine, tient le ménage, joue avec les enfants et il peut les voir grandir et vivre sous ses yeux. Il a une chambre sous le toit, un lit, une salle de bains – et une place réservée à la table familiale. Et tout cela sans avoir à s'inquiéter de savoir si sa présence n'est pas superflue, voire indésirable. C'est ça aussi l'Italie : la famille. Ici, la tradition n'a rien perdu de sa force. Je me demande combien je connais de familles allemandes qui fonctionnent de manière aussi harmonieuse. Pas beaucoup ! Pour être plus exacte, je n'en vois aucune.

La passoire de Massimo est maintenant pleine de tomates mûres. Je m'approche de lui par-derrière.

— Merci pour le *prosecco* !

Il se redresse, surpris, et regarde autour de lui.

— Isa ! Tu ne devrais pas me faire des peurs pareilles !

— Je voulais juste te remercier de m'avoir ainsi recommandée au Mare Piccolo, hier. Luigi m'a servie comme une princesse.

— Il l'aurait fait de toute façon, même sans moi, dit-il avec un sourire, puis il regarde avec étonnement la position du soleil dans le ciel : *Toh !* Mince ! Si tôt déjà *finito* aujourd'hui ?

— Nous avons décidé de faire une pause. Mitzi a besoin de quelques jours pour remettre ses pensées en ordre.

— Ah ? s'exclame-t-il en fronçant les sourcils comme si le fait de mettre de l'ordre dans ses pensées était le signe d'une maladie insidieuse. Et combien de temps comptez-vous respecter cette *pausa* mentale ? demande-t-il en se grattant la tête, ce qui confère à son chapeau de paille une inclinaison inquiétante.

— Quelques jours. Une semaine. Le temps qu'il faudra. Et espérons qu'ensuite nous naviguerons avec vent favorable.

— Bon, si c'est ça, dit le jardinier, soudain détendu. Cela fera du bien à la *signora* Mitzi. À coup sûr.

— Oui, dis-je avec un sourire hésitant.

— Et pendant ce temps, tu pourras m'aider au jardin.

— Moi ? Je n'ai pas la main verte.

— La main comment ?

— Toutes les plantes périssent entre mes mains. Il suffit d'ailleurs que je les regarde pour qu'elles sèchent sur pied.

— Conneries ! Je te montrerai !

— Ne te donne pas ce mal, dis-je en riant. Je suis certaine que je trouverai quelque chose d'autre à faire pendant ce temps.

Je songe avec une pointe de mélancolie aux excursions que je ferai seule. Soudain Massimo tombe en arrêt :

— N'est-ce pas bientôt l'anniversaire de la *signora* Mitzi ?

— Ah bon ?

Je le regarde, hésitante, car Mitzi ne m'a pas parlé de son anniversaire et je ne me rappelle pas avoir lu quelque chose à ce sujet quand je m'étais renseignée sur elle.

— Oui, bien sûr. Nous devons au moins faire une belle *fascio di fiori*.

— Pour les bouquets de fleurs, je suis douée. À Berlin, j'ai une amie qui est fleuriste et je l'aide souvent. Quand est exactement son anniversaire ?

— Le 17, si j'ai bonne mémoire.

— Dans dix jours, calculé-je rapidement. Elle aura quel âge ?

— Ça, je ne peux pas le dire.

— Tu ne peux pas le dire ?

— C'est le secret de la *signora* Mitzi, dit-il en souriant d'un sourire espiègle.

— C'est donc que tu ne *veux* pas le dire.

— Je suis un gentleman, répond-il avec un sourire plus large encore.

Je le regarde en soupirant.

— Un gentleman ? Tiens, tiens.

Il hausse les sourcils d'un air mystérieux, mais, après tout, peu importe son âge véritable.

— Et alors, elle le fêtera ?

— Son anniversaire ? Jamais !

— Pourquoi donc ? m'étonné-je, sachant pertinemment que Mitzi ne refuserait pas une joyeuse soirée entre amis.

Oui, enfin, n'aurait pas refusé.

— Il y a des dizaines d'années qu'elle ne le fête plus. Mitzi déteste vieillir.

— Quel dommage !

Moi, en revanche, j'aime fêter les anniversaires. Surtout ceux des autres. J'aime acheter des cadeaux, du beau papier, des cartes de vœux, faire des gâteaux et confectionner avec Bettina des bouquets de fleurs parfaits.

— Oui, c'est dommage, acquiesce-t-il. Mais elle n'a sûrement rien contre les bouquets, conclut-il en me tendant une tomate bien juteuse. Il faut que je rentre, les *bambini* vont sortir de l'école. Il faut que je fasse la cuisine.

— Bon, eh bien bon appétit !

— *Grazie !* dit-il, en portant deux doigts à son front.

Puis, coinçant la passoire aux tomates sous son bras, il s'éloigne. J'entends encore pendant quelques secondes la chanson qu'il fredonne.

À vrai dire, j'ai projeté d'aller me baigner cet après-midi, mais, revenue dans la maison, je veux absolument savoir. Je fonce au cabinet de travail, j'allume l'ordinateur, j'ouvre le navigateur Internet et je tape « Mitzi Hauptmann » ainsi que « naissance » dans le moteur de recherche. Malheureusement, je n'obtiens aucun résultat concluant. Je me rappelle soudain que, lors de mes recherches antérieures, je n'ai rien trouvé concernant son âge. J'écris cette fois « Mitzi Hauptmann » et « 17 juin », mais il n'apparaît alors qu'une date de lecture publique dans une librairie d'Oldesloe, dans les tout débuts d'Internet. Je tente ma chance sur la page des auteurs de sa maison d'édition, et fais une nouvelle fois chou blanc. Une ultime tentative dans Wikipedia : *niente* toujours.

Me mordant la lèvre, je réfléchis. Et si je le lui demandais tout simplement ? Mais d'un autre côté, si son âge est vraiment un sujet pénible pour elle…

Insatisfaite, je retourne à la cuisine afin de laver les couverts dont je me suis servie pour confectionner mon panini. Mon regard tombe alors sur le téléphone posé sur le buffet. À côté, il y a des carnets : deux archaïques petits carnets d'adresses et un agenda moderne. Je l'ouvre à « juin », mais, bien entendu, il n'y a rien. Ç'aurait été trop beau.

Mon regard se pose ensuite sur le sac à main de Mitzi. Puis sur le porte-monnaie dont le dessus est brillant. Vais-je… oser ? En temps normal, jamais je ne ferais une chose pareille ! Ce n'est pas du tout mon genre de fouiller dans les affaires d'autrui. Mais…

J'ouvre le sac et, dans un portefeuille, trouve un ancien permis de conduire allemand, gris-vert, à peine lisible encore. J'y lis que Mitzi Hauptmann est née à Berlin. Et enfin, la date de naissance : 17 juin 1942. Un rapide calcul mental : Mitzi va avoir soixante-quinze ans cette année.

Je reste un moment immobile, le chiffre dans ma tête ne cessant de grandir. Mon cœur se met à cogner plus fort et ma tête à bourdonner. Avec les précautions d'un voleur, je remets la pièce d'identité dans le portefeuille et celui-ci dans le sac à main qui est de nouveau posé en toute innocence sur le buffet. Il ne reste que dix jours jusqu'au 17. On n'a pas fréquemment soixante-quinze ans dans la vie. Et, comme Mitzi n'a manifestement pas de projet, nous allons nous charger nous-mêmes de l'affaire.

Je m'essuie les mains sur mon pantalon. Tout à coup, je ne peux m'empêcher d'arborer un large sourire. Je pique un sprint pour rattraper Massimo, ce vieux roublard.

## 19

— Massimo ? (Je chuchote.) Comment c'est chez vous ? (Une réponse hâtive à l'autre bout du fil.) Bien, dis-je alors, très bien. Je peux donc aller chercher Mitzi chez le coiffeur ? À tout de suite.

Je suis assez excitée quand je range mon portable et que j'entre dans le salon de coiffure, petit mais élégant, au centre de Capri.

— J'ai fait de mon mieux, me lance Salvatore, le pittoresque coiffeur.

Une mèche de cheveux gris lui barre le front ; il espère sans doute que personne ne devine la calvitie qu'elle dissimule.

— Bien que ce soit quasiment impossible, gronde-t-il, j'ai rendu la *signora* Mitzi plus belle encore.

Avec la fougue d'un torero, il enlève des épaules de sa cliente la serviette noire et me présente son chef-d'œuvre.

— Vieux menteur, rit-elle tout en se levant du siège.

Je me retrouve face à une *grande dame*[1], aux cheveux artistiquement relevés très haut sur la tête, avec des yeux clairs et étincelants qui, en dépit de l'âge, n'ont rien perdu de leur rayonnement. Une reine ne

1. En français dans le texte.

pourrait avoir un port plus souverain ! Elle est ravissante et croit que, personne ne connaissant sa date de naissance, elle a pu ainsi faire oublier son soixante-quinzième anniversaire. Elle ne se doute pas que ce rendez-vous chez le coiffeur avait essentiellement pour but de ménager quelques heures où Massimo et moi serions seuls à la villa. Nous avons conçu le projet, hardi, de tout organiser en ce bref laps de temps, mais le côté aventureux de notre entreprise nous a donné à tous deux des ailes.

Nous remercions Salvatore non sans louer ses talents et, au milieu du tohu-bohu de la ville, nous montons dans la Fiat, moi au volant.

— Tu es magnifique, dis-je tout en me frayant un chemin à travers la foule des touristes.

Mitzi a horreur des compliments, quels qu'ils soient, aussi s'empresse-t-elle de changer de sujet.

— Demain, il faut absolument que nous nous remettions au travail. Quand j'ai employé le mot « pause », je pensais à quelques jours, mais voilà une semaine et demie que nous n'avons plus rien fait !

— Faisons, dis-je d'un ton apaisant, faisons. Moi aussi je commence à trouver le temps un peu long.

C'est bien entendu un mensonge, car, depuis une semaine et demie, je joue à temps plein mon rôle d'agent double. Réunions secrètes pour faire le point avec Massimo, son fils Giani et Luisa, la femme de ce dernier. Emploi du temps ne laissant rien au hasard, répartition des tâches. Je règle tout ce qui a à voir avec l'envoi des invitations par courriel et l'hébergement des invités. Gianni s'occupe de décorer la maison et des compositions florales, Luisa prend en charge, de concert avec quelques tantes âgées, la terrasse et le jardin. Ce furent des journées merveilleuses passées à préparer ainsi une surprise pour quelqu'un qu'on aime et admire. Il m'a fallu en même temps jouer la comédie à mon employeuse. Comme nous avions cessé de travailler le matin, je prétendais m'ennuyer et faisais mine de lire, allongée sur ma terrasse, alors que je m'enfermais dans la salle de bains pour téléphoner. Je prétextais avoir mal aux dents et, au lieu de me rendre chez le dentiste, je voyais Gianni.

— Et puis il n'est pas exact que nous n'ayons rien fait, la contredis-je. Nous avons tout de même remanié ce que nous avions écrit jusqu'ici.

— Je n'appellerais pas ça « remanier », objecte-t-elle. Tu t'es contentée de me lire le texte une fois à haute voix.

— Et alors ? Ce n'était pas une bonne idée ? Je trouve que nous avons découvert pas mal de trucs grâce à ça, de petites erreurs grammaticales, des images inappropriées, des incohérences, des phrases qui ne sonnaient pas bien.

— C'est possible, mais cela ne nous a pas permis d'avancer beaucoup ! s'obstine-t-elle.

— Demain, dis-je pour la tranquilliser. Demain, nous nous y remettrons.

Puis la Villa Azzurra est en vue. Mitzi voudrait continuer à parler travail, mais elle reste soudain interdite.

— Mais que se passe-t-il ici ?

— Comment ? demandé-je d'un air innocent.

— Que font toutes ces voitures ici ?

— Quelles voitures ? m'étonné-je comme s'il n'y avait rien d'inhabituel à voir la petite dizaine de voitures garées de part et d'autre de la rue.

— Eh bien, là, normalement personne ne se gare ici !

— C'est peut-être parce que nous sommes un samedi et qu'un grand nombre de nouveaux touristes sont arrivés ?

Je m'efforce de regarder droit devant moi, l'air impassible, tout en faisant entrer la Fiat dans l'allée de la villa, ignorant le taxi que nous croisons à ce moment précis.

— Des touristes – Isa ! Il n'en vient jamais aucun par ici ! Et celui-là, qu'est-ce qu'il vient fabriquer ?

— Qui ? Ah, oui. C'est drôle en effet, il a dû se tromper de chemin.

Nous descendons de la Fiat. À part la colonne de voitures, la villa est d'un calme trompeur. On n'entend pas non plus mon cœur cogner à se rompre. Je suis excitée et heureuse parce que Mitzi n'a toujours rien deviné. Elle entre dans la villa par la porte de devant comme s'il s'agissait d'une journée ordinaire.

— *Bravo !*

Le cri de félicitations jaillit de près de trente bouches. Tous sont rassemblés dans le grand vestibule au rez-de-chaussée, endimanchés et fermement décidés à réserver à l'écrivaine un accueil qu'elle n'oubliera jamais.

— Hein…

Mitzi commence par pâlir, puis rougit et, un instant, j'ai peur que son cœur ne supporte pas le choc. Mais elle se tourne ensuite vers moi.

— Isa, aurais-tu par hasard… mais comment as-tu fait pour découvrir… ?

Je lève les sourcils en feignant l'innocence même. Je me mets alors à chanter « Dam Di Dam » avec un clin d'œil.

## 20

La soirée est formidable. Pas trop de tralala, mais d'autant plus belle : nous avons décoré les arbres de lampions et de guirlandes et, sur le muret bordant la falaise, on a disposé une énorme coupe en argent, remplie de glace, où l'on tient au frais le *spumante* et le vin blanc. Sur le petit buffet aux nappes blanches installé sur la terrasse, il y a des piles d'*antipasti* dont l'opulence évoque une peinture baroque. C'est Luigi, du Mare Piccolo, qui les a livrés et il est là, un large sourire sous sa moustache, tout fier de pouvoir expliquer, aider, arranger les nappes. Les petits-enfants de Massimo, Carlo, Roberto et Lorenzo, courent dans le jardin, une bouteille à la main, car ils ont pour tâche de veiller à ce que les verres des invités ne soient jamais vides et que personne ne se retrouve à sec, ne serait-ce qu'une seconde. Avec leurs chemises blanches et leurs minuscules nœuds papillons noirs, ils ont effectivement l'air de petits serveurs professionnels. On peut lire dans leurs yeux luisants le plaisir que leur procure ce rôle. Bon, d'accord, le vin ne coule pas forcément toujours dans les verres, mais qui en prendrait ombrage devant un tel engagement ? Certainement ni le gazon, ni les tenues.

Bon, d'accord, c'était une gageure d'organiser à la va-vite une telle soirée. La nourriture et la boisson furent le cadet de nos soucis, car il fut d'emblée évident que nous demanderions à Luigi de faire le traiteur. Mais les invités ? Dans un délai aussi court, il était quasiment impossible de faire venir quelqu'un d'Allemagne et, en outre, nous ne savions pas qui Mitzi serait heureuse de voir à son anniversaire. Nous n'avons donc invité que ses éditeurs allemand et italien (l'un et l'autre promirent d'annuler tous leurs rendez-vous et ils sont effectivement venus à Capri, l'éditeur allemand n'ayant pas oublié d'apporter avec lui un bocal des cornichons aigres-doux que Mitzi aime tant). Pour le reste, nous nous sommes essentiellement tournés vers les gens du village : les voisins, la libraire, ses médecins et les propriétaires des restaurants que fréquente Mitzi depuis si longtemps. Près de trente personnes sont venues. Un journaliste du journal napolitain *Il Matino* qui a eu vent lui aussi de cette petite soirée photographie l'héroïne de la fête, le maire et le fabuleux décor devant lequel, généralement, Mitzi et moi sommes les seules à savourer notre *spremuta di limone* au milieu du gazouillis des oiseaux et du chant des grillons.

Et voilà qu'arrive un nouvel invité, Salvatore, le coiffeur qui a entre-temps fermé son salon et qui dévale l'allée si vite que sa houppe de cheveux flotte au vent. Je m'apprête à aller le saluer, mais ayant déjà aperçu Mitzi, il traverse la pelouse à grands pas raides pour la rejoindre et couvre l'héroïne du jour d'une avalanche de baisers. Et Mitzi ? Avec la bonne demi-douzaine de traces de rouge à lèvres de diverses couleurs qui maculent ses joues, elle donne désormais l'impression d'avoir été rouée de coups, mais on perçoit sa grande joie à se retrouver en société, on la voit littéralement s'épanouir sous les accolades et les étreintes. Elle se tient, rayonnante, au milieu du tohu-bohu. Rayonnante de bonheur !

— Opération réussie, me glisse Massimo avec un clin d'œil d'intelligence, après être allé chercher dans la remise quelques chaises de jardin.

Je lui administre une bourrade complice. Nous sommes, ces derniers jours, les meilleurs amis du monde.

Le flot des arrivants ne tarit pas. Et voilà qu'arrive à son tour un jeune homme bronzé, aux cheveux noirs, un bouquet à la main. Et une arme à la ceinture !

C'est Luca. En uniforme. Qu'est-ce qu'il fabrique ici ?

Une joie mêlée de peur m'envahit, ce qui me mécontente. Je ne suis tout de même plus une gamine !

Fébrile, je parcours en pensée la liste des invités et je découvre soudain la raison de sa présence à la soirée : n'est-il pas le fils d'un voisin ? Effectivement, jetant un regard interrogateur autour de lui, Luca aperçoit une dame d'un certain âge et d'un certain embonpoint, vêtue d'une ample robe rose, un peu trop fardée, qui, un verre à la main, debout à côté d'un magnolia, s'entretient avec un homme beaucoup plus petit qu'elle et qui doit, sur la balance, n'accuser guère plus que le tiers de son poids. Tous deux réservent à Luca un accueil des plus chaleureux et il me vient soudain à l'esprit qu'il s'agit certainement de Carmelo et Carmela Valentini, les voisins qui habitent la maisonnette d'à côté, en face de celle de Massimo, un peu en biais. J'ai presque envie de rire en le voyant avec ces gens : Carmelo et Carmela, quels drôles de noms pour un couple aussi dissemblable !

L'un des serveurs s'approche de Luca et lui offre un verre de *spumante* qu'il refuse. Serait-il en service ? C'est probable, sinon il ne porterait pas son uniforme. Maintenant il aperçoit l'héroïne du jour. Ils s'embrassent avec chaleur et Mitzi prend tout son temps pour admirer son bouquet avant de faire signe au petit Roberto et de lui remettre les fleurs afin qu'il les joigne aux autres qui, dans une armée de vases et de bacs, occupent toute une table de la terrasse. Ils bavardent encore un petit moment, puis ils éclatent de rire. Luca a manifestement lancé une remarque impertinente, car Mitzi lui pince affectueusement la joue. Une fraction de seconde, je les imagine beaucoup plus jeunes, quand Luca était encore un petit garçon et Mitzi une femme d'âge mûr, pas la senior d'aujourd'hui. Le policier a de nouveau l'air un peu malheureux, et je crois savoir pourquoi. Il doit être étrange de vivre sur une île où chacun connaît l'autre depuis le berceau : comment, dans ces conditions, incarner l'autorité de sa fonction ?

Soudain, il m'aperçoit. Il hésite un instant avant de me faire, de loin, un signe joyeux. Je le lui rends, avec une certaine gaucherie. *Ne sois donc pas si raide, Isa*, me dis-je, *va vers lui ! Après tout, tu es un peu l'hôtesse secrète de cette fête et lui un ami de la maison !* Mais cette décision, je le sens, me stresse encore davantage. Je suis là, comme si venait d'entrer une star de l'écran, alors qu'il n'est que le policier de l'île. Mes jambes ne m'obéissent pas.

Heureusement, il vient à ma rencontre. J'ai le geste instinctif d'arranger mes cheveux, en oubliant toutefois que j'ai dans la main un verre de *spumante* qui se répand illico sur le gazon.

— *O dio mio !* me lance-t-il en guise de salut. Dois-je aller chercher un chiffon ?

— Non, non, il ne s'est rien passé, dis-je, alors que le mousseux a mouillé une de mes sandales et suinte, chaud et poisseux, entre mes orteils.

— Bon, alors *ciao*, Isa, dit-il en me claquant sans façon une bise sur la joue droite et une autre sur la gauche.

— *Ciao*, Luca, dis-je à mon tour, sans grande originalité. Quelle surprise !

— Je n'allais pas laisser passer l'anniversaire de la *signora* Mitzi. Mes parents m'ont mis au courant.

— Vous habitez dans le coin, n'est-ce pas ?

— Mes parents, oui. Moi, je vis à Capri, dit-il, en ajoutant, sous forme de plaisanterie : Capri *City*.

Je ne peux m'empêcher de rire, mais je reste toujours aussi coincée. Je me sens raide comme un bâton.

— Tu veux boire quelque chose ? lui demandé-je, afin qu'il ne remarque rien.

— Malheureusement, je suis de service. Mais bois quelque chose, toi, dit-il, souriant, en m'enlevant des mains mon verre poisseux. La fête est super. Comment avez-vous fait pour que Mitzi ne s'aperçoive de rien ? Sacrée performance ! ajoute-t-il en riant.

Je me tais car il ne me vient rien à l'esprit que je pourrais dire. Ensemble, nous observons les lampions qui dispensent une atmosphère romantique dans le jour qui tombe. Je feins de laisser vagabonder mon regard sur le buffet, les fleurs, les invités euphoriques et l'heureuse héroïne de la fête. Je regarde dans toutes les directions, mais je ne croise pas les yeux de Luca.

— Comment te plais-tu à Capri ? demande-t-il aimablement.

— Je m'y plais bien, beaucoup même, bafouillé-je tout en priant pour que Luca attribue ma gaucherie à ma médiocre connaissance de l'italien.

Bon Dieu ! Bien sûr que les uniformes m'ont toujours rendue nerveuse, mais de là à me perturber de la sorte ?

Je me rends compte avec effroi à cet instant que, selon toute vraisemblance, ma tension nerveuse n'est pas provoquée par l'uniforme, mais par ses yeux, son sourire et la manière dont il ne cesse de me regarder.

Je m'efforce péniblement de faire bonne figure. Je parle des excursions que je compte faire, puis je retombe dans le silence, durant plusieurs secondes parfois. Et notre petite conversation tarit lentement, comme si on nous avait coupé l'eau. Luca va finir par s'apercevoir que la femme en face de lui est balourde, qu'il est impossible de transformer notre vague amitié en une relation plus intime. Et je n'y peux rien. Rien de rien !

— Bon, eh bien, il faut que je m'occupe un peu de mes parents, dit-il poliment, son air déçu trahissant néanmoins que le séduisant policier tient pour perdue notre amorce de flirt.

— Oui, tu as raison, coassé-je, avant de voir ses larges épaules fendre la foule du jardin.

Comme je suis nulle ! Me suis-je muée en infirme relationnelle durant les années passées aux côtés d'Alex ? Ai-je totalement désappris à flirter ? Ou bien n'ai-je toujours pas « digéré », selon l'affreuse expression, ma relation avec Alex, ce qui me rend incapable de nouer un contact avec quelqu'un d'autre, ne serait-ce que pour une conversation agréable et anodine.

Oh, j'ai envie de me gifler ! Voilà que le sort met sur ma route un homme sympathique et séduisant, sur l'île paradisiaque de Capri par-dessus le marché. Et je fais quoi ? Je me montre si coincée qu'il préfère tenir compagnie à ses parents que de bavarder une minute de plus avec moi !

La fête est finie pour moi. Terminée, gâchée, fichue. Tout autour de moi les verres tintent, les lampions se balancent comme d'amicales petites lunes parmi les arbres, les invités s'amusent et rient tandis que le soleil se couche lentement, ils bavardent et trinquent à l'envi. Moi, en dépit de ma joie de voir la soirée réussie, j'ai soudain l'impression de m'en être exclue moi-même, d'être ici une étrangère.

Comme je n'ai pas le pouvoir de m'enfoncer sous terre, je rentre dans la maison sans me faire remarquer et je disparais dans la cuisine.

En réalité, j'avais l'intention de foncer tout droit dans ma chambre, mais une odeur bizarre me signale que quelque chose cloche. Mon Dieu ! Le gâteau que j'avais mis au four ! Je l'ai totalement oublié ! C'est un strudel aux pommes d'après la recette de ma grand-mère. Je voulais que Mitzi et les invités le dégustent chaud et voilà qu'il a failli brûler. Je me rue sur le four avec deux maniques et je sors le gâteau qui, par chance, a juste un peu trop bruni à un endroit.

— Ouf, c'était moins une, murmuré-je à part moi tout en posant le strudel sur le marbre du buffet.

Au même instant retentit au-dehors un air familier.

— *Tanti auguri a te, tante auguri a te !* chantent les invités dans le jardin – Joyeux anniversaire !

Le chœur bruyant et chaleureux m'arrache un sourire en dépit de mon sentiment de solitude, de ma mélancolie. Bien que j'aie toujours envie de pleurer, je retourne sur la terrasse afin de me mêler à la foule des invités.

# 21

Lorsque j'ouvre les yeux, le soleil n'a pas encore fini de chasser les ténèbres. Je consulte mon portable : il n'est que 5 h 30 ! Habituellement, je me blottirais à nouveau sous la couette et je sommeillerais deux ou trois heures, d'autant plus que la nuit a été courte. Mais je suis beaucoup trop agitée pour me rendormir. Je suis habitée d'une étrange agitation, une insomnie que l'excès de vin pétillant n'explique pas vraiment. L'échec de ma rencontre avec Luca en est-il la cause ? C'est difficile à croire car, même si je me suis sentie mal hier soir, il ne s'agissait que d'un petit flirt loupé, pas de quoi en souffrir pendant des semaines. Et puis Capri est une île minuscule. Il serait étonnant que nous ne nous revoyions pas très bientôt. Pourquoi suis-je donc si nerveuse ?

Je sors du lit, glisse mes pieds nus dans mes tongs, enfile une veste de laine chaude et descends à la cuisine plongée dans le demi-jour matinal, silencieuse et étonnamment propre. Seuls quelques verres oubliés, des assiettes et des plats rappellent le chaos qui régnait hier après-midi ici. Qui a rangé et nettoyé pendant la nuit ? Massimo ? Luigi ? Mitzi ?

La seule chose qu'on semble n'avoir pas vue, c'est mon gâteau d'anniversaire. Il est toujours sur le buffet. Dans l'ambiance de fête, il semble que personne n'ait pensé à le couper. Je l'ai moi-même oublié. Alors que je m'étais donné tant de peine !

Une idée me vient : peut-être Mitzi n'a-t-elle même pas vu cette pâtisserie au milieu de la cohue et de l'agitation de la veille ! Je fouille dans les placards à la recherche d'un plat à tartes afin qu'il présente bien quand je le lui montrerai. Je trouve, tout au fond d'un placard, un présentoir à étages qui n'a visiblement pas servi depuis longtemps.

Au moment où j'émerge du placard, je pousse un cri perçant : Mitzi est plantée devant moi, une couverture de laine à carreaux sur les épaules, sous laquelle j'aperçois une chemise de nuit à l'ancienne. Sa belle coiffure est tout ébouriffée, elle a les yeux las.

— Mitzi, dis-je, le souffle coupé tellement j'ai eu peur. Mais que fais-tu ici si tôt ?

— J'allais te le demander.

— Je n'arrivais plus à dormir, réponds-je, ayant du mal à reprendre mon souffle.

Puis je la regarde, plissant les yeux, l'air interrogateur. Comment l'héroïne de la fête, qui a tellement picolé hier et parlé davantage encore, peut-elle ne pas faire la grasse matinée ?

— Et toi ? Qu'est-ce qui t'a fait tomber du lit de si bonne heure ?

— L'abus d'alcool m'a énervée, répond Mitzi en serrant la couverture autour de ses épaules. Et puis, je ne suis plus habituée à une compagnie aussi nombreuse. Ça n'a pas arrêté de toute la nuit de babiller dans ma tête, comme si la soirée se poursuivait dans mon lit.

— Ce qui d'un autre côté signifie que tu continues de facto à fêter ton anniversaire, dis-je en me tournant vers le buffet avec le plat à gâteaux.

D'un geste rapide, je dépose le gâteau sur le plat, avec son moule et le papier de cuisson brûlé.

— Tous mes vœux une nouvelle fois, Mitzi ! dis-je en lui tendant mon cadeau.

— Mais d'où il sort celui-là ? s'étonne-t-elle avec un sourire.

— C'est moi qui l'ai fait pour toi. Je voulais te le donner hier déjà, mais, au milieu de ce tohu-bohu, j'ai complètement oublié.

— Oh merci, comme c'est gentil ! Mais il ne fallait pas ! proteste-t-elle en me prenant le plat des mains et en l'examinant. C'est quoi ? Un *streusel* ?

— Un *streusel* aux pommes. D'après une recette de ma grand-mère.

— Un *streusel* aux pommes ! Sensationnel ! Des années que je n'en ai pas mangé ! Les Italiens savent tout mieux faire que les Allemands. Mais le truc douceâtre et poisseux qu'ils appellent gâteau ? Beurk, dégueulasse, dit-elle d'un air dégoûté.

— J'espère qu'il est encore bon, qu'il n'a pas trop séché.

— Allons donc, je suis sûre qu'il est encore bon, tu vas voir, me réconforte-t-elle en prenant un couteau dans un tiroir. Ce n'est pas un petit-déjeuner, c'est de la débauche !

— Je comptais le sortir de son moule.

— Penses-tu ! dit-elle en coupant deux morceaux à même le moule. Apporte des assiettes.

J'obéis et elle fait glisser les deux parts dans les assiettes. Je lui tends une fourchette.

— Hmm…, fait-elle d'un air ravi, se mettant à mâcher.

Je goûte à mon tour. Le gâteau est vraiment succulent. Le fond est léger et le mélange de pommes acides et de granulés de sucre est parfait. J'observe Mitzi, dans l'attente d'un autre compliment peut-être, mais elle mange et ne pipe mot.

— J'espère que tu le trouves bon, m'inquiété-je un peu.

Mitzi mâche, enfourne un autre morceau. Elle mange, un point c'est tout. Elle ne donne pas l'impression de savourer le gâteau, mais plutôt de se concentrer sur quelque chose. Qu'a-t-elle en tête ? Que se passe-t-il avec ce gâteau ? Est-il un peu brûlé ?

— Mitzi ? Ça va ?

— Le gâteau est…, commence-t-elle, le regard fixé sur l'assiette, avalant la dernière miette. Je peux en avoir encore un morceau ?

— Tu peux le manger entièrement si tu en as envie, dis-je d'un ton sec en délimitant une nouvelle part à l'aide du couteau. Comme ça ?

Comme elle ne répond pas, je coupe un autre morceau que je pose dans son assiette. Elle se remet à manger, aussi concentrée et absorbée qu'un mouton en train de paître. Que je la contemple ainsi, sans me gêner, ne semble pas la troubler. Qu'a-t-elle donc ? Elle paraît se régaler, mais pourquoi ne dit-elle rien ?

— Y a-t-il un problème avec ce gâteau ?

— Mais non, mon trésor. Pas du tout. Ce gâteau est délicieux. Parfait. C'est juste que…

Elle me regarde comme si je l'avais arrachée à un rêve. Puis elle se détourne de manière abrupte et se dirige vers la porte de la cuisine que nous fermons la nuit. Tournant la clef, elle ouvre la porte et sort dans la fraîcheur matinale qui pénètre dans la pièce. Elle fait quelques pas sur la terrasse, respire à fond et foule l'herbe humide avec ses pantoufles.

Silhouette mince et fragile parmi les meubles de jardin dispersés sur la pelouse tels des squelettes désarticulés. Faut-il que je la suive ? Que je m'asseye auprès d'elle ? Non, décidé-je, mieux vaut rester à l'intérieur. J'ai l'impression d'être plus ou moins responsable de son état, mais je devine qu'il est préférable de la laisser en paix.

Soudain, je la vois prendre une décision. Mais que fait-elle d'un seul coup ? Elle ôte ses pantoufles et, pieds nus, grimpe sur le muret, l'assiette de gâteau toujours à la main.

C'est si dingue, si insensé que je me rue dehors.

— Mitzi ! C'est dangereux ! Arrête !

Mais elle est déjà debout sur le mur, immobile comme si elle avait l'intention de rester là à jamais ou bien de sauter dans le vide.

Lentement, prudemment, comme quelqu'un redoutant de réveiller un somnambule, je m'approche d'elle. Il y a tout de même plusieurs mètres de vide derrière le muret !

Mais elle a les traits totalement détendus. Elle contemple la mer, encore grise à cette heure, vaste étendue ridée qui avale la pâle lumière du matin plutôt qu'elle ne la reflète.

— Mitzi, je t'en supplie…, chuchoté-je.

Elle lève l'assiette au-dessus d'elle comme pour exposer le gâteau au soleil levant ou le présenter aux dieux.

— Mitzi ?

Elle casse avec les doigts un petit morceau de gâteau et le porte à sa bouche. Elle commence à parler tout en mâchant :

— Il a le goût de… beurre, de sucre, d'une pincée de cannelle.

— Tu ne voudrais pas plutôt me raconter ça en bas du mur ?

Mitzi ne se laisse pas démonter.

— Ça a le goût du pays et de… (Lentement, elle se tourne vers moi.) … de Johann.

— L'apprenti boulanger ?

Je m'approche, avec mille précautions, un peu plus encore du muret.

— Et c'est pour ça que tu prends le risque de te casser le cou ?

— Non, pas à cause de ça.

Comme s'il n'y avait rien de plus naturel, elle tend la main pour indiquer que je dois l'aider à descendre du mur. Soulagée, je m'exécute, la retiens et lui prends même l'assiette des mains.

Elle a un regard rêveur mais décidé quand nous nous retrouvons enfin l'une et l'autre en terrain sûr.

— Commençons, dit-elle.

— Commençons quoi ? objecté-je, complètement décontenancée.

— Cette nuit, j'ai fait un rêve dont j'étais incapable de deviner la signification. Je me suis retrouvée sur mon lit, désorientée, éveillée, pendant des heures. Et c'est à ce moment-là que tu m'as apporté ton gâteau.

— Et alors ?

Mon regard tombe sur les orteils nus de Mitzi dans l'herbe. Je pousse du bout du pied ses pantoufles vers elle.

— Remets-les donc ! Il faut rentrer. Tu vas prendre froid !

— Évidemment que nous allons rentrer. Nous avons beaucoup à faire.

— Ah bon ?

Ma lenteur d'esprit n'est pas feinte. Je ne comprends toujours pas ce que mon gâteau, Johann et le soudain besoin d'activité de Mitzi ont à voir les uns avec les autres. Elle repart vers la maison comme si elle ne m'avait pas entendue, et, sans s'arrêter dans la cuisine, elle marche d'un pas décidé vers son cabinet de travail.

Quand j'entre à mon tour dans la pièce, j'ai toujours l'assiette à la main.

— Tu veux vraiment travailler ? Aujourd'hui ? Et à cette heure ?

— Et pourquoi pas ? C'est bien pour ça que nous sommes ici. Notre pause est terminée, Isa. Je sais ce que je vais écrire. Parce que je sais ce que je veux.

— Et tu veux quoi ? demandé-je, impressionnée par sa détermination.

— Allume l'ordinateur.

J'obéis. Soudain, Mitzi n'est plus l'amie, la confidente, à qui l'on peut parler avec désinvolture, d'égale à égale. Elle est l'écrivaine, la grande dame aux soixante-quinze printemps derrière elle. Elle sait ce qui doit advenir. J'obéis, je pose le gâteau aux pommes sur le rebord de la fenêtre, je mets l'ordinateur en marche. Le document s'affiche sur l'écran.

## 22

— Les nonnes de l'école religieuse eurent vite vent que quelque chose avait changé chez moi, commence à raconter Mitzi. Mes résultats baissaient parce que je travaillais moins qu'au début. J'étais toujours en retard, pas prête, peu concentrée. Quand la mère supérieure me convoqua, je trouvai toutes sortes d'excuses, car on m'aurait sans doute renvoyée si on avait appris que j'avais des rendez-vous secrets avec un garçon du village. Tout a duré finalement assez longtemps, jusqu'au jour où l'une des nonnes, sœur Franziska, un épouvantail de haute taille, maigre comme un clou, me vit sortir de la pâtisserie avec le fils du pâtissier. Nous avions tous les deux de la farine sur nos vêtements et la bouche barbouillée parce que nous venions de goûter les nids d'abeille de Johann. Sœur Franziska nous suivit. Imaginez la scène : une religieuse filant deux jeunes gens dont le seul mal était de s'asseoir au bord d'un lac, sous un arbre, et de s'empiffrer de gâteaux tout en bavardant. Elle ne nous adressa pas la parole, ne chercha à savoir ni qui était Johann, ni de quoi nous parlions. Non, elle n'eut rien de plus pressé que d'informer illico la direction de l'école, laquelle, à son tour, informa mes parents. Tous s'accordèrent sur une punition qui se voulut à la mesure de « l'incident scandaleux », selon le terme retenu : privation de toute sortie jusqu'à la fin de l'année.

Mitzi lève les yeux avant de poursuivre :

— Nous étions en mai, Isa. C'étaient presque deux mois ! Peut-on faire plus stupide, plus révoltant ?

— Ça, on peut le dire, murmuré-je, tout en restant concentrée sur mes doigts, car je ne veux pas perdre le fil.

Mitzi parle aujourd'hui avec fougue et, surtout, beaucoup plus vite qu'à l'ordinaire. On a l'impression que l'histoire coule d'elle-même, comme si elle l'avait devant les yeux, nette et en couleurs, comme si elle datait de la veille. Je dois me démener pour tenir le train.

— J'ai protesté, bien entendu, poursuit Mitzi. Johann et moi n'avions rien fait qui aurait justifié une punition aussi sévère. Ni baisers, ni caresses, ni même pensées répréhensibles. Il ne s'était rien passé du tout. J'avais mangé des nids d'abeille sous un saule, avec le fils du boulanger. Un point, c'est tout !

Je tique.

— Allons, Mitzi ! Tu m'as raconté que, avant d'entrer en internat, tu avais pensé avec nostalgie à des garçons. Et voilà qu'entre dans ta vie un joli garçon, sentant bon le pain frais, qui t'aime manifestement bien, vous vous racontez vos rêves, vous passez des heures dans l'obscurité du fournil, vous vous couchez au soleil au bord de l'étang ! Je comprends un peu les nonnes d'avoir flairé un petit quelque chose.

Mitzi opine d'un air triste.

— Personne ne nous a crus, ni la direction de l'école, ni mes parents. Même Else ne nous croyait qu'à moitié. Elle était certes de mon côté, mais se contentait de sourire avec l'air de celle qui sait quand j'affirmais qu'il n'y avait rien eu entre Johann et moi.

— Et pour lui, c'était comme ça aussi ? Je veux dire, un garçon de son âge devait lutter contre ses hormones. Il n'a jamais essayé... ?

— Non. C'était absolument platonique, absolument pur. Nous étions tout simplement deux êtres unis par un lien profond. Aujourd'hui, personne ne croit plus à cela, les gens font des galipettes ensemble avant même de s'être dit bonjour. Et pourtant, cela existe, ma petite, et c'était merveilleux, formidable. C'est sans doute ce que j'ai vécu de plus harmonieux avec un autre être.

— Mais alors, Johann a peut-être été, eh bien..., dis-je en hésitant.

— Quoi donc ?

— Il a peut-être été cette âme sœur que nous recherchons parfois toute notre existence. L'homme de ta vie, pour ainsi dire.

— C'est possible... (Elle s'interrompt.) Oui, peut-être qu'il l'a été.

— Comment ça s'est passé pour Johann et toi ensuite ? demandé-je avec précaution, Mitzi n'ayant pas d'elle-même continué son récit.

— Ah..., soupire-t-elle.

Elle regarde fixement dans un coin de la pièce en clignant des yeux. Puis elle se détourne, prend une profonde inspiration et me regarde à nouveau. Des larmes brillent dans ses yeux. Des larmes ! Mitzi si maîtresse d'elle-même, la souveraine Mitzi ! Et son histoire avec Johann n'aurait pas été une histoire d'amour ?

Je sens mon cœur s'affoler dans ma poitrine, je suis moi aussi saisie d'une belle émotion. J'aurais envie de prendre la vieille dame dans mes bras. Je me rends compte qu'elle vient de me livrer un secret qu'elle a peut-être gardé en elle des dizaines et des dizaines d'années.

Elle sèche maintenant ses larmes.

— Il m'était interdit de sortir de l'école de toute la journée. L'internat avait mis au courant les parents de Johann qui ne prirent pas l'affaire au tragique, contrairement aux nonnes, mais, l'école étant un de leurs clients principaux, ils promirent de « surveiller » leur fils. Ils craignaient peut-être aussi que leur sage Johann mette enceinte une interne indocile.

Mitzi me regarde d'un air triste, mais tente un sourire, tentative qui est loin d'être un succès.

— Et alors ? insisté-je.

— Ma foi, tu le sais bien : l'amour croît à la mesure des obstacles qu'il rencontre. Plus il affronte de difficultés, plus il se renforce. Je réussis à persuader Else de jouer les messagères et de faire circuler en contrebande des nouvelles entre l'internat et la boulangerie et réciproquement. C'est ainsi que Johann et moi avons fini par nous donner un autre rendez-vous.

Elle s'appuie sur son dossier comme pour savourer la suite, mais une expression de douleur envahit son visage.

— Dans les temps anciens, on gardait aussi des chevaux dans le couvent, mais, depuis qu'on n'en avait plus besoin, l'ancienne écurie était vide. On était désormais en juin déjà, il faisait jour plus longtemps et nous nous rencontrions tard, une fois la nuit tombée. Mon cœur s'était en quelque sorte emballé, les nonnes ayant obtenu exactement le contraire de ce qu'elles voulaient.

Je la regarde, perplexe.

— Avant ma réclusion, Johann n'avait été que mon meilleur ami. Mais maintenant que nous avions rendez-vous entre les murs sombres de la vieille écurie, mes sentiments pour lui avaient changé. Tout le monde ayant affirmé que nous étions un couple d'amoureux, cela devenait soudainement possible. Pourquoi ne pourrions-nous pas nous embrasser et nous avouer que nous éprouvions l'un pour l'autre plus que ce que nous avions cru jusqu'ici ?

D'étonnement, j'en reste bouche bée.

— Et vous avez… ?

— Non, nous n'avons pas. Ou du moins pas tout de suite. (Elle sourit.) Car les nonnes, par leurs accusations, avaient tout de même obtenu que nous commencions par rester apeurés et crispés l'un devant l'autre, comme si ce qu'on avait prétendu de nous s'était effectivement passé. Je revois la scène comme si elle se déroulait devant mes yeux. La lumière glauque provenant des hautes fenêtres, l'odeur de vieille paille et le froid des murs. Nous nous faisions face comme les premiers humains, comme Adam et Ève se découvrant pour la première fois. Nous ne disions mot. Nous n'osions même pas nous approcher l'un de l'autre. Nous étions habités d'un sentiment que nous ne voulions pas chasser. Le sentiment que… (Mitzi s'interrompt.) Le sentiment que l'amour, c'était peut-être ça.

— Et alors ?

Puis je me tais malgré mon impatience.

— Continue ! dis-je tout de même, mes doigts suspendus au-dessus du clavier, telles les pattes d'une araignée, attentive à ne pas manquer un seul mot du récit.

— Puis, soudain, la tension entre nous a cédé, pareille à la neige tombant d'un toit. Nous nous sommes précipités l'un vers l'autre et nous nous sommes étreints, touchés, sentis, compris. Mes mains ont parcouru le dos mince mais musculeux de Johann, sa nuque solide, ses bras vigoureux et aussi ses fesses. Puis nous nous sommes embrassés. Mon Dieu, ce baiser est entré dans l'Histoire, rigole-t-elle.

Je lève un sourcil perplexe en la regardant.

— Bon, d'accord, du moins dans l'histoire de ma vie. Je n'ai pas envie d'aller maintenant dans les détails. Je ne dirai qu'un mot : alléluia !

Nous rions toutes deux de bon cœur, tandis qu'une petite larme me monte aux yeux. Alléluia, c'est le mot juste !

— Oui, il en fut ainsi, sourit-elle quand, au bout de quelques secondes, nos rires s'apaisent. Ainsi se passa mon premier et unique rendez-vous galant avec Johann, l'apprenti boulanger.

— L'unique ? Pourquoi donc ?

— Nous savions que le temps nous était compté. Je devais être revenue au couvent avant la ronde de nuit des nonnes. Nous nous sommes donc ressaisis, nous forçant à la raison. Nous avons mis au point un plan afin de pouvoir communiquer à l'avenir en toute sécurité, un plan nous permettant de garder l'incognito si quelqu'un devait intercepter une de nos lettres secrètes. Car, après notre premier baiser, une chose était certaine : nous devions nous voir plus souvent !

— Alors, qu'avez-vous fait ?

— Johann connaissait un argot de voleurs qu'enfant il avait utilisé avec ses copains du village pour échanger des messages secrets. Il consistait en abréviations, en mots codés, en chiffres et en altérations des lettres, ce qui rend tout message incompréhensible de tous, à l'exception de celui qui connaît également cette langue. Normalement, avec mon handicap, il m'aurait fallu plusieurs jours pour que je la retienne, mais l'affaire était si importante que, dans mon ivresse amoureuse, je l'appris effectivement en un clin d'œil. Nous l'avons appelée notre écriture chiffrée et nous avons décidé de ne plus correspondre qu'en l'utilisant.

Mitzi sourit à nouveau, les yeux brillants, et poursuit :

— Quel bonheur était le nôtre en cet instant ! Nous étions heureux et amoureux ! Nous croyions réellement que ni les nonnes ni nos parents ne pourraient nous séparer. Nous nous sommes embrassés une dernière fois avant de nous quitter. Johann s'est enfoncé dans la forêt proche pour retourner au village sans être vu. J'ai ouvert avec d'infinies précautions la porte de l'écurie, lancé un regard alentour et regagné furtivement l'école.

Mitzi, qui s'est mise à la fenêtre, se tait soudain.

— Oui, et ensuite ? Vous vous êtes écrit ? Comment les choses se sont-elles alors passées ?

Impatiente, je la presse de questions.

— Alors sœur Franziska s'est encore manifestée, chuchote Mitzi que j'entends à peine. Franziska, cette vieille bique. Elle me guettait. Elle avait peut-être soupçonné quelque chose ou bien une des filles de ma chambre m'avait dénoncée. En tout cas, elle savait que je n'étais pas dans mon lit. Elle m'est tombée dessus lorsque je suis rentrée au couvent.

Mitzi me regarde comme si, aujourd'hui encore, elle avait du mal à concevoir ce qui s'était passé.

— J'ai vécu un enfer dans les jours qui ont suivi. On ne m'a infligé aucune des punitions traditionnelles, pas de consigne, pas de retenue. L'école a réuni une commission officielle qui m'a soumise à un interrogatoire. J'ai tout nié, mais les nonnes n'ont pas renoncé. Elles ont convoqué les parents de Johann qui, conformément à la vérité, ont déclaré que leur fils n'était pas chez lui ce soir-là. Johann en personne a été traduit devant la commission. Il n'a rien avoué, mais les nonnes lui ont posé des questions pièges et il s'est contredit. À la fin de cette inquisition, la direction de l'école a jugé que notre culpabilité était avérée. Johann a été averti et prévenu qu'on le dénoncerait, lui ainsi que ses parents, au cas où il lui prendrait une nouvelle fois l'envie de s'approcher d'une fille de l'internat.

— Et toi ?

— Avec moi, on n'y est pas allé par quatre chemins : j'ai été renvoyée. Dès le lendemain matin, mon père, dans le bureau de la mère supérieure, signait les papiers voulus. Quelle humiliation ! Au fond, cela m'était relativement égal, car je haïssais cette école. Mais la déception, dans les yeux de mon père, si ce n'est le dégoût, c'était brutal…

Mitzi me regarde d'un air grave. Je ressens tout à fait ce qu'elle a éprouvé à l'époque.

— Tu n'as pas pu revoir Johann de sitôt, n'est-ce pas ?

— De sitôt ? *Jamais !*

Mitzi me lance un regard si pressant que j'en ai l'estomac retourné.

— Nous nous étions embrassés pour la première fois et nous avions cru nous lancer dans une longue histoire d'amour, alors que je me trouvais soudain devant une existence interminable sans Johann ! J'étais si désespérée que j'avais du mal à rester debout. Mon père avait décidé de me mettre dans un internat anglais réputé pour son extrême sévérité. Il avait toujours l'espoir de me voir faire des études comme lui et il voulait mettre une mer entre moi et ce garçon. Je n'ai pu dire au revoir à personne, pas même à Else.

— C'est… (J'ai la tête qui tourne.) … c'est l'histoire la plus triste que j'aie jamais entendue. Et il n'y a pas eu d'*happy end* ?

Je l'implorerais presque.

— Ma foi, une petite tout de même. Ce fut à nouveau cette chère Else qui trouva le moyen de me venir en aide. Mon père et moi montions dans la voiture quand, courant derrière nous, elle cria qu'elle avait un cadeau d'adieu pour moi. Et sais-tu ce qu'elle avait dans les mains ?

— Non ?

— J'ai aussitôt reconnu le papier d'emballage de la boulangerie. Un fin papier blanc avec l'inscription BP, car le boulanger s'appelait Patscheck. Ce papier contenait un petit gâteau cuit avec amour. Devine ce que c'était ?

— Un *streusel* aux pommes ? chuchoté-je, morte de curiosité.

— Un *streusel* aux pommes, oui. Mon père a accepté de me laisser prendre le gâteau. Nous sommes montés en voiture et il a démarré. En me retournant, j'ai vu par la vitre arrière Else devenir de plus en plus petite. Puis le couvent que j'exécrais a aussi disparu. Je tenais le gâteau entre mes mains. J'avais l'impression qu'il les brûlait.

— Qu'est-ce que tout cela signifiait ? demandé-je, bien qu'ayant une petite idée derrière la tête. Le code secret ?

— Je ne m'en suis pas rendu compte sur-le-champ. Mais je n'allais pas tarder à découvrir le pot aux roses. « Ne mets pas des miettes plein la voiture ! » a dit mon père quand j'ai cassé un morceau du gâteau. En me penchant avec précautions pour le manger, j'ai senti entre mes doigts un petit morceau de papier. Un message avait été placé à l'intérieur du *streusel* avant la cuisson ! J'étais à la fois anéantie et folle de joie. Ma vie retrouvait une perspective !

Les yeux de Mitzi rayonnent, mais, tout à coup, ils s'assombrissent.

— Tu entends, toi aussi ? demande-t-elle.

— Tu parles du vent ?

Nous regardons par la fenêtre. On entend soudain le bruissement des feuilles des arbres. Le temps, radieux encore à l'instant, semble tourner. Le ciel se couvre, des nuages passent à toute allure. Un volet claque quelque part et le doux murmure de la mer se transforme en mugissement.

## 23

J'allume la lampe du secrétaire quand nous nous retrouvons dans le cabinet de travail et Mitzi fait de même avec la liseuse à côté de son siège. Nous avons fait le tour de la maison et fermé les fenêtres, car le vent vient de l'ouest, de la mer. Il secoue les volets et siffle dans les gouttières, illustration de la rapidité et de la violence avec laquelle le temps change sur une île. On croirait avoir affaire à une diva : charmante et rayonnante à l'instant, furieuse l'instant d'après. Dehors, Massimo traverse à vive allure le jardin, met les pots de fleurs à l'abri ainsi que le mobilier de la terrasse et les arrosoirs galvanisés.

— Tu veux que j'aille te chercher une couverture ? proposé-je, car la température a également baissé de plusieurs degrés et je sais à présent que la vieille dame est très frileuse.

— Ce serait formidable !

J'enfile moi aussi une veste en laine, puis je me rassieds, impatiente, devant le secrétaire où se mêlent la lumière chaude des ampoules et celle, plus pâle, de l'écran.

Mitzi finit par poursuivre son récit :

— J'ai mangé mon gâteau avec d'infinies précautions, tout autour du papier qui demeurait collé à la pâte et que je ne voulais pas détériorer. De plus, je voyais que mon père m'examinait d'un air soupçonneux dans le rétroviseur. J'ai tenté à plusieurs reprises de retirer le billet sans me faire voir, mais sans y parvenir. J'avais peur que papa remarque quelque chose. Il devait avoir un sixième sens à l'époque. Quand j'ai eu avalé une bonne partie du gâteau, il a exigé que je lui donne le papier d'emballage, car il détestait qu'on salisse sa voiture. Désespérée, j'ai considéré le petit bout de gâteau dans ma main, le billet qui en sortait. Que pouvais-je faire ? Mon père tendait déjà la main vers moi et je n'ai pas eu le choix. Il fallait agir. Sans autre forme de procès, j'ai mis le dernier bout dans ma bouche.

— Avec le message de Johann ? dis-je, incrédule.

— Qu'aurais-tu fait à ma place ?

— J'aurais laissé tomber le billet par terre.

— Impossible. Il était collé au *streusel*.

— Tu as avalé le message de Johann ?

Je parle tout en tapant à l'ordinateur, ce que je n'avais encore jamais réussi à faire.

— Tu n'es pas folle ? répond Mitzi. Non, pendant que mon père froissait l'emballage, j'ai mâché tout autour du billet, le libérant peu à peu avec les dents et la langue. Au bout d'un moment, j'ai pu le pousser contre l'intérieur de ma joue et avaler le reste du gâteau.

— Ensuite ?

— À l'aire de repos suivante, j'ai prétexté un besoin pressant. Mais le vieux renard flairait quelque chose. Quand nous sommes descendus, il a exigé que je lui montre mes mains. Elles étaient vides, bien sûr, et il n'a rien trouvé non plus dans mes poches.

— Ton père t'a fouillée ?

— Et comment ! À fond même ! Pendant ce temps, je me morfondais, craignant que ma salive dissolve l'encre pendant que mon père me fouillait.

Mitzi fait une nouvelle pause, littéralement hors d'haleine à force de parler. Puis elle reprend :

— Quand j'ai enfin pu aller aux toilettes, je me suis enfermée et j'ai sorti de ma bouche avec beaucoup de précautions le billet mouillé. Il était passablement ramolli, mais j'ai réussi à le déplier.

— Était-il encore lisible ?

— Comme tu le sais, j'avais des difficultés pour lire, mais en cet instant, mon cerveau s'est mis à travailler à une telle vitesse que je n'ai presque eu aucun mal à déchiffrer le billet.

— Et alors ? Qu'y avait-il d'écrit ?

Mitzi ferme les yeux, elle a visiblement besoin de toute son énergie pour se souvenir.

— Il y avait d'abord : *I35l95beD93h*.

— C'est d'un romantisme fou, me moqué-je quand je finis de taper le message chiffré. Et ça veut dire quoi ?

— Tu ne trouves pas ?

Et voilà Mitzi qui se lance dans un exposé détaillé sur les règles régissant l'argot des voleurs. C'est, à l'oreille, d'une complexité redoutable. Je m'efforce de déchiffrer les lettres et les chiffres sur l'écran. Puis je renonce.

— Pas la moindre idée.

— Bon, alors réfléchis un petit peu. Tu y arriveras peut-être, dit Mitzi dont le visage s'éclaire d'un large sourire.

Je hausse les épaules, puis je demande :

— Et il n'y avait pas autre chose sur le billet ?

— Si. Johann m'avait raconté qu'il allait tous les deuxièmes samedis du mois à Brême pour vendre leurs produits au marché. Il écrivait qu'il m'y attendrait ces jours-là à 16 heures. Il comptait s'asseoir sur un muret à côté de la statue des *Musiciens de Brême*, à l'ouest de la place de l'Hôtel-de-Ville, et m'y attendre. Tu comprends ? J'avais sous les yeux une indication précise pour un prochain rendez-vous. C'était formidable. J'ai pleuré de bonheur dans les horribles toilettes de la station-service.

— Et tu y es allée ?

— Malheureusement, non.

— Pour quelle raison ?

— Mon père n'était pas seulement un excellent violoniste, il était aussi un excellent geôlier. Il avait déjà organisé ma détention. Nous sommes allés le jour même jusqu'à Ostende pour prendre le dernier ferry pour l'Angleterre. Nous avons passé la nuit à Douvres et, le lendemain à midi, il me déposait dans un internat à proximité de Dartmoor. Son choix du lieu avait été judicieux : l'internat était entouré de marécages. La direction de l'école vérifiait et censurait éventuellement le courrier. De toute façon, Johann n'aurait pas su où m'écrire.

— Et tu n'as pas eu la possibilité de te rendre à Brême ?

— Non, j'étais bel et bien emprisonnée ! En l'espace de quelques semaines, j'ai perdu tout courage, j'ai sombré dans la mélancolie, je n'arrivais quasiment plus à me concentrer et, comme on pouvait s'y attendre, j'ai échoué à tous les examens. Mon échec au baccalauréat allemand, l'année suivante, ne fut pas une surprise pour mes parents.

Comme s'il avait écouté cette douloureuse histoire, le vent, au-dehors, s'était calmé un instant si bien que, durant quelques secondes, il régna un silence absolu dans la pièce obscure.

— Et c'est tout ? demandé-je, effarée, brisant le silence.

Mitzi acquiesce.

— Tu n'as jamais revu Johann ?

Elle hausse les épaules.

— Mais comment est-ce possible ? m'étonné-je avec un réel désespoir, car, malgré la déception que j'ai personnellement connue, je suis restée une incorrigible romantique.

Je refuse tout simplement que la vie soit en permanence aussi laide, aussi impitoyable, aussi prosaïque.

— Ma foi, répond Mitzi après un moment de silence, je me le suis demandé, moi aussi. D'autant que tout cet épisode a finalement été le coup d'envoi pour plus de malheurs encore dans ma vie. Mes parents, en effet, ont fini par me laisser tomber. On ne peut employer d'autre mot : ils m'ont quasiment abandonnée à mon sort. Au fond, cela me convenait parfaitement, car j'ai pu en toute tranquillité partir pour Eichensee dès que les circonstances l'ont permis.

— Mais Johann n'était plus là ? demandé-je, totalement désemparée.

— Je suis tombée, dans la boulangerie, sur la mère de Johann. Pâle, l'air maladif, elle paraissait avoir vieilli de plusieurs dizaines d'années. Elle a refusé de parler de Johann avec moi. J'ai demandé ce qu'il était devenu à l'épicière d'à côté et au garagiste, mais ils ont juste pu me confirmer que Johann était parti de chez lui. Personne, dans le village, n'a su me dire où. Je suis retournée voir sa mère et ne suis pas partie avant qu'elle m'ait avoué que Johann avait coupé les ponts avec eux. Après mon départ, il était resté encore toute une année à la boulangerie, sans rien laisser paraître, travaillant, traînant des sacs de farine, pétrissant la pâte des petits pains et remuant celle des gâteaux. Il avait même accompagné régulièrement son père au marché de Brême. Pourtant, au bout d'un an, il n'a pu se retenir plus longtemps : il a annoncé à ses parents qu'il les quittait. Il n'a pas demandé l'autorisation. Il n'a pas discuté. Il le leur a annoncé, c'est tout. Comme il n'était pas majeur, son père a tenté de le lui interdire, mais Johann a disparu un beau jour sans laisser de traces. Personne n'a su où il était parti. Personne n'a jamais appris s'il allait bien. Personne n'a plus entendu parler de lui.

Je finis de taper la dernière phrase.

— Tu as parlé avec Else ? Elle n'a pas pu t'aider ?

— Entre-temps, elle avait passé son bac et quitté l'école. Je ne connaissais plus personne, à part les anciennes nonnes. Et je n'avais pas envie de leur rendre visite.

J'ai soudain une idée :

— Tu n'as pas dit, à l'instant… *sur un muret* ? Johann comptait te revoir à Brême sur un mur ?

— Oui, dans les environs de l'hôtel de ville, pourquoi ?

— Alors je comprends le fin mot de l'histoire, dis-je, émue. Le mur et le *streusel*, votre séparation forcée : voilà pourquoi tu es montée avec tant d'intrépidité sur le muret au bord de la falaise tout à l'heure.

— Naturellement, répond Mitzi comme s'il s'agissait de la chose la plus normale du monde. Qu'est-ce que tu crois ? Je ne suis ni lasse de la vie, ni timbrée. C'était juste un adieu – un adieu à un amour perdu.

— À ton amour perdu.

— Oui, répond Mitzi simplement.

— Mais cela remonte à… soixante années ! Tu n'as jamais essayé de retrouver Johann ?

— Non, je n'ai… (Elle s'interrompt et hoche la tête.) Ça ne s'est pas fait ! élude-t-elle. Et puis j'ai dû prendre ma propre vie en main. Je n'avais rien, aucune formation, aucun projet, aucun but – pas d'avenir. C'est à ce moment qu'a mûri en moi l'idée d'écrire un roman.

Elle me lance un regard alerte, l'air de me dire : *Entamons un nouveau chapitre !*

Mais je n'entends pas clore le chapitre Johann immédiatement.

— Je comprends, mais, durant ces soixante années, tu dois pourtant bien avoir eu l'idée de retrouver la trace de ton amour perdu.

— Pourquoi aurais-je dû ? réplique-t-elle avec sécheresse. Lui non plus ne m'a pas recherchée.

En dépit du ton provocant et de la mauvaise foi de sa réponse, je comprends le message implicite : Mitzi se barricade, elle refuse de se livrer davantage.

— Finalement, ç'aurait été beaucoup plus facile pour lui de reprendre contact, ajoute-t-elle d'un ton quelque peu acerbe. J'ai encore vécu tout un temps à Berlin, mes parents étaient des gens connus. Johann n'aurait eu aucun mal à me retrouver.

— Donc, tu ne l'as pas recherché uniquement parce que tu étais vexée ? m'étonné-je. Parce que Johann n'a pas donné signe de vie et qu'il n'était pas dévoré par le regret de ne plus te voir ?

— Qu'est-ce que cela change aux faits ? Nous ne nous sommes plus revus, voilà toute l'histoire. Point à la ligne, nouveau chapitre, m'intime-t-elle. Allez, vas-y, insiste-t-elle en constatant que mes doigts restent immobiles et que je ne m'apprête donc pas à entamer un nouveau paragraphe sur le document qu'affiche l'écran.

Mais je ne rends pas les armes aussi facilement.

— Ce n'est pas obligatoire, tout ça, m'obstiné-je. Il y a Internet désormais. On peut dénicher n'importe qui n'importe où dans le monde, et en quelques secondes ! Tu n'as pas essayé ?

— Si, si, j'en ai parlé avec Massimo, nous…

Elle s'interrompt.

— Tu as parlé de ton amour de jeunesse avec ton jardinier ?

Je suis perplexe.

— Tu sais bien que Massimo est plus qu'un simple jardinier. C'est un ami, et il a une relation toute particulière avec la maison, avec la propriété. Et avec moi – je crois qu'il a toujours été un peu amoureux de moi.

— Réellement ?

— Pas amoureux fou, non ! Mais un petit peu quand même…

Elle fait un vague signe de la tête et, d'un coup, je vois en pensée le vieil homme qui, plongé dans son travail, chante, absorbé dans ses rêves. Jusqu'ici, j'avais toujours eu l'impression qu'il n'aimait que le jardin, les plantes et leur beauté, mais avec ce que vient de dire Mitzi… Je souris intérieurement.

Puis je porte à nouveau mon regard sur l'écran et la manière dont nous en sommes venus à ce sujet me revient à l'esprit.

— Tu as dit que tu avais parlé d'Internet avec Massimo.

— Ça non, bien sûr que non. Massimo est depuis toujours un adversaire de la technique, il va jusqu'à refuser d'acheter une nouvelle tondeuse à gazon. Non, je lui ai simplement parlé de Johann un jour où, un peu de vin aidant, j'étais en mal de confidences. Il a aussitôt songé à interroger Gianni qui est assez versé dans ce genre de truc à la mode.

— Et Gianni t'a aidée dans tes recherches ?

Elle approuve.

Je retiens mon souffle.

— Et qu'avez-vous trouvé ?

— Eh bien, dit-elle en levant les épaules puis en les rabaissant, rien.

Dans tout Internet, il n'y a pas trace de lui ?

— Pas la moindre.

Perplexe, je la regarde. Je crois qu'il faut se cacher délibérément si l'on veut qu'Internet ignore qu'on existe.

— C'était quand ?

Elle réfléchit un petit instant.

— Ça ne date pas de très longtemps. Dix ans peut-être.

— Dix ans ? Mais à l'ère du numérique, c'est peu ou prou l'âge de pierre !

— Que veux-tu dire par là ? s'étonne-t-elle, fronçant les sourcils.

Plutôt que de répondre, j'ouvre le navigateur Internet et un moteur de recherche.

— C'était comment déjà, le nom de famille de Johann ? BP pour boulangerie… ?

— Patscheck.

— Ça s'écrit comment ? P-a-t-s-c-h-e-c-k ?

Comme elle me regarde avec perplexité, je lui laisse jeter un coup d'œil sur l'écran.

— Oui, c'est ça, confirme-t-elle. Mais Isa…

— Qu'y a-t-il ? demandé-je en interrompant ma frappe, alors que j'étais sur le point de taper le prénom, Johann.

— Pour l'instant, c'est encore un peu trop pour moi. Je suis terriblement lasse.

— Mais non, objecté-je, ne comprenant pas ce qui lui arrive. Cela va vraiment très vite : quelques secondes et nous pourrions l'avoir trouvé !

— Oui, mais pas maintenant. Arrête ça !

— Mais… (Je ne comprends toujours pas.) Il s'agit tout de même de ton livre ! Pourquoi ne veux-tu pas qu'on persiste ?

Je décide de ne pas me soucier plus longtemps des scrupules de Mitzi. Je suis bien trop impatiente pour faire marche arrière.

— Donc, nous recherchons un dénommé Johann Patscheck. Voyons voir !

Je suis sur le point d'écrire quand l'écran devient subitement noir. Mitzi a débranché la prise.

— Mais qu'est-ce que tu fais ? m'écrié-je, furieuse.

D'un seul coup, Mitzi se dresse au-dessus de moi comme une menace incarnée. Je sursaute, et d'autant plus fort que, dehors, le tonnerre se met à gronder.

— Je ne veux pas savoir cela maintenant, Isa, dit-elle sèchement. Nous avons fini notre travail pour aujourd'hui. Je vais dans ma chambre. Tout le reste peut attendre jusqu'à demain.

Elle franchit fièrement la porte et me plante là, effrayée et un peu vexée. Elle se comporte d'abord avec moi comme avec une amie de longue date, puis me traite comme une domestique !

Je mets l'ordinateur en mode veille : je n'ai pas l'intention de contrevenir à l'ordre de Mitzi. On ne peut pas faire le bonheur des gens malgré eux, me dis-je, et, comme un jour ordinaire, je vais à la cuisine me préparer une *spremuta* et un sandwich. Et, entendant de nouveau gronder le tonnerre, je mange dans la cuisine. Je mâche, j'avale et les émotions qu'ont suscitées en moi les récits de la journée s'apaisent lentement. Je prends une profonde inspiration, puis je lève les yeux. Mon regard tombe directement sur le panneau aux nombreuses cartes postales et photos. Et sur le billet défraîchi que j'avais remarqué il y a quelques jours.

Un billet défraîchi ? Un billet mâché, oui ! Je m'approche pour l'examiner. J'examine les petits bouts qui manquent, la petite écriture. Le message qu'un jeune homme a écrit à son amoureuse soixante ans plus tôt.

Soudain je sais ce qu'il y a sur ce billet. Soudain je réussis à déchiffrer l'argot des voleurs.

I35l95beD93h : *ich liebe dich*, je t'aime.

## 24

Bon, d'accord, je pense à Luca. Je pense même assez fréquemment à lui. En montant à ma chambre, en me déshabillant, pendant que, dehors, le vent et la pluie se déchaînent enfin. Mais comment pourrais-je ne pas penser à Luca quand, à longueur de journée, j'écris à l'ordinateur les histoires romantiques de Mitzi ? Et pourtant, ce qui m'est arrivé n'a pas, et de loin, le caractère dramatique de ce qu'a vécu Mitzi au couvent d'Eichensee. Ce n'est qu'un épisode banal et sans relief de la vie ordinaire et qui, à coup sûr, ne fera jamais l'objet d'un roman : une ancienne vendeuse de librairie fait la connaissance d'un policier sympathique mais gâche leur premier flirt sous l'effet d'un soudain blocage psychologique.

Lessivée par cette longue journée remplie d'émotions, je prends mon temps pour me brosser les dents. Une fois enfilé le t-shirt qui me sert de pyjama, je me regarde dans le miroir. Et voilà que je me remets déjà à penser à Luca, à son uniforme qui souligne ses formes, à son sourire et à l'intérêt manifeste qu'il me porte. Pour la première fois depuis Alex, un homme attendait de moi autre chose que de la monnaie ou un ticket de caisse. Et qu'est-ce que je fais ? Je m'empresse de tout gâcher. *Ressaisis-toi*, dis-je à mon reflet dans le miroir. *Se lamenter n'a jamais servi à rien et, cette fois non plus, ça ne servira à rien. Tu veux une nouvelle chance ? Alors provoque la chance !*

Luca est policier. Et où, généralement, les policiers passent-ils leur temps ? Dans la rue. Des rues, dans cette île, il n'y en a pas tant que ça. Je n'ai besoin ni de son numéro de téléphone ni de son adresse e-mail pour le trouver. Il me suffit de me balader un peu partout et je le croiserai forcément. Ou bien, je m'allonge sur un passage clouté et il viendra, cela ne fait aucun doute. Je souris à la femme aux cheveux en bataille qui me regarde dans le miroir, puis j'éteins la lumière.

Je suis si épuisée que je devrais m'endormir aussitôt, et c'est le contraire qui se produit. Je me tourne d'un côté puis de l'autre dans le lit, mais le sommeil me fuit. Je trouve mon lit vaste, froid et vide. Quelqu'un avec qui on n'a en commun que quelques mots échangés et la réparation d'un pneu éclaté peut-il vous manquer de la sorte ? Quelqu'un dont on connaît tout au plus le prénom ?

Son nom de famille me vient subitement à l'esprit. Ses parents habitent dans la maison voisine et s'appellent Valentini. Luca Valentini, entends-je comme en écho dans ma tête. Un écho si fort qu'il laisse, je le remarque, fort peu de place pour autre chose, Alex par exemple. Alex dont je croyais qu'il était l'amour de ma vie. Dont je croyais que jamais je ne me l'enlèverais de l'esprit. Et soudain, c'est arrivé. Plus d'Alex !

Il faut que je revoie Luca ! Absolument !

— Il le faut, dis-je à présent à haute voix dans l'obscurité de ma chambre.

Mais comment ? Passer Capri au peigne fin en pleine nuit n'est sans doute pas une idée particulièrement géniale.

Puis une autre idée me vient. Je rejette ma couverture et je me lève, j'enfile mon pantalon de jogging et un pull, puis je descends sans bruit à la cuisine où je me sers, devant le frigo, un verre de vin blanc que j'emporte dans le cabinet de travail. L'ordinateur est resté en mode veille, si bien que j'ai juste à rallumer l'écran.

J'ai un peu l'impression de commettre un sacrilège alors que je me contente d'écrire « Luca Valentini » dans la fenêtre de recherche de Google. Des Luca Valentini, il en apparaît comme s'il en pleuvait. Pour dire vrai, ce sont des occurrences localisées dans l'Italie entière. Des Luca Valentini blonds, bruns, des gros, des maigres, des barbus, des chauves. Apparemment, le nom est très répandu dans ce pays.

Je fais une nouvelle tentative avec « Luca Valentini » et « Capri », ce qui limite considérablement le champ de recherche. À un unique article, très exactement. Dans *Il Mattino*. Il s'agit d'un bref rapport de police accompagné d'une photo assez floue montrant l'inspecteur Luca Valentini escortant un homme menotté, recherché pour escroqueries, et le remettant aux mains de collègues du continent. J'examine le cliché de plus près, cherchant à y découvrir un quelconque indice, mais je ne vois que Luca en uniforme, photo pas spécialement réussie, du reste. Il n'empêche : ce quasi-fiasco me rassure néanmoins un petit peu. Je ne trouve en effet aucun lien montrant Luca au bal de la police napolitaine en compagnie de sa fiancée de longue date ; pas non plus de photo « people » où il serait en compagnie de touristes allemandes en bikini. Il n'y a que le sage lieutenant Luca, un homme qui fait respecter le droit et l'ordre sur l'île. J'allais refermer l'ordinateur quand je constate que je ne suis plus fatiguée du tout.

Je rouvre donc Google, j'hésite un instant et j'entre « couvent Eichensee » dans la barre de recherche. Banco ! Le village décrit par Mitzi apparaît et, juste à côté, le lac, le Waldsee. Je recherche l'école, mais elle semble ne plus exister. Le vieux bâtiment abrite désormais un hôtel, un hôtel assez luxueux, avec salles de fête, de fitness, de séminaire et avec des chambres qui diffusent certes encore froideur et sévérité mais dont le passé n'est pour ainsi dire plus visible. C'est finalement sur le site de l'hôtel que je trouve quelques photos en noir et blanc, notamment une des typiques chambres à quatre où logeaient les filles internes. Je découvre également une photo du réfectoire et, grâce à ce document, je n'ai besoin de personne pour m'imaginer combien il a dû être pénible d'avaler ici, privée de toute affection, des repas collectifs le matin, le midi et le soir. Pauvre Mitzi, décidément ! Vivre dans une prison pareille !

Le village aussi semble avoir subi pas mal de transformations. La boulangerie a disparu, mais il y a dorénavant un salon de manucure, une boutique de portables et une supérette Edeka. La vue satellite me permet de me représenter les lieux environnants. Je distingue la forêt entre le village et le couvent, et aussi le Waldsee. En zoomant, je crois même apercevoir un banc sous un arbre. Serait-ce le banc sur lequel Johann et Mitzi s'asseyaient ? Un banc de bois peut-il durer soixante ans ?

Je réduis la carte. Brême n'est pas très loin d'Eichensee. Sinon, le père de Johann n'aurait pu s'y rendre au marché. Par ailleurs, il n'y a rien de remarquable dans les environs de la localité et, aujourd'hui encore, les liaisons avec Brême ne semblent pas très pratiques.

Je ne peux m'empêcher de rire de moi : voilà bien la réflexion d'une fille de la grande ville ! Si une ville à proximité ne me donne pas l'assurance de trouver distraction et animation, j'ai aussitôt l'impression que je vais tomber dans le désert le plus complet. Mais, d'un autre côté, n'est-ce pas pour cette raison que ma copine Bettina s'est enfuie d'un trou perdu de Basse-Saxe, pour échapper un tant soit peu à sa solitude ? Je me rappelle parfaitement son air traumatisé quand elle me parlait de ses années de jeunesse. Tous ceux qui habitaient ce trou ne rêvaient que de pouvoir le quitter un jour.

Ah, Bettina ! Tout à coup ma fleuriste berlinoise me manque tant que j'en suis toute remuée. Les amies que j'ai abandonnées du jour au lendemain me manquent aussi. Depuis que je suis ici, je ne leur ai pas téléphoné une seule fois.

Comment s'appelait le village d'où est originaire Bettina ? Je zoome à nouveau sur la carte, et un nom me frappe : Katzenbach ? Est-ce possible ? Bettina serait-elle venue de Katzenbach ? Si c'est le cas, voilà qui serait un scoop, car Katzenbach est à moins de vingt kilomètres d'Eichensee.

Katzenbach ou pas, je suis maintenant lancée et je n'hésite pas. J'ouvre ma boîte e-mail et j'écris quelques lignes à ma vieille copine berlinoise. *Ma chère Bettina, cela fait un bon bout de temps que je suis dans l'île et je peux te dire…*

Bien que ce ne soit que des mots tapés sur un ordinateur, cela fait du bien de lui raconter ce que je vis ici. Je lui parle de Mitzi et de la magnifique maison, de la soirée que j'ai organisée avec Massimo, des plantes dans le merveilleux jardin (je sais que ça l'intéressera), du travail de rédaction des mémoires, des falaises, des vagues, de la mer d'un bleu d'azur et du ciel parfois aussi du même bleu.

J'en arrive enfin à l'amour de jeunesse de Mitzi. Un bref instant, j'ai l'impression d'avoir tort, car Mitzi, après tout, m'a raconté cette histoire sous le sceau de la confidence. Mais, par ailleurs, si Bettina est réellement de Katzenbach, elle connaît peut-être quelqu'un qui, à son tour, connaît quelqu'un qui a connu voici bien longtemps une boulangerie à Eichensee.

*Peut-être le nom te dit-il encore quelque chose ? La boulangerie Patscheck ? Le streusel aux pommes y était, paraît-il, incroyablement bon (presque aussi bon que le mien, donc). Ce serait formidable si tu découvrais quelque chose. Ça m'aiderait dans mes recherches.*

Je n'en dis pas plus à Bettina. Et je m'en trouve bien. Finalement, je ne fais que de prendre de ses nouvelles, d'elle et de nos connaissances communes, de sa boutique et, puisque tel est l'usage, je m'enquiers du temps qu'il fait à Berlin. Dernière question qui est cruelle, car, pendant qu'à Capri la température ne descend presque jamais au-dessous de vingt-cinq degrés, il est fort possible qu'à Berlin, en mai, on soit encore obligé de porter un manteau. Pour finir, je me risque même à lui poser une question dont la réponse me fera sans doute mal. Mais, si je ne suis pas capable de regarder la réalité en face ici, comment le pourrai-je une fois de retour à Berlin ?

*Alex est-il déjà passé te voir ? A-t-il emménagé dans la Vorbergstrasse ? A-t-il essayé d'acheter des fleurs pour sa nouvelle fiancée ? J'espère qu'alors tu l'auras mis à la porte !*

C'est un peu puéril, je sais, mais chez Bettina, ça ne mange pas de pain, je trouve. Au moment de conclure, je ne peux m'empêcher d'évoquer ma propre vie amoureuse, même si, d'un strict point de vue, je n'ai pas de vie amoureuse du tout :

*PS : les hommes ici, à Capri, ne sont pas mal du tout. Mais ça, je te le raconterai un autre jour, en toute tranquillité…*

J'envoie, j'attends que le logiciel de messagerie confirme que le message est parti et je sens alors de nouveau dans tous mes membres une fatigue de plomb. Je retourne donc dans mon petit lit refroidi et je m'endors sans même avoir le temps de chuchoter amoureusement « Luca… ».

## 25

— Iras-tu au village aujourd'hui ? me demande Mitzi, le lendemain, à la fin de notre travail.

Ce matin, nous avons abordé des sujets moins bouleversants que celui du grand amour, mais Mitzi m'en a enfin dit plus sur les ragots que Luigi avait évoqués au Mare Piccolo. Bien sûr, Mitzi n'aurait pas abordé ce sujet d'elle-même ; c'est moi, constatant qu'elle n'arrivait pas à se décider pour un quelconque sujet, qui lui ai posé la question.

— Est-il exact que Liz Taylor est venue en visite ici ?

— Qui t'a donc raconté ça ? Ce ne serait pas Massimo par hasard, cette vieille commère ?

— Non, répondis-je en souriant. Pas Massimo. Mais j'ai mes propres sources d'information, ajoutai-je, l'air d'en savoir long.

— Qu'est-ce qui ne se raconte pas sur cette île, dit-elle, hochant la tête, visiblement amusée.

— Ce n'est donc pas vrai ?

— Si, bien sûr que si, soupira-t-elle.

— Mais ?

— Mais rien du tout.

— Ça n'a pas été un événement passionnant ?

— Non.

— Comment alors ?

— Plutôt sympa.

— Sympa, donc, me contentai-je de répéter.

— Oui, très sympa. Liz se plaisait ici. Chez elle, à Los Angeles, elle souffrait de troubles du sommeil, mais là, au bord de la mer, elle roupillait comme une marmotte.

Nous évoquions enfin un sujet qui assurerait à coup sûr au livre un succès en librairie : Hollywood à Capri !

— Et Richard Burton ? Il est aussi venu ici ? A-t-il rendu visite à Liz ? Était-ce avant ou après avoir tourné ensemble *Cléopâtre* ?

— Je n'en ai pas la moindre idée, dit-elle dans un sourire.

— Cesse donc de te faire tirer les vers du nez, protestai-je tout en me demandant si je pouvais m'adresser de la sorte à mon employeuse. Tu as tout de même reçu une star dont on disait qu'elle était la plus belle femme du monde.

— Qu'est-ce que la presse du cœur ne va pas imaginer, répliqua-t-elle en riant. Liz avait constamment des problèmes de poids, sa cellulite la tracassait et sa peau délicate ne supportait pas longtemps le soleil.

Mitzi resserra sa veste de laine autour de ses épaules avant de continuer :

— Mais tu as raison, ces potins ont aussi leur place dans mon livre.

Elle me raconta alors ce que je voulais entendre et ce que tout le monde aime lire dans une biographie. Pour finir, je recueillis une bonne quinzaine de pages pleines des plus jolies petites et grandes anecdotes des vedettes avec qui Mitzi était à tu et à toi. Ceux qui achèteront un jour le livre de Mitzi pourront s'en délecter. Ensuite, nous sacrifiâmes à notre rituel de la *spremuta* et c'est alors que Mitzi me demanda si je comptais aller au village.

— En fait, je n'en avais pas l'intention, dis-je, mais si tu as besoin de quelque chose, je ferai cette petite promenade avec plaisir.

Mitzi tourne autour du pot.

— Ce n'est pas que j'aie véritablement besoin de quelque chose.

— C'est quoi, alors ?

— Samedi, il y avait ce journaliste à ma soirée, tu sais, celui d'*Il Mattino*.

C'est un régal de voir combien il coûte à Mitzi de répondre.

— Et tu voudrais voir s'il y a quelque chose dans le journal au sujet de ton anniversaire ?

Elle a l'air penaude.

— Ce serait possible, non ? Nous sommes lundi, il n'y a pas meilleur jour pour parler d'une soirée intervenue durant le week-end, qu'en penses-tu ?

La mine contrite, elle ajoute cette question :

— Tu trouves cela vaniteux de ma part ?

— Non, au contraire, assuré-je en riant. Je trouve ça plus que compréhensible. J'y vais de ce pas.

— Merci.

— C'est avec grand plaisir, et ce n'est pas un mensonge car le soleil brille, le ciel est plus bleu que bleu et se fond à l'horizon avec les vagues.

Je vais chercher mes chaussures et le vieux chapeau de paille que j'ai trouvé dans mon armoire et que Mitzi m'a légué sans barguigner. Je prends mon porte-monnaie et m'en vais.

Quand Mitzi m'a proposé d'aller au village, je n'ai d'abord pas envisagé d'y aller à pied, mais de prendre la Fiat et de me rendre à Capri, pour des raisons faciles à deviner. Ainsi en va-t-il des désirs, ils changent de visage au grand jour. Cette nuit, j'étais dans tous mes états parce que je n'étais pas avec Luca. Maintenant, à midi, je trouve agréable de ne penser qu'un peu à lui et de prendre plaisir à l'idée de notre prochaine rencontre. Je ne vais certainement pas lui courir après. Qui sait s'il n'a pas d'autres béguins, de jolies Italiennes ou des touristes en quête d'aventures aussi sensibles à son charme que moi ? Il ne suffit pas qu'il n'y ait rien sur Internet à ce propos pour que le policier de l'île ne soit pas l'objet de la convoitise de ces dames.

Je remonte l'allée d'entrée et prends la route qui mène au village. C'est un sentier sablonneux et assez raide qui longe des villas et des jardins. Il passe aussi devant la maison de la famille Valentini, les parents de Luca. Une Vespa est dans l'entrée. Je me demande à qui elle peut appartenir. Je presse le pas, dans la crainte que quelqu'un m'observe depuis l'intérieur et aille s'imaginer que l'assistante allemande de la *signora* Mitzi s'intéresse à leurs affaires.

Comme toujours, je savoure qu'il y ait aussi peu de circulation sur cette île pourtant bondée de touristes. Là où cela circule le plus, c'est sur l'eau, notamment au large de la côte, devant Marina Grande, où font escale les hydroptères reliant l'île à Naples et Sorrente et d'où partent les promenades en bateau en direction de la célèbre grotte bleue. En bas, on peut avoir l'impression que l'île est envahie par les touristes, mais dès qu'on s'éloigne des attractions touristiques, on se retrouve à l'écart de l'agitation et du bruit. Tout commence alors à respirer, à vivre. C'est la beauté à l'état pur. Anacapri, par exemple, garde encore un caractère rural assez marqué ; on y trouve des citronniers et de la vigne, des artichauts et des oliviers, et, parfois, on aperçoit encore des paysans qui, un chapeau de paille sur la tête, retournent à la pioche un champ minuscule afin d'arracher au sol pierreux quelques légumes, des courgettes et des poivrons ainsi que des tomates grosses comme le poing et aussi délicieuses que des fruits du paradis.

Le soleil pique. J'enfonce un peu plus mon chapeau sur mon front. J'entends depuis quelques secondes un scooter pétarader derrière moi. Je ne lève pas les yeux quand il approche, me contentant de me ranger sur le bord du chemin pour le laisser passer.

Mais, au lieu de me dépasser, il stoppe juste à côté de moi. Je lève les yeux et reconnais le conducteur.

— Luca, m'écrié-je, étonnée. Quelle surprise !

Bon Dieu, si je continue à sortir des platitudes de ce genre, je mourrai célibataire.

— Une surprise ? Pourquoi ? demande-t-il d'un ton enjoué.

— Es-tu ici en service ?

Et voilà, ça recommence. Une question totalement absurde. Luca n'est pas en uniforme. Et sa casquette à visière a cédé la place à un casque rouge vif.

— Mes parents…, explique-t-il en montrant la rue derrière lui et, en pensée, je me frappe le front d'un index réprobateur devant une telle stupidité de ma part. Je mangeais chez eux et, par hasard, je t'ai vue passer devant la maison.

— Oh, dis-je, persistant à faire preuve d'une intelligence plus que modérée, tu m'as suivie ?

— Oui, pourquoi ? répond-il en arrêtant son moteur. Tu as dit que tu n'avais personne avec qui visiter l'île. On peut changer ça, non ? Pour le choix d'un guide, tu ne peux ignorer que personne ne connaît l'île mieux que…

Il exécute du bras un large geste d'invite.

— … que le policier local, dis-je, terminant sa phrase en riant.

— Tu as le temps ?

Si j'ai le temps ? Pour toi, j'aurais le temps à 4 heures du matin. Hier soir, j'ai failli aller à Capri, dans le seul espoir de t'y trouver ! Mais je ne dis naturellement rien de tout ça.

— Pourquoi pas ? Mais avant je dois acheter un journal pour Mitzi.

— D'accord. Alors, viens !

Il remet sa Vespa en marche.

— Où ?

Je ne comprends toujours pas où il veut en venir.

— Monte !

Je le regarde, effrayée.

— Tu n'as pas peur tout de même ?

— Euh…

Peur ? Ce n'est même pas le mot qui convient : à dix-huit ans en effet, au guidon du scooter d'une amie, j'ai fini dans un fossé. Cela m'a fiché une telle frousse que je ne suis plus jamais remontée sur un deux-roues à moteur. Mais, si je le lui avoue, Luca me laissera tomber, pour de bon. J'aurai apporté la preuve qu'il n'y a pas plus empotée et ennuyeuse que moi entre Méditerranée et mer Baltique.

— Mais je n'ai pas de casque, tenté-je timidement.

Luca descend alors de son engin, ouvre le siège et en sort un casque d'un blanc immaculé. Toujours souriant, il m'ôte mon chapeau de paille et m'aide à coiffer le casque. Puis il plante ses deux jambes dans le sol pour éviter que le scooter perde l'équilibre quand, le cœur battant, je prends mon courage à deux mains. Je pose les pieds sur les repose-pieds latéraux et mes mains cherchent à quoi s'agripper. Elles ne trouvent que le vide.

— Accroche-toi bien, crie-t-il.

J'arrive enfin à saisir le porte-bagages.

— Non, agrippe-toi vraiment !

Que puis-je faire ? Le cœur battant, je pose délicatement les mains contre les hanches étroites de Luca. Mais il n'est toujours pas satisfait et les tire plus en avant, si bien que je l'étreins maintenant fermement. Je sens ses abdominaux à travers le tissu de son t-shirt.

J'étreins Luca Valentini. Et nous voilà partis pour l'aventure.

## 26

— Alors ? Il y a quelque chose ? demande Mitzi quand, dix minutes plus tard, je lui apporte le journal qu'elle désirait.

Elle ne semble pas du tout remarquer qu'il m'aurait fallu voler jusqu'au village pour être de retour si vite.

— Je n'ai pas encore regardé.

Je pense à Luca qui m'attend dehors. Il m'attend, moi ! J'ai le cœur qui bat à se rompre. Mais Mitzi ne se doute naturellement de rien. Au contraire, elle ouvre le journal en prenant tout son temps et le consulte, page après page.

— Alors ? Il y a quelque chose ? demandé-je à mon tour, impatiente.

— Je ne sais pas, dit-elle, mais, soudain, son regard reste scotché sur une page. Mon Dieu ! laisse-t-elle échapper. Je n'ai pas l'air d'avoir soixante-quinze ans, j'en parais au moins cent. C'est affreux !

— Il y a quelque chose ? dis-je en m'approchant d'elle. Fais-moi voir ! Mais c'est presque une demi-page !

Effectivement, le journal a accordé une place plus que convenable à la soirée d'anniversaire, un texte assez court et six photos au total sur lesquelles on peut voir Mitzi avec son éditeur italien, le maire un verre à la main, le buffet du Mare Piccolo, une photo de groupe des personnalités de l'île... et une de Luca et moi. Mon cœur s'affole et, ayant lu la légende, je deviens écarlate. Dialogue interculturel – effectivement, on peut voir les choses comme ça.

— Tu n'as pas du tout l'air vieille, tu es magnifique ! m'exclamé-je dans l'espoir de détourner son attention de ma photo.

Elle n'a d'yeux que pour la sienne, de toute façon.

— Ne raconte pas d'histoires ! proteste-t-elle. C'est humiliant.

— Ne dis pas de bêtises, regarde un peu comme tes yeux brillent ! Et comme tu es merveilleusement coiffée !

Pas comme moi, me dis-je, on pourrait prendre ma coiffure pour un nid d'oiseau abandonné depuis longtemps. Insensiblement, je me rapproche de la porte.

— Je vais te laisser lire l'article en paix.

— Tu t'en vas déjà ? s'étonne-t-elle.

— Je pars en excursion.

— D'un seul coup, comme ça ?

— Une envie soudaine.

— Et ton chapeau ? s'écrie-t-elle en me tendant le chapeau de paille que j'avais posé sur le buffet de la cuisine.

— Euh... je n'en ai pas besoin.

Bien sûr, je pourrais expliquer à Mitzi que je vais sauter sur la Vespa du policier et foncer à travers l'île, telle Sophia Loren dans ses meilleurs films. Mais, étrangement, je ne veux pas lui parler de ça. Pourquoi ? Parce que je ne veux pas tout partager avec ma patronne. Parce que je voudrais d'abord happer une petite miette du bonheur que j'espère connaître, pour être tout à fait franche. Et parce que je ne veux pas laisser naître le moindre soupçon que Luca me fait les yeux doux et que j'aime ça.

Je me félicite qu'il se soit garé à l'extérieur de la propriété, hors de sa vue.

— Tu prends l'auto ? demande-t-elle.

Je suis déjà quasiment dehors et je feins de ne pas avoir entendu. Je sors de la maison, je remonte l'allée en courant, remettant le casque en moins de temps qu'il ne faut pour le dire. Et en route pour l'excursion du bonheur ! Expression assez stupide, j'en conviens – mais si c'était le cas ? Même si je me fais l'effet d'un personnage de film kitsch, qu'est-ce sinon du bonheur que je ressens quand, appuyée contre le dos de Luca, je fonce à travers l'île, dans la pétarade du moteur, quand le vent tiède de la course me caresse le corps, quand je sens les muscles de Luca se contracter au rythme des secousses du pavé, quand nous nous penchons de concert dans les virages, accélérons et freinons ensemble. Les ruelles étroites d'Anacapri. La périlleuse route du col en direction de Capri. Le point de vue à couper le souffle sur Marina Grande. Les paisibles petites routes de l'est de l'île où les villas des riches et des très riches brillent de mille feux au soleil.

Luca semble deviner ce qui me fait plaisir et, quand, au bout d'un bon moment, je commence à avoir faim, nous prenons la route de Marina Piccola, entrons au Mare Piccolo pour y faire bombance.

Je ne suis pas du genre à raconter ma vie au premier venu, et certaines personnes que je connais depuis des années ignorent tout de ce que furent mon enfance et mon adolescence. Mais, en présence de Luca, je perds soudain toute réserve. Incroyable mais vrai : la course folle en Vespa dans cette île si belle, collée contre le corps de cet homme, m'a enlevé mes inhibitions. Je suis assise avec lui devant un verre de vin, nous partageons une *dorata* et les paroles glissent d'elles-mêmes de mes lèvres. Enfin !

J'effleure seulement les difficultés avec ma mère, mais, quand je me mets à parler de ma grand-mère, je déborde littéralement.

— Parfois, elle me manque encore. Elle était si merveilleusement simple, une ancre, un point d'appui pour moi, un foyer et un refuge. Elle savait instinctivement ce qu'elle devait être pour moi : grand-mère, amie ou complice. Si elle n'avait pas été là, je me demande… (Je m'interromps et, par-dessus mon verre, je contemple la mer.) Je douterais probablement encore aujourd'hui que quelqu'un puisse avoir de l'affection pour moi, une véritable affection, pour moi, telle que je suis.

Luca ne réagit pas immédiatement. Ai-je abusé de sa patience ? N'aurais-je pas plutôt dû parler de notre excursion ? Pourquoi ne me suis-je pas encore intéressée à lui, à sa vie ?

— C'est étrange, dit-il au bout de quelques secondes. Tu ne donnes pas du tout l'impression que…

— Que quoi ?

— Que tu n'as pas confiance en toi, répond-il, une phrase rude, mais Luca la prononce avec un sourire si attachant que je réponds tout aussi franchement :

— Ma mère m'a toujours donné l'impression que c'est à cause de moi qu'elle n'a pas trouvé un autre mari.

Pouvait-on dire une chose pareille, lors d'une première rencontre, à un homme qu'on trouve plus que sympathique ? Mais, d'un autre côté, j'aime bien Luca et il ne me semble pas faire partie des gens qui apprécient qu'on leur joue la comédie. En outre, je n'ai pas envie d'user de stratégie dans mes rapports avec lui et de ne dire que ce qui est susceptible de me rendre intéressante et sexy.

— Chez nous, en Italie, dit Luca en hochant la tête, il n'y a rien de plus important que la famille. Certes, notre manière de vivre n'est pas parfaite pour autant. Ici aussi, l'adultère existe, les gens divorcent, quand bien même cela est difficile pour les catholiques que nous sommes.

Il réfléchit un instant avant d'ajouter :

— Il y a pas mal d'années de ça, mon père m'a dit un jour quelque chose que je n'ai pas oublié.

— Quoi ?

— Papa, à l'époque, n'était pas un homme âgé, mais un assez beau garçon qui plaisait aux femmes. Il m'a dit : Luca, quoi qu'il arrive et quelles que soient les tentations qui s'offriront à toi dans la vie, reste toujours avec ta femme, la première je veux dire. Car il ne t'arrivera rien de meilleur.

Son visage s'éclaire d'un sourire timide et craintif, et il me regarde comme s'il venait d'avouer qu'il croit encore au Père Noël.

— Un peu simplet, je sais. Mon père est quelqu'un de simple, mais…, dit-il en haussant les épaules d'un geste parlant.

— Mais c'est formidable, dis-je, réellement impressionnée. Et, vraisemblablement, il n'a pas tort. En Allemagne, c'est du moins ainsi que je le perçois, il arrive souvent que les gens couchent très vite ensemble, puis se marient précipitamment pour ensuite se séparer au moindre problème. Alors que l'amour exige du souffle. On doit garder en vue l'horizon et pas, devant soi, la route pleine de poussière.

Après le repas, nous remontons à pied, sur une bonne distance, la Via Krupp, un sentier sinueux taillé dans la falaise, si escarpé qu'on a peur de tomber de l'autre côté du parapet, directement dans le vide. Puis nous nous rendons à Vespa au Belvedere della Migliana, un point de vue isolé au sommet d'une falaise de près de trois cents mètres d'altitude, d'où l'on peut apercevoir les célèbres falaises Faraglioni dressées dans les flots comme autant de blancs et féroces gardiens, les vagues mugissantes et les mouettes luttant contre le vent, les embarcations qui se croisent au large comme des insectes et qui, quelle que soit leur vitesse, ne troublent que la surface de l'eau. On aperçoit aussi le Faro di Punta Carena, le phare qui monte la garde à la pointe sud-ouest de l'île.

— On voit sa lumière à une distance de près de cinquante kilomètres, explique Luca. Notre phare est l'un des principaux points d'orientation sur la route de l'Afrique du Nord.

— C'est une vue splendide, dis-je en ôtant de mon front une mèche folle.

Luca se tient tout près de moi. Le vent est si fort qu'il me déséquilibre, je vacille et je m'appuie un moment contre son épaule. J'ai une terrible envie de l'embrasser, mais je n'ose pas. D'autant que je me demande s'il ne serait pas déconcerté qu'une femme prenne l'initiative.

— Je suis heureux que ça te plaise, se contente-t-il de dire.

Il n'essaie pas de profiter de la situation on ne peut plus romantique. À moins que ? Il m'entoure soudain les épaules avec son bras.

— Tout là-bas, quelque part, dit-il en montrant un point de l'horizon, c'est l'Afrique. Et là-bas, très loin, commence l'Espagne.

Il me lâche comme s'il n'avait rien eu d'autre en tête que me montrer les quatre points cardinaux.

— Et nous, nous sommes là, dis-je en me hissant sur la pointe des pieds pour, dans un accès de folie, l'embrasser sur la bouche.

Mes lèvres effleurent les siennes et je m'attends secrètement à ce qu'il me repousse, se moque de moi ou bien me jette du haut de la falaise par-dessus le garde-fou. Mais il ne fait rien de tel. À vrai dire, il ne tente pas non plus de me rendre mon baiser. Il se contente de me regarder fixement.

— Elles n'ont pas froid aux yeux, les Allemandes, dis donc ! dit-il sans élever le ton.

Je ne sais si c'est le ton du mécontentement ou de la tendresse.

— Excuse-moi, bafouillé-je. Pardon, pardon !

Il sourit d'un sourire si neutre que je me sens subitement dans la peau d'une idiote.

— Désolée, j'ai cru que tu… que je… qu'il y avait…

Je recule de quelques pas et il n'a pas un geste pour me suivre.

— Tu as cru qu'il y avait quelque chose entre nous, dit-il paisiblement.

— C'était stupide de ma part.

Je détourne la tête afin qu'il ne voie pas à quel point je suis honteuse.

— Non, ce ne l'était pas, reprend-il lentement.

Je le regarde avec étonnement.

— Pas du tout.

En deux pas, il me rejoint, me prend dans ses bras. Nos lèvres se touchent avec la légèreté d'une plume, pourtant mon cœur s'arrête de battre et, un instant plus tard, je ne peux que répondre à son baiser, submergée par le désir.

Mon Dieu ! C'est le baiser parfait. Profond, sauvage, fervent. Et rien ne peut l'interrompre, ni le vent qui nous décoiffe, ni les mouettes qui plongent dans le vide du haut des airs, ni les deux promeneurs qui, sur un banc proche, sortent leurs sandwichs et essaient de se comporter comme si le couple qui se bécote sous leurs yeux n'existait pas.

J'ignore si s'écoulent des minutes, des heures ou des années avant que nous nous séparions. J'émerge comme après une interminable plongée. La lumière a changé, les couleurs et tout ce qui m'entoure semblent s'être soudain éloignés en même temps que rapprochés.

Terrassée, je regarde Luca.

— Oups, bredouillé-je.

Étrange réaction après une pareil baiser, mais rien de mieux ne me vient à l'esprit.

Je songe tout à coup à la légende de notre photo dans le journal : *dialogue interculturel.* Quel euphémisme !

# 27

— On part ? demande Luca en me tendant une main que je saisis.

— Oui, partons !

Je ne lâche pas sa main et nous retournons à grands pas vers sa Vespa qui nous attend à l'autre bout du plateau. Nous ne parlons pas, comme si un mot malencontreux pouvait détruire la tension entre nous. Toujours sans rien dire, il m'aide à remettre mon casque. Debout face à face, nous nous regardons.

— Tu as faim ? demande-t-il finalement.

— Déjà ?

— Je pourrais nous préparer quelque chose à manger.

— Manger ?

Les événements se sont précipités au point que j'en suis réduite à des questions rudimentaires.

— Chez moi, répond-il avec douceur.

Manger chez Luca ? J'ai encore un peu sur l'estomac le repas du Mare Piccolo, mais la perspective de voir Luca faire la cuisine pour moi, de ne pas devoir nous séparer bientôt mais au contraire de passer le reste de la journée ensemble, jusqu'à la tombée de la nuit et plus tard peut-être, cette perspective est si séduisante que je serais capable de dévorer un porc entier pour ne pas laisser passer cette chance !

— Oui, pourquoi pas ? J'ai encore un petit creux, bluffé-je.

Nous enfourchons derechef la Vespa, je l'entoure de mes bras, mais c'est cette fois une autre étreinte : je me blottis contre lui, je sens les os de ses hanches, la chaleur de sa peau sous son T-shirt et j'exulte intérieurement quand il me caresse la main d'un petit geste amoureux, avant de démarrer. Je pourrais faire de la Vespa avec Luca jusqu'à la fin des temps.

Nous traversons l'île de part en part sous le soleil et, pendant tout ce temps, j'essaie de comprendre ce qui se passe. Où ai-je lu que, quand nous concevons notre bonheur, il disparaît ? Tant pis, cette fois, ce sera différent. Je le sens. Aussi nettement que je sens un léger tiraillement au niveau de l'estomac lorsque Luca prend un virage en souplesse.

C'est mon jour de chance.

L'appartement de Luca est plus minuscule encore qu'il ne l'avait annoncé, et d'autant plus romantique. Les appartements d'hommes célibataires sont en général tristounets, mais de toute évidence c'est différent pour les policiers de Capri. Luca habite la mansarde d'une maison ancienne, au centre de la petite ville. Le salon sert de chambre à coucher, mais il est équipé d'une alcôve par laquelle j'accède à une terrasse qui me coupe le souffle : lauriers-roses et bougainvilliers y fleurissent à l'envi, j'entends au-dessous de moi l'animation colorée des ruelles, en même temps que mes yeux sont attirés par l'immensité bleue de la mer. La salle de bains dispose d'une robuste baignoire en fonte mais d'un lavabo minuscule. L'eau provient d'un grand réservoir sur le toit.

— Quand on a de la chance, précise Luca. En été, il faut parfois renoncer au plaisir de la douche.

La cuisine est si étriquée que deux personnes debout ne peuvent s'y affairer que si elles sont très amoureuses. Pour mon compte, ce problème est résolu. Luca fait claquer des casseroles et des poêles, je veux lui donner un coup de main, alors que je voudrais surtout l'embrasser à nouveau. Mais il m'oblige à prendre place à la table couverte d'une nappe à fleurs en plastique.

— J'ai des tomates qui viennent du pied du Vésuve. Je peux t'assurer qu'elles sont succulentes, dit-il.

— Et tu vas en faire quoi ?

— C'est une surprise.

Obéissante, je reste assise, jetant de temps en temps un regard vers la terrasse, pendant que Luca hache de l'ail, coupe des tomates en dés, effeuille du basilic et remue tous ces ingrédients dans la poêle. Il passe en toute hâte à côté de moi et prend un paquet de nouilles.

— Les pâtes viennent de Gragnano.

Il m'embrasse sur la nuque, se penche vers moi et me gratifie d'un de ses fabuleux baisers sur la bouche. Puis, se détournant, il fait tomber les longues pâtes dans de l'eau bouillante et me montre quelque chose par la fenêtre.

— Gragnano est une petite localité entre Sorrente et Naples, c'est là qu'on fabrique les meilleures pâtes du monde.

J'ignore depuis combien de temps quelqu'un n'a plus fait la cuisine pour moi et, aussitôt, me submerge la sensation de bien-être douillet que j'éprouvais parfois, assise dans la cuisine de ma grand-mère qui me préparait un de mes plats préférés.

— Voilà que je te laisse mourir de soif, idiot que je suis.

Luca prend sur le buffet une bouteille de vin rouge déjà ouverte et remplit deux verres. Nous trinquons, et c'est un véritable velours qui m'emplit la bouche. Luca m'embrasse à nouveau, mais furtivement, avant de retourner à ses fourneaux. À humer les odeurs aromatiques qui ont envahi la pièce, je ressens soudain une petite faim.

Sur quoi, Luca pose deux assiettes pleines de pâtes fumantes sur la table.

— Ce sont des *spaghetti sciuè sciuè*, dit-il non sans fierté.

— *Sciuè* quoi ?

— *Spaghetti sciuè sciuè*, une recette napolitaine.

— Et qu'est-ce que ça veut dire ?

— Spaghettis vite-vite, pourrait-on dire.

Il apporte du parmesan.

— *Sciuè sciuè*, c'est joli à entendre, dis-je en le regardant râper le fromage.

— À sentir aussi.

Je goûte.

— Et c'est délicieux, le félicité-je la bouche pleine.

— Je ne suis pas un grand cuisinier, mais ma mère m'a appris à préparer quelques plats, dit-il en grimaçant un sourire. Sinon, je n'aurais pas pu quitter la maison. Elle aurait eu peur que je meure de faim.

— Ta mère est une femme intelligente.

Je songe un instant à Mitzi. Je ne me suis pas décommandée auprès d'elle pour le reste de la journée. Et alors ? Notre travail du jour est achevé et elle serait très certainement heureuse si elle savait avec qui je passe mon temps libre. Nous mangeons et j'ose me resservir.

— Un dessert ? propose Luca quand nous avons fini. J'ai des *sfogliatelle* qu'un collègue vient tout juste de m'apporter de Naples.

Il s'apprête à se lever pour aller les chercher.

— Plus tard peut-être.

Je lui serre la main avec force tout en lui lançant un regard censé lui exprimer, euh… mon désir le plus ardent. Ce genre de regard n'est pas mon fort, mais Luca me comprend dix sur dix.

— Eh bien, nous pourrions peut-être, auparavant, passer sur le canapé avec un verre de vin, dit-il avec un clin d'œil.

Je regarde autour de moi. Il n'y a pas de canapé dans la petite pièce. Le regard de Luca, lui, s'attarde sur le lit qu'il a fait avec soin ce matin.

— Bonne idée, dis-je. Asseyons-nous sur le canapé.

Main dans la main, nous prenons place sur le lit métallique qui n'est pas très large. Les draps sont d'une blancheur éclatante, sur la tête du lit sont disposés quelques oreillers. À côté, il y a une petite pile de livres et de magazines. Une joie silencieuse m'envahit, car mes longues années de libraire m'ont appris ceci : les hommes qui s'intéressent aux autres et à leurs vies sont beaucoup plus tendres et sensibles. J'aperçois même, au sommet de la pile, un livre de Mitzi Hauptmann, *Una ultima danza*.

— Oh, mais tu as lu quelque chose de Mitzi ? remarqué-je en montrant la couverture.

— Tu parles du livre de la *signora* Mitzi ? Pas encore, avoue-t-il, un peu gêné. Pour ne rien te cacher, je l'ai acheté hier.

— Comment ça, hier ? m'étonné-je tandis que nous nous asseyons sur le lit, faisant grincer les vieux ressorts.

— Je suis passé devant la librairie de Capri et j'ai vu le livre en vitrine. Ça m'a fait penser à toi. J'ai pensé que, si je le lisais, je serais un peu plus proche de toi.

Il dit cela avec tendresse.

— Luca, c'est…, commencé-je avant de rougir comme une pivoine. C'est peut-être le plus beau compliment qu'on m'ait jamais fait.

# 28

Nous débutons très tendrement, très lentement, d'une manière très différente de tout à l'heure, au sommet de la falaise. Notre premier baiser était un aveu, nous nous sommes déclarés l'un à l'autre. Nos baisers, à présent, sont pleins de désir, d'attente, ils attisent un feu qui ne s'éteindra pas de sitôt. Au contraire, à peine né, il ne cesse de croître, de fleurir de seconde en seconde. Je me rends compte qu'il y a plus d'un an que je n'ai pas senti mon corps vibrer et battre de la sorte.

Je me sens si désirée que je pourrais m'évanouir. D'impatience. De bonheur. S'il y a jamais eu quelque chose qui nous séparait, cette barrière est désormais tombée. De quoi le sexe n'est-il pas capable !

Luca et moi n'avons plus grand-chose sur nous, bien que je ne me souvienne pas de comment nous avons enlevé nos vêtements. Mon jean est par terre, mon soutien-gorge se balance à la tête du lit. Luca me souffle un baiser impudique dans l'oreille, me mordille les épaules, prend mes seins. Sa main part à la découverte. De mon ventre. De mes fesses. De mon entrejambe.

— As-tu… Où as-tu… ? dis-je dans un gémissement.

— Quoi ?

— Eh bien, les machins, quoi !

Je suis un peu contrariée car, malgré la merveille que représente l'existence de ces « machins », les appeler par leur nom me fait horreur. Chacune de leurs dénominations, sans exception, est désagréable. Même les expressions italiennes que je connais.

— Tu parles des préservatifs ?

Patatras ! Luca, lui, semble n'avoir aucun mal à appeler la chose par son nom.

— Je suis navré. Je crois que je n'en ai pas. Ces derniers temps, je n'ai pas eu souvent l'occasion…

Voilà donc un point enfin éclairci : Luca n'est pas homme à attirer régulièrement dans sa tanière des touristes en mal de sensations fortes, car, dans ce cas, il aurait certainement en réserve un paquet de cent machins. J'en suis heureuse, même un peu émue, mais comment faire ?

— Comment allons-nous nous y prendre, alors ? dis-je en jouant les indignées.

Certes il existe d'autres moyens de se procurer l'un à l'autre du plaisir. Mais la vérité est que j'ai envie d'un vrai rapport sexuel, sans chichis ni fioritures. J'en ai une telle envie que naît en moi l'idée de tout simplement rompre avec mes résolutions, d'autant plus que, après tout, il ne peut rien m'arriver.

J'ai déjà la main posée sur la fermeture éclair de Luca pour lui signifier ma détermination, quand il se dresse d'un bond.

— Un instant… Il se pourrait que Padre Pio ait quelque chose en stock.

— *Padre Pio ?*

Luca bondit, à demi nu. Mais où court-il ? Jusqu'à une petite étagère, dans le coin le plus reculé de l'appartement, où est posée dans une niche, à côté de quelques CD, une statuette en bois représentant Padre Pio, le prêtre canonisé qui, en Italie du Sud, est omniprésent. Luca enlève l'objet de l'étagère et sort un petit paquet rouge.

— Je l'avais complètement oubliée, s'écrie-t-il. C'est ma réserve secrète en cas d'urgence.

D'abord décontenancée, je finis par éclater de rire.

— Combien en reste-t-il ?

— Trois ou quatre.

— Ça devrait suffire pour un début.

Nous rions tous les deux, puis, après de tendres préliminaires, les ressorts du lit métalliques grincent si fort que Padre Pio tourne discrètement les yeux en direction de la cuisine.

Au cours de l'après-midi qui tire à sa fin et du soir qui s'annonce, les détails, à un certain moment, se mettent à s'estomper. Je cesse de m'émerveiller de la robuste poitrine de Luca, de son nombril charmant, de ses orteils si amusants, de sa poigne ou de ses cheveux crépus. Je suis amoureuse, globalement, je suis amoureuse de ce Luca attentionné, tendre et farouche, qui paraît prendre tant de plaisir à me donner du plaisir.

— Tu veux de l'eau ? chuchote-t-il dans la pénombre.

— Oui, et du sucré aussi.

Ayant disparu nu dans la cuisine, il revient aussitôt avec un verre et une boîte de gâteaux.

— Voilà les *sfogliatelle*, annonce-t-il.

— Hmm ! Reviens vite dans le lit, le matelas refroidit.

Luca se blottit contre moi et ouvre la boîte.

— Ils viennent de la Pasticceria Attanasio, près de la gare principale de Naples. Il faut absolument qu'on y aille ensemble un de ces jours.

— Entendu, dis-je comme si nous formions un couple depuis une éternité.

Les *sfogliatelle* sont divins ! La pâte ressemble un peu à la pâte feuilletée, mais en plus croustillant. Ça croque sous la dent. Le gâteau est fourré de *ricotta*. Après une première bouchée, je presse le reste de crème du bout de la langue contre mon palais pour en déterminer le goût.

— C'est épicé à quoi ?

— Tu ne trouves pas ?

— Non, dis-moi !

— On aromatise la crème avec de la cannelle et de la fleur d'oranger. Prends-en un autre !

Je ne me fais pas prier deux fois. Mais soudain il me vient une idée.

— Puisqu'il est question de pâtisserie, dis-je, Mitzi m'a raconté une histoire incroyable. Mais il ne faut pas la répéter, je suis tenue à la discrétion.

— Ne tourne pas autour du pot comme ça.

— Jure-le !

Il pose la main non sur sa poitrine mais sur la mienne et dit :

— Je le jure.

Nous éclatons de rire.

— Non, il faut que tu le prennes au sérieux, protesté-je.

— Je suis policier, répond-il d'un air digne. Je le jure sur mon honneur de policier.

— Ça me suffit. Mitzi a eu un amour de jeunesse.

— Ah bon ?

Il me semble que j'ai piqué sa curiosité, mais il ne saute pas pour autant hors du lit.

— Et qu'y a-t-il de si étonnant à ça ?

Je me lance dans un récit détaillé. Si je m'étais montrée maladroite et empruntée durant mes premières conversations avec Luca, si je manque encore parfois d'assurance quand je parle italien, je me trouve dans un tel état de confiance amoureuse et de lassitude que ma langue se délie. Je deviens un vrai moulin à paroles. Des mots dont j'ignorais que je les connaissais me viennent sans peine à la bouche. Quand j'ai un doute, je fais de longues périphrases. Je parle de Mitzi et de Johann, de la méchanceté des nonnes et de la sévérité de ses parents, de ses misères et de la fatale séparation, du *streusel* aux pommes contenant le message secret qui ne réussit malheureusement pas à empêcher la séparation des deux amoureux. Je parle aussi de l'argot des voleurs, du code secret et du billet que Mitzi a conservé pendant soixante ans. Je termine en évoquant le *streusel* aux pommes que j'ai moi-même confectionné et qui a réveillé les souvenirs de Mitzi.

— Un code secret entre deux amoureux, dit Luca tout bas.

— N'est-ce pas merveilleux ?

Sans répondre, il m'embrasse et me retourne avec douceur, si bien que je me retrouve assise, le dos tourné vers lui.

— Qu'est-ce que tu fais ?

Il touche ma colonne vertébrale du bout des doigts.

— Je suis en train d'inventer une langue secrète pour nous deux, murmure-t-il.

Je reste silencieuse, sans bouger, attentive à ce que fabrique Luca dans mon dos. Il trace d'un doigt une espèce de dessin.

— Ça signifie quelque chose ? finis-je par lui demander.

— Je recommence.

Son doigt dessine une ligne en zigzag, suivie d'un trait.

— Ça veut dire… *Mi*, n'est-ce pas ?

— Exact, répond-il en effaçant du plat de la main ce qu'il vient d'écrire sur mon dos.

Puis il commence un nouveau mot et, retenant ma respiration, je suis le déplacement du bout de son doigt, déchiffrant, lettre après lettre, le message qu'il me grave sous la peau.

Il écrit : *Mi sono innamorato di te*, je suis amoureux de toi.

Je tourne lentement la tête et le regarde par-dessus mon épaule. Il me regarde lui aussi, et j'ai le sentiment que mon cœur va exploser de bonheur.

## 29

La nuit est déjà bien avancée quand Luca me dépose devant la Villa Azzurra. Il s'arrête un peu à l'écart, afin que Mitzi ne nous voie pas. Nous enlevons nos casques.

— Demain ? demande-t-il.

— Non, aujourd'hui, dis-je en souriant. Il est minuit passé.

Nous nous embrassons pour la millième fois de la nuit. Quand nos lèvres se séparent, Luca soupire :

— Tu es sûre que tu ne veux pas passer la nuit chez moi ?

— Je ne peux pas faire ça à Mitzi. Pas maintenant, alors que nous venons justement de bien avancer dans notre travail.

— Je comprends, mais quand tu auras mis Mitzi au courant, tu pourras…

Je le regarde dans les yeux, intensément.

— Je pourrai, oui.

J'embrasse une dernière fois Luca, lui remets mon casque et le laisse là, sur son scooter. Je cours jusqu'à la maison et me glisse à l'intérieur sans bruit. Je reste un instant debout derrière la porte d'entrée, j'entends le scooter démarrer et j'écoute la pétarade se perdre finalement dans la nuit. Je me sens légère et en total accord avec tout : avec le monde, avec la vie, avec le fait que je peux inspirer et expirer. La vie est belle, me dis-je, appuyée à la porte.

Je devrais me mettre au lit le plus rapidement possible, car demain le devoir m'attend aux aurores. Mais peut-on terminer une nuit comme celle-ci en se brossant les dents et en enfilant son pyjama ? Je passe à la cuisine où je me sers un verre de vin, puis je vole jusqu'à ma chambre à l'étage et me jette toute habillée sur le lit. Je contemple le plafond en laissant défiler devant mes yeux le film de la journée. Je prononce à plusieurs reprises, à voix basse, le nom de Luca, je nage en plein bonheur.

Je bois une gorgée. C'est alors que mon regard tombe sur mon téléphone portable, qui est resté toute la journée et une moitié de la nuit sur ma table de nuit. Vérifiant machinalement si j'ai reçu un message, je constate que Bettina a appelé de Berlin, à cinq reprises. Si c'était urgent, pourquoi n'a-t-elle pas laissé de message ?

Mon premier réflexe est de la rappeler aussitôt. J'ai déjà tapé son nom dans mes contacts quand mon regard se porte cette fois sur ma montre. Oh, mince ! Bonheur ou pas, Bettina se lève tous les matins à 4 h 30 pour aller acheter des fleurs fraîches au marché de gros. Aussi se couche-t-elle avec les poules.

Moi aussi, il faut que j'aille au lit. Je me prépare, je me glisse sous la couverture et j'éteins. Assaillie d'idées de bonheur, je me dis que je ne trouverai pas le sommeil. Erreur ! Quelques secondes plus tard, je m'endors.

Le lendemain matin arrive plus vite que je ne l'espérais. Si je n'ai vécu hier que des moments agréables, je me sens assez chiffonnée aujourd'hui. Atteindre mon rythme de croisière me demande une éternité. Quand j'entre dans la cuisine, Mitzi n'est pas encore là, elle non plus.

J'ai envie de courir jusque dans sa chambre et de lui parler de l'incroyable malentendu qu'elle a provoqué. Pourquoi ne s'est-elle pas encore montrée ?

Peu importe, il faut absolument qu'elle sache, même si je dois la réveiller. Au pas de course, je traverse le couloir et frappe à la porte.

— Oui ? fait-elle d'une voix bourrue. Qu'y a-t-il ?

— Puis-je entrer ?

— C'est toi, Isa ?

— Je te dérange ? Tu es réveillée ?

— Maintenant, oui ! répond-elle sèchement.

— J'espérais ne pas te réveiller, je suis désolée. Je peux tout de même entrer ?

— Je ne suis pas encore habillée.

— Mais c'est assez important, insisté-je, bien qu'hésitante, car, dans le fond, cela pourrait attendre quelques minutes. Je t'attends en bas, dans la cuisine.

— Non, non…

Deux secondes plus tard, la porte s'ouvre.

— Il est arrivé quelque chose ?

Elle est debout devant moi, mince fleur blanche dans sa chemise de nuit en soie, avec ses charmantes pantoufles lilas, ses cheveux non peignés qui, un peu ébouriffés, forment comme une couronne autour de sa tête. J'ai envie de la prendre dans mes bras car elle n'est pas responsable de son erreur, mais on ne prend pas comme ça dans ses bras une personne comme Mitzi, même si elle est en face de vous en chemise de nuit.

— Pardonne-moi, non, il ne s'est rien passé de grave, c'est au contraire plutôt une bonne nouvelle.

Les sourcils dressés, elle attend manifestement une explication. Je souris.

— Dis-moi à nouveau comment on écrit le nom de Patscheck ?

— Pardon ?

— Le nom de famille de Johann, comment l'épelle-t-on ?

— Comme ça se prononce, je te l'ai déjà dit.

— Tu veux donc dire : P-A-T-S-C-H-E-C-K ?

— Oui, je crois, répond-elle, mais avec une légère hésitation dans la voix.

— Tu crois ou tu le sais ?

— Eh bien, je suis assez certaine.

— Ou bien se pourrait-il que le nom de famille de Johann s'écrive autrement ? Par exemple P-A-C-Z-E-K ?

— Ma foi, voilà qui…, commence-t-elle en hochant la tête, mécontente. Mais qu'est-ce qui te fait dire ça ?

— J'ai entrepris quelques recherches superficielles sur Johann.

D'un geste apaisant, je l'empêche de me couper la parole.

— Ne m'en veux pas, c'est juste parce que cette histoire m'intéresse. Seulement, je n'ai trouvé sur Internet aucun résultat concernant un Johann Patscheck. J'en ai été étonnée parce qu'on trouve tout sur la Toile, jusqu'à la moindre connerie. Mais il n'y avait rien, ni sur Johann, ni sur ses parents, ni sur la boulangerie.

— Tiens, tiens…, lance Mitzi, d'un ton moins irrité que déçu. Et c'est pour ça que tu me tires du lit ?

— Oui, parce qu'entre-temps j'ai appris pourquoi je n'ai rien trouvé, dis-je, encore sur le seuil de la porte, puis je me décide à entrer. À Berlin, j'ai une amie originaire des environs de Brême, de Katzenbach plus précisément, à moins de vingt kilomètres d'Eichensee. Les parents de mon amie se souviennent très bien de la boulangerie de ton Johann.

— C'est vrai ?

N'ai-je pas aperçu comme un éclair de joie dans les yeux de Mitzi ?

— Ces parents affirment que le *streusel* de la boulangerie d'Eichensee était célèbre.

— Tu vois ? Qu'est-ce que je t'avais dit ?

Mitzi a d'un coup perdu toute sa réserve. Elle est tout excitée.

— Tout ce que tu m'as raconté est exact, confirmé-je avec douceur. Sauf le nom. La famille du boulanger d'Eichensee était originaire de Cracovie, et, en polonais, on écrit « tsch » « cz » et le « ck » final tout simplement « k ».

Mitzi hoche la tête, plongée dans un désarroi qui fait peine à voir.

— Mon vieux mal, la dyslexie, s'excuse-t-elle.

— Ce n'est qu'un demi-mal, puisque nous avons mis le doigt sur l'erreur. En réalité, c'est une bonne nouvelle, car nous allons pouvoir reprendre nos recherches depuis le début.

Ce coup-ci, la *lady* en chemise de nuit est on ne peut mieux réveillée.

— Tu crois ?

— Je pourrais sans plus attendre me coller derrière ton ordinateur. Si je n'ai pas trouvé de Johann Patscheck, cela ne veut pas dire que je ne trouverai pas de Johann Paczek ! Es-tu d'accord pour que je commence à chercher ?

La vieille femme se métamorphose sous mes yeux, et j'ai soudain l'impression que ce sont les yeux de la jeune fille de seize ans d'alors qui se mettent à briller. Sa réserve, ses hésitations, ses refus, tout semble avoir été balayé par un coup de vent.

— Si je suis d'accord ? Tu oses me le demander ?

## 30

Internet m'apparaît parfois comme une boule de cristal. Bien sûr, les moteurs de recherche ne peuvent lire l'avenir, mais on saisit souvent une ombre de choses et d'événements entre-temps disparus.

Et ce que je saisis là, c'est bien une sorte d'ombre. Quelque chose que je peux voir, mais qui disparaît dès que j'essaie de le retenir.

La liste des résultats que me fournit Google m'indique qu'il a existé un site Web renvoyant à un Johann Paczek, propriétaire d'une boulangerie à Naples. Mais, quand je clique, on m'indique que le site en question n'existe plus. Ce qui n'empêche pas mon cœur de battre la chamade : un boulanger qui s'appelle Johann Paczek ! À Naples ! C'est le Johann de Mitzi, forcément. Une telle coïncidence du nom et de la profession ne peut être le fruit du hasard !

Je n'en sais malheureusement pas davantage. Il n'y a pas d'autre résultat pour ce nom, pas d'adresse de la boulangerie napolitaine, pas de numéro de téléphone – *niente !*

Je me mords la lèvre. Il faut que je procède autrement. À la différence de l'Allemagne, les boulangeries et les pâtisseries sont souvent distinctes en Italie : les boulangers vendent essentiellement du pain, parfois pas de gâteaux du tout, et là où l'on vend des gâteaux, on n'est pas certain de pouvoir acheter ne serait-ce qu'une *ciabatta*. Donc, Mitzi s'étant souvenue, comme les parents de Bettina, des *streusels* de Johann, j'entre dans le moteur de recherche le mot italien pour pâtisserie : Pasticceria Paczek. L'allitération des deux « P » donne comme un avant-goût de résultat positif.

Et pourtant Google ne trouve rien. Merde ! J'essaie avec le mot italien pour boulangerie : « Pnaetteria Paczek ».

Toujours rien.

J'essaie « Panificio Paczek ». Pas mieux ! Je commence à perdre patience.

J'essaie avec « boulangerie allemande de Naples ». Toujours rien en vue. Peut-être « Panetteria tedesca Napoli » ?

Halte ! Là, je tombe sur quelque chose. Ça a tout l'air d'un forum. Je clique sur le lien.

Il s'agit d'un forum de discussion italien où il est question de recettes de cuisine ; il s'appelle *segreto di cucina*. La discussion dans laquelle je suis arrivée date de quelques années, et les membres discutent par exemple de savoir où on peut trouver des bretzels en Italie. Si je comprends bien, une utilisatrice du nom de Farfalla veut confectionner des *Bretzenknödel* bavaroises, des boulettes aux bretzels, qu'elle a mangées lors d'un séjour à Munich, à l'occasion de la fête de la bière locale. Il est alors discuté de diverses possibilités, par exemple ce que cela donnerait d'essayer tout simplement avec des sticks salés importés. Puis un certain *Gustoso* propose d'essayer dans une boulangerie appartenant à un boulanger allemand, dont il a été client lors d'un voyage à Naples. Il précise qu'il ne se souvient pas précisément s'il y avait des bretzels, mais que le pain bis y était délicieux ainsi que les *streusels*.

« *Ciao, Gustoso, grazie !* » écrit Farfalla en retour. Pourrais-tu par hasard me dire où se trouve le magasin ?

« Si j'ai bonne mémoire, c'était quelque part dans Casoria. Quelqu'un du forum en sait-il plus ? » répond Gustoso.

Retenant mon souffle, je clique pour passer à la page suivante de la conversation. Il lui faut quelques secondes pour se télécharger, mais personne ne semble avoir de réponse à sa question.

« Personne ? » redemande Farfalla une semaine plus tard.

L'entrée suivante n'intervient qu'au bout de deux nouvelles semaines, elle est toujours de Farfalla :

« Au cas où cela intéresse encore quelqu'un, j'ai découvert la boulangerie dont le propriétaire est allemand. Mais elle a fermé l'année dernière. Après la mort de sa femme d'un cancer du poumon, le boulanger n'a plus voulu continuer. Dommage. »

« Vraiment dommage, se manifeste à nouveau Gustoso. Le *streusel* était super. En tout cas, merci pour ton information. »

C'est tout.

*C'est tout ?*

Je tente tous les mots-clés qui me viennent à l'esprit. Y compris le mot italien désignant la pâte au levain. J'essaie avec « *streusel* », « bretzel », et même avec « pain bis ». Mais Internet me laisse dans le noir. Bon Dieu ! Je le tenais presque par les basques, ce Johann !

Et voilà de surcroît que Mitzi passe la tête par la porte, un verre de *spremuta* à la main.

— Tu as trouvé quelque chose ?

Même si elle veut se donner l'apparence de la tranquillité faite femme, je vois qu'elle est sur des charbons ardents.

— Bof, lui dis-je, puis je lui raconte comment je suis tombée sur une boulangerie allemande à Naples qui a entre-temps fermé.

— Et qu'est-ce qui te rend si certaine que cette boulangerie a appartenu à Johann ?

— Ceci, dis-je en lui montrant le résultat de ma première recherche selon lequel il y a eu un jour, à Naples, un propriétaire de boulangerie du nom de Johann Paczek.

— Mais effectivement, c'est vrai, s'écrit-elle, stupéfaite, en tendant la main comme si elle voulait toucher, sur l'écran, le nom de Johann. Ça voudrait donc dire…

— Que Johann a vécu sous ton nez.

Elle me regarde, abasourdie cette fois.

— Mais comment se peut-il qu'il ait existé, à Naples, une boulangerie allemande dont je n'ai pas eu connaissance durant toutes ces années ?

— Elle n'était certainement pas officiellement enregistrée sous le nom de boulangerie allemande. D'ailleurs, elle n'était pas située dans le centre-ville, mais à Casoria, un faubourg.

— Quand même ! proteste-t-elle, visiblement sous le coup de l'émotion provoquée par cette nouvelle. Lorsque je songe au nombre de fois où j'ai râlé contre les gâteaux italiens… Alors que j'aurais pu avoir des gâteaux allemands durant tout ce temps !

— Des gâteaux allemands et peut-être d'autres choses encore, dis-je en lui lançant un regard chaleureux.

Elle sourit et rougit.

— C'est vrai, oui.

Nous restons silencieuses un instant puis elle demande :

— Qu'allons-nous faire maintenant ?

— Chercher l'adresse actuelle de Johann, à moins que tu n'aies une autre idée ?

Elle réfléchit.

— J'ai un annuaire téléphonique de Naples.

— C'est déjà un début.

Nous nous précipitons à la cuisine. Mitzi se baisse et fouille parmi les livres et les papiers qui sont empilés là.

— Le voici, dit-elle. Le second volume. J à Z.

— Donne !

J'ouvre l'annuaire, le feuillette de long en large mais je ne trouve ni un Paczek, ni un Patscheck, ni une *panetteria* ou *pasticceria* qui pourraient convenir. Je ne trouve pas non plus de *panificio*.

— De quand date-t-il ? demandé-je.

— Massimo me l'a apporté l'année dernière.

C'est exact, l'annuaire est récent. Il est possible que Johann et sa boulangerie n'y aient jamais figuré ou bien qu'il ne vive plus à Naples.

— Peut-être est-il parti après le décès de sa femme.

— Tu veux dire en Allemagne ?

— Il pourrait être parti pour la campagne afin d'y passer sa retraite. Ou bien à la montagne, à la mer.

— Dans cette hypothèse, ce serait la mer, affirme Mitzi sans hésitation. Il rêvait de vivre un jour dans un lieu où il entendrait le bruit du ressac.

— On peut certainement, par l'intermédiaire des renseignements téléphoniques, faire des recherches à l'échelle du pays, non ?

Mitzi acquiesce.

— Et si tu les appelais ?

Elle ouvre son annuaire usagé. Je suis très émue de voir comment elle s'est débarrassée de ses doutes et de ses scrupules à l'idée de faire des recherches au sujet de Johann. Mitzi est maintenant aussi impatiente que moi de savoir ce qu'il est advenu de son amour de jeunesse.

Je lui tends le téléphone. Elle compose le numéro et, quand quelqu'un répond au bout du fil, elle s'enquiert du numéro d'un certain Johann Paczek.

— *Palermo-Ancona-Como-Zeta-Empoli-K, come Cappa*, épelle-t-elle tout en me regardant d'un air inquiet.

Je l'encourage d'un signe de tête et je lève les deux pouces : parfaitement épelé ! Elle sourit de satisfaction et reste à l'écoute. Puis son visage s'assombrit.

— *In nessun luogo ?* demande-t-elle. *No ? Va bene, capisco. Che peccato. Grazie.*

— Rien ? demandé-je.

Elle soupire, puis secoue la tête.

— Pas de Johann Paczek dans toute l'Italie.

Je réfléchis.

— Essayons auprès des renseignements allemands, proposé-je.

Cette nouvelle tentative échoue elle aussi. Johann Paczek semble avoir disparu de la surface du globe. À moins qu'il n'ait émigré ? En Suisse, au Brésil ou sur Mars.

Nous restons muettes, la déception envahit le cabinet de travail, pareille à un brouillard impénétrable.

— Et maintenant ? demande Mitzi.

— Pas l'ombre d'une idée.

— On pourrait… contacter un détective privé.

— Un détective privé ?

— À Naples, il y en a des centaines, dit-elle. Mon amie Chiara a chargé l'un d'eux de découvrir si son mari la trompait.

— Et il la trompait ?

— Plutôt deux fois qu'une. Je pourrais appeler Chiara.

Je ne trouve pas l'idée particulièrement pertinente, mais elle m'en inspire une autre.

— J'ai peut-être une meilleure solution.

— Laquelle ?

— Ou du moins une solution moins onéreuse.

— Qui serait… ?

— Tu verras bien !

# 31

Durant les heures où Mitzi et moi étions sur la piste du Johann disparu, Luca m'est parfois totalement sorti de la tête. Il y a eu quelques minutes pendant lesquelles je n'ai absolument pas pensé à lui. Il était passé à l'arrière-plan. Pourtant, même enfoui dans mon subconscient, il était là, un petit morceau de moi-même.

Voire un gros morceau !

Je ne sais comment le décrire. Je… je l'ai en moi. Dans mes bras, mes jambes et dans un petit endroit, à droite de mon nombril.

Toute la journée j'ai pensé avec joie à notre rendez-vous, mais à présent ma joie a redoublé.

— Si tout va bien, nous ne tarderons pas à en savoir plus, dis-je à Mitzi. Mais, pour cela, il faut que je m'absente.

— Encore ? Mais où vas-tu ?

Je ne lui révèle rien. C'est un peu déloyal, bien sûr, puisque, sans Mitzi et mon installation à Capri, je n'aurais jamais fait la connaissance de Luca. Mais je n'ai pas le courage de lui révéler déjà notre secret ?

— Je te ferai signe dès que j'en saurai davantage, lui réponds-je en guise de consolation.

— Bon, d'accord, fait-elle, un peu désemparée. Et bonne chance !

De la chance, j'en ai, pensé-je en silence, mais je me contente de la saluer de la main. Je prends la Fiat, je salue Massimo qui s'affaire dans le jardin et se gratte la tête en m'apercevant. Puis j'accélère, laissant derrière moi un nuage de poussière spectaculaire.

J'ai brièvement mauvaise conscience de n'avoir pas suivi les conseils de Luca et de n'avoir pas conduit la voiture au garage. Je le ferai plus tard, me dis-je, et Luca me ramènera à la Villa Azzurra. Plus tard – plus tard ! Deux petits mots innocents pour cacher une grande aventure.

Aujourd'hui encore, j'accompagne Luca dans son appartement mansardé, mais cette fois nous ne mangeons pas et nous ne bavardons pas beaucoup non plus. Nous ne sommes ni polis, ni conformistes, préférant agir comme bon nous semble. À nouveau, le soleil disparaît lentement de la terrasse, la pénombre envahit le petit appartement de Luca, la nuit tombe. Mais, cette fois, je décline l'invitation de Luca à passer la nuit chez lui.

— Dès que j'aurai parlé de nous à Mitzi, ajouté-je devant sa mine déçue. Mais aujourd'hui, je rentre.

— J'ai vu que tu étais venue avec la Fiat, dit-il alors, son bras nu posé en travers de mon ventre, se donnant un air sévère.

— J'avais vraiment l'intention de l'emmener au garage, murmuré-je avec indolence.

— Je le ferai, moi.

— Hein ? Vraiment ?

— Demain matin, je conduirai la bagnole à mon frère, dit-il en me chatouillant les côtes.

Je me tortille car je suis extrêmement chatouilleuse.

— Et comment je rentrerai chez moi en pleine nuit ? demandé-je, jouant les naïves, car je ne doute pas de sa réponse.

— Avec la voiture.

— Tu as l'intention de me déposer chez Mitzi avec la voiture de police, gyrophare allumé ?

Je repousse sa main baladeuse.

— J'ai une voiture personnelle, répond-il en se retournant. Ses yeux de velours sont tout contre les miens.

— Oh, Isa, chuchote-t-il.

— Oui ?

— Je t'aime tant !

Je ne peux réprimer un sourire, car ces mots un peu gauches et sans fioritures sont la déclaration d'amour probablement la plus sincère et la plus honnête qui m'ait jamais été faite.

Luca me caresse, m'embrasse et, quand je suis à mon tour envahie par le désir, il saisit la boîte rouge.

— Oh non, il n'y en a plus un seul, s'écrie-t-il. J'aurais dû en racheter.

— Padre Pio va peut-être nous venir à nouveau en aide ?

Luca se lève et vérifie, mais tout ce qu'il trouve cette fois sur le coin de l'étagère est un billet de banque froissé.

— Qu'est-ce qu'on fait ? demande-t-il en froissant un emballage vide et en le lançant dans un coin.

— Je me sens capable de trouver d'autres trucs pas inintéressants, dis-je pour lui remonter le moral.

— Ou alors…, commence Luca en revenant auprès de moi dans le lit, une lueur que je ne lui connaissais pas encore dans l'œil.

— Ou alors ?

— Ou alors on s'en moque et on fait un bébé, un point c'est tout. Un mignon petit bébé de rêve, italo-allemand, suggère-t-il en m'embrassant avec chaleur.

Il plaisante, naturellement. Luca n'est pas un rêveur, même s'il vit sur une île de rêve. Lui et moi ne nous connaissons que depuis peu, et nous sommes ensemble depuis moins longtemps encore. Personne, en pareille situation, ne parlerait d'avoir un enfant et de tout le tralala qui va avec: amour, fiançailles, mariage. Luca pas plus que les autres. Je sens néanmoins que, s'il a abordé ce sujet, ce n'est pas entièrement le fait du hasard.

Car l'idée que les hommes italiens veulent fonder une famille n'est pas seulement un cliché. Luca est un Italien d'une trentaine d'années, lui aussi désire une famille, c'est pour lui aussi le cours naturel des choses. Surtout sur une île si petite ! Quand Luca dit en plaisantant : *Faisons un enfant*, il se cache là plus qu'une plaisanterie. Et ce fameux plus… ma foi, il faudra bien qu'on en discute.

Discuter. De nouveau. Combien de nuits avons-nous passées, Alex et moi, à discuter de ça ? À l'époque où nous avons essayé d'avoir un enfant, un moment est arrivé où c'était finalement le calendrier qui déterminait les jours où nous faisions l'amour. Au lit, nous ne parlions plus de nos prochaines vacances, nous parcourions les forums « Désir d'enfant » à la recherche de témoignages sur les tisanes anti-stérilité. Et, après avoir fait l'amour, plutôt que de nous câliner, nous discutions pour savoir s'il serait judicieux d'essayer la position du bateau ivre. Quand je me suis rendu compte du point où nous en étions parvenus, j'ai fini par prendre un rendez-vous dans une clinique spécialisée dans les problèmes de la stérilité, où on nous a rendu de l'espoir : soixante pour cent de chances de succès, ce n'était pas rien, non ? Il s'ensuivit : quatre inséminations, quatre fécondations infructueuses, des séances d'acupuncture, des rendez-vous chez un ostéopathe et chez un docteur en médecine chinoise traditionnelle qui, dans les forums de la Toile, était célébré comme un gourou de la fertilité. Pour finir, rien n'a marché et personne n'a été en mesure de nous expliquer quel était réellement le problème (à part le fait que ça devait venir de moi). Un jour, même les médecins nous ont avoué qu'il existait des gens pour lesquels on ne pouvait rien. Fin de l'histoire.

Et voilà qu'est allongé à côté de moi cet homme à l'odeur agréable et à la belle tignasse, un homme qui n'aurait rien contre le fait de concevoir un enfant. C'est génial, bien sûr, et un compliment dans la mesure où il me manifeste de la confiance en me signifiant qu'il prend notre liaison au sérieux et qu'il croit vraiment qu'elle peut déboucher sur mieux encore.

Mais… je ne peux réagir comme je devrais réagir à un merveilleux compliment. Je n'en suis tout simplement pas encore capable.

— Tu es gentil, lui dis-je en espérant que le sujet sera alors clos, mais je parle d'une voix qui paraît sortir d'un distributeur automatique de billets.

À l'entendre, je suis moi-même gagnée par la tristesse.

— Pourquoi gentil ? réplique-t-il, rayonnant. Je suis partie prenante, quand même !

— C'est… c'est aller un peu vite en besogne, tu ne trouves pas ?

— Probablement, concède-t-il. Mais si c'est la vérité, la date ne joue aucun rôle en l'affaire.

— Je t'aime à la folie, dis-je en hésitant. Mais, sur ce sujet, je suis un peu…

— Vieux jeu ? s'exclame-t-il spontanément.

Comment ai-je pu oublier ? Chez les Italiens catholiques, on observe certainement encore les anciennes règles : on demande d'abord la bénédiction du père de la promise, puis intervient le mariage, et c'est ensuite seulement que débute la conception des *bambini*. Et voilà que surgit une autre difficulté : je n'ai pas de père. Je n'en ai jamais eu, bien qu'il doive traîner ses guêtres quelque part dans le vaste monde. Je n'ai qu'une mère frustrée qui n'a jamais pu trouver un homme pour la vie. J'ose à peine imaginer la scène : Luca en costume du dimanche rendant visite à ma mère dans son appartement où la frustration d'une existence entière suinte de toutes les fentes du canapé et lui demandant ma main en bonne et due forme ! Je ne sais si elle se moquera de lui ou si, de jalousie, elle s'enfoncera sous terre, jamais quelque chose d'aussi romantique ne lui étant arrivé.

Luca attendant toujours ma réponse, je me décide à dire :

— Tu me prends de court !

Un plat mensonge et à peu près le contraire de ce qu'espère Luca.

— Je suis navré. Je t'ai effrayée, dit-il, lâchant du lest. J'ai dit ça en passant, il n'y a rien de pressé, je voulais juste dire que je m'imagine fort bien…

Des larmes dans les yeux, je lui coupe la parole :

— Arrête, Luca !

J'ai envie de hurler de joie et de désespoir, d'amour et de déception. Ce jeune policier s'imagine fonder une famille avec moi, alors qu'il y a seulement quelques heures que nous sommes amants et cela ne déclenche en moi que le retour en pleine face de mes difficultés et de mes propres frustrations de Berlin.

— C'est formidable, dis-je en sanglotant pour de bon. Je… mon cœur est sur le point d'éclater dès que je te regarde dans les yeux… Mais… je… je…

Je n'en peux plus, soudain, toutes les digues cèdent, j'explose comme si je venais à l'instant d'entendre le diagnostic « stérile ». La blessure dont je pensais qu'elle guérirait peu à peu ne guérit pas du tout. Je suis une femme incapable de concevoir un enfant. Tout simplement incapable.

— Mais qu'as-tu, Isa ? Pour l'amour du ciel, que t'arrive-t-il ? demande Luca, désemparé. Je ne sais pas ce qui…

Dois-je le lui dire ? Le confronter au fait inexorable que son rêve de fonder une famille avec moi ne se réalisera pas ? Que j'ai certes les joues roses et de beaux seins, mais que je suis aussi stérile que le désert de Gobi ? N'est-ce pas mettre un point final à notre amour qui vient à peine d'éclore ?

Mais dois-je, d'un autre côté, lui jouer la comédie ? Continuer à coucher avec lui, à roucouler de concert et foncer au soleil couchant sur sa Vespa. Non, si je prends au sérieux ma liaison avec Luca, les choses doivent être claires entre nous. Mais comment ? Je ne suis pas une héroïne. Surtout pas en ce moment. En ce moment, je suis une faible femme qui a besoin d'un peu d'amour, de beaucoup d'amour même, en tout cas de tant d'amour que je ne trouve pas la force de dire la vérité à Luca.

— Tout va bien maintenant, dis-je en tentant de glisser un sourire au travers de mes larmes. C'est juste que je suis tellement émue. Je suis… je suis heureuse, tu sais ?

Il essuie les larmes sur mes joues et sourit d'un air affectueux.

— Je comprends, dit-il, mais il ne comprend rien.

Il me presse, me câline et, Dieu soit loué, ma crise émotive a chassé de nous toute envie de refaire l'amour. Luca nous recouvre du drap et, étroitement enlacés dans la nuit, nous savourons notre proximité et le bruit nocturne des ruelles de Capri.

Pourtant, à l'instant où j'ai l'impression qu'il va s'endormir, une idée me vient.

— Luca…

— Hum ?

— Il y a autre chose.

— Ah bon ?

— Il se pourrait que j'aie besoin de ton aide. C'est-à-dire nous aurions besoin de ton aide.

— C'est qui, nous ?

— Mitzi et moi.

— Mon aide pour quoi ?

— Je t'ai parlé de son amour de jeunesse disparu.

Ayant ainsi débuté, j'exposai ensuite à Luca le mystère de cet Allemand qui tenait une boulangerie à Naples mais qui, depuis, a disparu et demeure introuvable.

— Peut-être que ce Johann est mort, dit-il quand j'ai terminé mon récit.

— Non, il n'est pas mort, ce serait terrible. Ni Mitzi ni moi n'avons envisagé cette hypothèse jusqu'ici.

— Ce Johann a l'âge de Mitzi, soixante-quinze ans, n'est-ce pas ? insiste-t-il. Un âge où les hommes meurent plus souvent que les femmes. L'autre hypothèse serait qu'il ait quitté l'Italie, voire l'Europe. Et la troisième hypothèse... (Il s'interrompt et se met soudain à sourire.) La troisième possibilité, je pourrais l'explorer grâce à mes fonctions.

— Tu penses pouvoir enquêter sur Johann Paczek en ayant recours aux méthodes policières ?

— Je n'emploierais pas forcément le mot d'enquêter, disons qu'il s'agit d'une localisation.

— Tu en as le droit ? Je pensais qu'il s'agissait d'une affaire privée, l'affaire de Mitzi.

Il s'appuie sur un coude et me regarde.

— Mitzi Hauptmann est une personnalité de l'île. Nous sommes fiers que cette femme hors du commun vive chez nous. Nous avons donc de bonnes raisons de faire quelque chose pour notre Mitzi.

— Luca, tu es sensationnel.

Je le remercie avec un long baiser.

— Et combien de temps, à ton avis, je veux dire... ?

— Combien de temps je mettrai à trouver ? Le mieux est de s'y mettre dès cette nuit, avant que je te ramène chez toi.

— Dès aujourd'hui ? m'écrié-je incrédule.

— Il suffira de quelques clics sur l'ordinateur de la police, dit-il en me prenant entre ses bras. Si le *signore* Paczek vit encore quelque part en Italie, il s'est obligatoirement déclaré auprès des autorités. Et un policier peut le localiser en une fraction de seconde.

— Luca, tu ne peux pas savoir comme tu me fais plaisir.

— Si c'est toujours aussi facile de te faire plaisir...

Il ne termine pas sa phrase et m'embrasse avec fougue.

— Tu peux le faire d'ici ? lui demandé-je quand nos corps se séparent.

— Non, pour ça, je dois aller au *commissaria*.

Il serait donc réellement possible de retrouver Johann grâce à Luca ? D'un seul coup, je suis tout excitée. Nous nous embrassons tandis que monte vers nous un air napolitain, chanté à pleine gorge, mais faux.

# 32

— Johann Paczek a effectivement vécu et travaillé à Naples, dis-je à Mitzi, mais…

J'observe une petite pause théâtrale.

— Mais ? demande-t-elle avec inquiétude. Il est… il est mort ?

Elle est donc, entre-temps, parvenue à envisager l'hypothèse la plus triste.

Nous conversons au petit matin. Elle s'est sans doute réveillée longtemps avant moi, mais, pleine d'attention, m'a laissée dormir. Alors qu'elle bouillait d'impatience, une impatience telle que, descendant de ma chambre, je l'ai vue trépigner, assise à la table du petit-déjeuner.

Cette nouvelle journée succède à une longue nuit d'un romantisme fou avec Luca. Il a fait la cuisine pour nous deux, des pâtes que nous avons mangées en buvant du vin blanc, avant de nous rhabiller, de quitter son appartement bras dessus, bras dessous et de nous hâter en direction du parking. Non loin de la Fiat non réglementaire, j'ai aperçu une extraordinaire voiture de collection, le rêve en fer-blanc de tout fétichiste de l'automobile. C'est précisément vers cette voiture que Luca s'est dirigé.

— C'est une Alfa Romeo, un Spider cabriolet de 1974, dit-il, presque sur le ton d'une excuse. Elle est trop large et éminemment peu pratique sur l'île, mais je l'ai héritée de mon grand-père et je ne me sens pas le courage de la vendre.

— De ton grand-père ? ai-je demandé avec incrédulité.

Les personnes âgées de Capri, décidément, me plaisaient de plus en plus : Mitzi la fêtarde, Massimo qui refuse obstinément de respecter le code de la route. Et maintenant le grand-père de Luca qui lègue à son petit-fils une voiture de sport qui pourrait apparaître dans n'importe quel film de James Bond.

— C'était un amoureux fou de la bagnole et il a beaucoup souffert de vivre sur une petite île où, au volant d'une voiture plus large qu'une Fiat Panda, on risque de rester en rade au premier virage, où, dès qu'on accélère un peu, on se retrouve déjà face à un nouvel obstacle. Il rêvait toujours d'aller en Allemagne : des autoroutes sans limitation de vitesse ! Un rêve !

— Alors ? L'a-t-il exaucé, ce rêve ?

— Non. Il redoutait bien trop la nourriture allemande !

J'ai éclaté de rire.

— Mais c'est vrai, a-t-il protesté. Mon grand-père n'aurait jamais utilisé l'huile d'olive d'Ischia, au pire pour graisser ses chaussures. La seule huile d'olive comestible était à ses yeux celle provenant de son jardin.

J'ai de nouveau éclaté de rire.

— En Allemagne, nous n'avons même pas d'huile d'olive.

— Pas d'huile d'olive du tout ?

— Enfin, si. Mais importée !

— *Mamma mia*, il n'y aurait pas survécu !

Me lançant un sourire ironique, Luca a mis le contact et reculé. Cela tient sans doute à ma propre conduite plutôt brutale, mais, assise à côté de lui, je me sentais en sécurité. Le vieux Spider se déplaçait dans les ruelles avec la souplesse d'un félin.

Peu après, nous nous sommes garés devant le commissariat. Luca y est entré seul et je l'ai attendu dans le cabriolet décapoté, appuyée contre le dossier, les yeux levés, contemplant les étoiles.

Au bout de quelques minutes, Luca a agité devant mes yeux une feuille de papier, me ramenant sur terre.

— Tu as découvert quelque chose ?

— Chaque chose en son temps, a-t-il répondu en pliant d'un air mystérieux le papier et en le fourrant dans la poche de sa veste.

Et nous sommes repartis. Ayant tourné pour emprunter la route du col menant à Anacapri, nous n'avons cessé de monter dans la nuit qui nous entourait comme une tente protectrice.

— Regarde, dit-il, quand nous avons pris un virage et que s'est offerte à nos yeux une vue magnifique sur le scintillement argenté de la mer illuminée par une lune majestueuse.

— Ce sera bientôt la pleine lune, dis-je. Comme elle brille.

— Elle brille et elle est belle.

Et c'est ainsi que nous avons continué à glisser à travers la nuit. Un instant, j'ai ressenti l'envie de voir le temps s'arrêter et que tout reste ainsi l'éternité durant : nous deux dans une embarcation voguant dans la nuit. Mais l'éternité a eu un terme et nous avons fini par arriver devant l'entrée de la Villa Azzurra.

— Merci, dis-je.

L'enchantement que je venais de vivre m'avait presque fait oublier le billet sur la poitrine de Luca.

— Voilà pour Mitzi, répondit-il, en me tendant le papier. Salue-la de ma part.

Nous nous sommes quittés sur un long, très long baiser, cette étreinte me communiquant la certitude qu'il n'y avait rien de plus important sur terre que Luca et moi.

Et me voici devant Mitzi assise la tête haute. Elle semble avoir oublié la tasse de thé qu'elle tient à la main.

— Alors, qu'en est-il de Johann ? demande-t-elle à voix basse. Est-il vivant ou est-il mort ?

— Si la police de Capri ne fait pas totalement fausse route, Johann Paczek est vivant, réponds-je sans réussir à réprimer un petit sentiment de triomphe.

— La police ? Qu'est-ce qu'elle vient fabriquer dans cette affaire ?

C'est le bon moment. Je raconte à Mitzi que je suis tombée amoureuse, que je suis d'abord restée assez désemparée et inquiète devant ce sentiment, mais que Luca le partage et que nous sommes désormais des amants.

Après cette révélation, je m'attends à ce que la foudre tombe dans la cuisine.

Mais non, la vieille dame ne montre aucun signe de surprise.

— C'était clair comme de l'eau de roche, commente-t-elle entre deux gorgées de thé.

— Clair ? m'exclamé-je, prise de court.

— Un aveugle aurait vu ce qu'il y avait entre vous. Vos clignotants rouges s'allumaient littéralement dès que l'autre était à proximité.

— À vous autres écrivains, on ne la fait pas, apparemment !

Prise au dépourvu, je ne trouve rien de mieux à dire.

— Ça n'a rien à voir avec la littérature, dit-elle, la tête penchée de côté. Tout le monde sait, à Anacapri, qu'il y a quelque chose entre vous deux.

Me voilà soudain déçue. N'avions-nous pas recherché la discrétion romantique, comme Roméo et Juliette ?

— Tout le monde ? murmuré-je.

— Quelle est donc ta révélation ? me presse Mitzi. Tu as embarqué Luca dans cette affaire, chose insolite, mais je suis d'accord. Qu'a-t-il découvert ?

— Comme je te l'ai déjà dit, Johann Paczek a effectivement habité Naples, du moins tant que sa femme vivait. Après sa mort, il y a quatre ans, il est parti s'installer à Rome, chez sa fille. C'est pour cela que nous n'avons pas trouvé Johann dans l'annuaire. On peut le joindre au numéro correspondant au nom de sa fille, Antonia Ventura.

— Alors… nous avons vraiment retrouvé la trace de Johann ? demande Mitzi comme s'il s'agissait de la découverte la plus importante depuis l'invention de la roue.

— Nous allons le dénicher, dis-je en prenant plaisir à observer le désarroi de Mitzi devant ce bonheur inopiné. Nous allons le dénicher au numéro 28 de la Via del Pellegrino, là où habite sa fille.

Je me laisse tomber sur une chaise, comme si ma petite révélation m'avait épuisée.

— Il ne reste plus qu'un petit pas à faire, et après nous l'aurons trouvé.

— Un pas de géant, objecte Mitzi.

— Comment ça ?

— Rome est à environ trois cents kilomètres d'ici.

— Tu veux dire que tu as l'intention de t'y rendre en personne ?

— Bonne question, répond-elle après un temps de silence. Comment tu t'y prendrais, toi ?

— Tu pourrais te procurer l'adresse de la fille et commencer par écrire à Johann. Tu pourrais téléphoner ou skyper.

— Skyper, répète-t-elle d'un ton méprisant comme si j'avais prononcé un gros mot.

Il m'apparaît alors que, pour Mitzi, le seul pas à envisager est effectivement un pas direct et franc, celui des retrouvailles avec Johann au bout de soixante ans.

— Tu as raison, concédé-je. Qu'est-ce que trois cents kilomètres, comparés à une vie entière de recherche ?

Mitzi se lève, pensive.

— Une recherche ?

— Comment donc appellerais-tu ça ?

Je me lève moi aussi, car je comprends ce que signifie l'humeur songeuse de Mitzi. Semblables à des marionnettes animées par un fil invisible, nous nous dirigeons en silence vers le cabinet de travail. J'ouvre l'ordinateur. Mitzi se passe une main rapide sur les yeux, puis elle commence à parler.

## 33

— J'ai effectivement essayé une seconde fois de retrouver Johann.

— Ne m'as-tu pas dit que tu étais vexée qu'il n'ait pas essayé de te chercher ?

— Cela a certainement duré un certain temps, mais ce sentiment a fini par passer relativement vite.

— Alors tu m'as raconté des bobards ? répliqué-je, surprise. Est-ce autorisé dans ses mémoires ?

C'est l'intègre libraire qui s'exprime par ma bouche.

Mitzi se met à faire les cent pas dans la pièce.

— J'ai d'abord cru que l'histoire avec Johann, l'internat et les nonnes ne serait qu'un épisode du livre. Mais elle s'est transformée en tout autre chose. Ma biographie – les mémoires d'une femme presque déjà oubliée dans le monde – n'était qu'un véhicule, un moyen de transport, tu comprends ?

— Où ce moyen de transport est-il destiné à te conduire ? demandé-je sans arrêter de taper.

— À la vérité sur ma vie.

Je ne dis rien, mais je me demande malgré moi si cela existe, la vérité sur une vie.

— À mon âge, on devrait enfin savoir ce que signifie sa propre vie. Sinon, c'est trop tard pour cela.

— Et que signifie Johann dans ton existence ? demandé-je prudemment.

— Peut-être l'apprendrai-je quand, Via del Pellegrino, nous frapperons à sa porte. Et toi, Isa, ajoute-t-elle avec un sourire chaleureux, je te remercie d'avoir trouvé cette porte pour moi.

Elle arrête ses allées et venues dans la pièce avant de poursuivre :

— Dans mon existence d'alors, Johann signifiait liberté. Liberté de décider ce que je voulais, où je voulais aller, quelle porte ouvrir.

Elle se tourne vers moi.

— Cette liberté me fut enlevée quand mon père me força à entrer dans cet internat anglais, quand il a coupé toute communication entre Johann et moi. Mais moi, je n'ai pas considéré que tout était fini. J'ai en effet, oui, recherché une nouvelle fois Johann. Et j'ai failli le retrouver.

Je tape aussi vite que mes doigts me le permettent.

— Failli ?

Un sourire illumine le visage de Mitzi.

— Je voulais retrouver Johann, quoi qu'il advienne de cette rencontre. Je voulais parler avec lui, qu'il me dise ce qui s'était passé jadis entre nous. Avait-ce été véritablement de l'amour ? Ou bien étions-nous tous les deux si malheureux et prisonniers que chacun de nous voyait dans l'autre une issue à sa situation ? Je voulais tirer cela au clair. Voilà pourquoi je le recherchais.

Mitzi me dévisage, fronçant les sourcils.

— Quand, il y a peu, j'ai proposé d'engager un détective privé, je me suis souvenue de ma tentative vieille de cinquante ans. Mes parents avaient dû se résigner face à mon entêtement. Comme j'avais lamentablement échoué à tous mes examens, mon père croyait toujours que j'étais une demeurée. Ma mère comprenait bien mieux mon être profond. Elle devinait que son enfant ne trouverait sa voie que si on la laissait en paix. Quand on me poussait dans une direction, je la refusais et, si on refuse la vie, on est voué à l'échec. Maman a donc convaincu mon père de me laisser prendre mon envol. Ils ont convenu d'une certaine somme d'argent que je recevrais jusqu'à mes vingt-cinq ans. J'ai emménagé dans mon premier appartement personnel, mais, avant même d'avoir acheté ma première chaise, j'ai chargé un détective de retrouver Johann.

— Et il n'y est pas parvenu ?

— Si. Il a découvert que Johann, après avoir quitté Eichensee sans prévenir personne, s'était embarqué, à Bremerhaven, sur un bateau en partance pour le Canada. À bord, il avait travaillé à la cuisine afin de payer la traversée. Il n'avait donc pas parlé à la légère, il voulait entamer une nouvelle existence sur un autre continent. Il a vécu à Toronto, près de l'eau, conformément à ce qu'il avait toujours dit et souhaité.

— Et alors ? Le détective l'a-t-il contacté ? Tu as écrit à Johann ?

— Rien de tel.

— Mais quoi, alors ? demandé-je en m'arrêtant de taper.

— Tu n'as pas une petite idée ?

Je la regarde, perplexe.

— Pas la moindre, comment le pourrais-je ?

— C'est l'histoire la plus simple qui soit, soupire Mitzi. Johann avait mon âge, une petite vingtaine d'années. Un jeune homme, seul sur un continent inconnu, dans une ville où il ne connaissait rien ni personne. Il était seul, ne sachant que devenir.

— Il… il est tombé amoureux ?

— À vrai dire, ça n'a rien de particulièrement étonnant, acquiesce Mitzi.

— Alors, ce que vous aviez vécu ensemble n'était donc pas, pour lui, le… le…

Je bafouille, ne sachant comment m'exprimer.

— Le grand amour ? complète-t-elle en haussant les épaules. Qui peut savoir une telle chose ? Et, de toute façon… avec le temps, notre vision des choses change. Johann voyait le monde avec un regard neuf. Une jeune Italo-Canadienne lui avait tapé dans l'œil. En dépit de ce qu'il m'avait dit, à savoir qu'il en avait marre de la vie de boulanger, il avait repris son ancien métier. Il travaillait dans une boulangerie italienne à Islington, un quartier de Toronto. La fille du boulanger n'a pas tardé à lui plaire. Ils se voyaient quotidiennement, pétrissant ensemble, suant de concert dans le fournil. Le reste, je n'ai pas besoin de le raconter.

— Et comment l'histoire s'est-elle terminée, je veux dire en ce qui te concerne ?

— De la moins spectaculaire des façons. Le détective m'a appris que Johann et l'Italienne allaient bientôt se marier.

Comme sous l'effet d'une douche froide, je m'arrête de taper.

— Tu n'as donc pas tenté de reprendre contact avec Johann quand tu as su où il se trouvait ?

— Oh si ! Je lui ai écrit une lettre, du moins je l'ai rédigée, dit Mitzi avec un triste sourire. Pendant des semaines je me suis tuée à la tâche, tu sais combien j'écris lentement. La lettre devait être parfaite, pas trop exigeante, pas trop sentimentale, pas trop tendre. Je savais à quoi elle ne devait pas ressembler, c'est pourquoi j'ai gaspillé tant de temps à la rédiger. Comme je l'ai appris ultérieurement, cette période a coïncidé avec la conclusion du mariage de Johann et de l'Italienne. C'est ce qu'on appelle le manque de chance.

— C'est plus que du manque de chance, dis-je, déçue.

— C'est quoi, alors ? Le destin ? Le karma ?

— Je dirais que fut ainsi gâchée l'heureuse issue d'une grande histoire d'amour, dis-je sans vouloir faire un jeu de mots.

Mitzi ne peut retenir un éclat de rire.

— Ça ne me serait pas venu à l'esprit – gâché[1] ! On ne peut pas dire mieux !

L'atmosphère, dans la pièce, change soudain du tout au tout. L'extrême concentration qui y régnait à l'instant cède la place à une gaieté sans raison. La vieille dame qui a appris, il y a une heure à peine, que son amour de jeunesse vit à proximité, se tord de rire à l'idée que Johann, avec qui elle a vécu des moments pénibles, s'est posé tel un papillon sur la première jolie fleur rencontrée au bord du chemin, oubliant Mitzi, la fille de l'internat. Le temps avait fait ce qu'il a coutume de faire. Il avait fait pâlir les événements du passé. Il ne recule même pas devant un grand amour.

Je comprends soudain les réticences initiales de Mitzi à l'idée d'entreprendre, des décennies plus tard, une troisième recherche de Johann. Je comprends sa réserve et sa rudesse.

---

1. Le mot allemand traduit ici par « gâcher » est *versemmeln*, or un *Semmel* est un petit pain, d'où le jeu de mots involontaire.

— Et ensuite ?

Je tiens absolument à savoir ce qui est arrivé quand elle a appris le mariage de celui qui avait été son grand amour.

— J'ai été comme libérée, avoue-t-elle.

— Libérée ?

— Oui, car, avec les années, Johann était devenu un fantôme, un démon qui me pourchassait – non, qui était là, en moi, dit-elle en se frappant la poitrine. Je ne suis pas arrivée à me débarrasser de lui avant que la fille du boulanger italien me l'ait arraché, douloureusement, radicalement. Johann était au Canada, marié, il aurait peut-être bientôt des enfants, un petit ventre, un nez d'ivrogne, pourquoi pas ? L'amour romantique avait laissé la place à la réalité, celle d'un jeune homme terre à terre.

Échauffée par son récit, Mitzi enlève sa sempiternelle veste de laine.

— J'ai enfin pu me soucier de ma propre existence.

Je ne pose plus de questions. Je continue simplement à taper.

— Concernant mon avenir, j'ai naturellement choisi la voie la plus difficile, l'écriture, voulant démontrer aux autres et à moi-même que je pouvais réussir, que je n'étais pas une idiote. J'ai commencé par écrire juste quelques pages, mais j'ai remarqué d'emblée combien ce travail me stimulait, me donnait une grande force intérieure en même temps que la sensation d'être vivante. Soudain, des tas d'histoires me sont apparues, voletant dans ma tête comme des papillons de toutes les couleurs. Et j'ai compris que je voulais toutes les raconter. Prenant donc l'argent que m'offraient mes parents, j'ai quitté Berlin. Changer de lieu ne peut en effet nuire quand on désire chambouler sa vie.

Ces derniers mots me donnent à penser. J'ai moi aussi agi pareillement, même si ce fut non intentionnel. Mais est-ce uniquement par hasard si je suis venue ici ? J'aurais tout aussi bien pu jeter le journal. Personne ne m'a obligée à répondre à la petite annonce. Ni à répondre au téléphone un samedi matin, à l'heure où appellent les démarcheurs en assurances.

— Je suis partie habiter Fribourg, dit Mitzi.

— Pourquoi précisément à Fribourg ?

— C'est la ville la plus chaude d'Allemagne, sourit-elle. J'en avais assez des hivers berlinois, où on se croit en Sibérie, où on n'aperçoit pas le soleil six mois de l'année. Je savais en outre qu'on y mangeait bien.

— Et comment as-tu ensuite atterri à Capri ?

— C'est une histoire amusante, mais je te la raconterai une autre fois.

— Pourquoi pas maintenant ? Alors que nous sommes bien en train ?

— Parce que mon estomac proteste. Et, quand on a faim, on a du mal à réfléchir.

Je regarde l'heure et constate avec étonnement qu'il est déjà plus de 14 heures.

— Et quand me raconteras-tu l'histoire de Fribourg ? demandé-je un peu plus tard, dans la cuisine où Mitzi, contrairement à ses habitudes, grignote comme moi un panini bien garni.

— Demain, dans le train.

J'avale de travers, je tousse et je m'exclame, les yeux ronds :

— Pardon ?

— Nous prenons demain le train pour Rome.

— Mais…, bafouillé-je. Comme ça ? Tout simplement ? Tu n'as pas l'intention d'au moins contacter auparavant la fille de Johann ? D'au moins passer un coup de fil préalable ?

— Passer un coup de fil ? Mais ce serait lâche, répond-elle d'un ton résolu, les yeux brillants. Il faut provoquer son bonheur si on veut le rencontrer.

## 34

— J'ai réservé deux chambres au Minerve, mon hôtel préféré à Rome, m'annonce Mitzi tout en tripotant, perdue dans ses pensées, des boucles d'oreilles avec des perles que je ne lui ai vu porter que le jour de mon arrivée.

En revanche, elle n'a encore jamais mis le tailleur clair dont la jupe se balance légèrement quand elle marche, son chignon blanc fait presque songer à celui d'une jeune fille. Mitzi s'est habillée comme une reine, on ne peut le nier. Rien d'étonnant quand il s'agit de retrouvailles amoureuses après soixante ans de séparation.

Nous avons pris place dans un train reliant Naples à Rome.

— La Via del Pellegrino se situe au cœur de la vieille ville, poursuit-elle. De l'hôtel, nous pourrons même nous y rendre à pied.

Elle est nerveuse, je le sens. Une nervosité qui grandit à mesure qu'on se rapproche du but.

— Tout ira bien, dis-je, tentant de l'apaiser.

— Mais naturellement, me répond-elle avec une condescendance qui ne lui est pas habituelle. Soit Johann est resté le même, et nous passerons un agréable après-midi à évoquer nos souvenirs.

Elle joue avec un bouton de son corsage.

— Soit il est devenu un vieux croûton qui passe son temps à gémir à propos de ses maladies. Je boirai alors un café avec lui, je lui dirai *arrivederci* et nous nous offrirons, toutes les deux, une belle soirée dans la *città eterna*.

— Hier, tu disais que, si tu n'avais pas connu Johann, ta vie aurait été totalement différente. Et maintenant, tu parles de la sorte ? dis-je, presque un peu déçue.

— Peut-être que si je ne l'avais pas connu, tout se serait néanmoins déroulé de la même façon, répond-elle avec une froideur elle aussi inhabituelle.

Elle doit être réellement très, très nerveuse, sinon elle ne serait pas aussi peu aimable. Le mieux, c'est de la distraire.

— Et pourquoi cet hôtel est-il ton hôtel préféré ? Comment s'appelle-t-il, déjà ?

— Grand Hôtel de la Minerve. Il a été aménagé dans un palais fantastique, avec d'énormes poutres en bois, des salles de bains en marbre et tout le bataclan. Autrefois, j'y ai donné des interviews quand ma maison d'édition m'invitait à venir à Rome. Antonello et moi y sommes aussi descendus de temps à autre… Elle observe une pause quelque peu théâtrale. Ils ont un yaourt fabuleusement bon.

— Du yaourt ? Ai-je bien entendu ? Tu descends dans un hôtel cinq étoiles pour ses yaourts ?

— Du yaourt frais de Campanie, ma chère, une vraie merveille. Leur café est aussi excellent.

— Bon, eh bien, il ne peut effectivement rien se passer de travers, dis-je en adoptant son ton désinvolte. Au fait, tu m'es encore redevable d'une histoire.

— Laquelle ?

— Celle expliquant comment tu t'es retrouvée à Capri.

— Maintenant ? Ici ? Mais nous n'avons pas d'ordinateur !

En un tournemain je sors mon portable, j'active le mode enregistrement et je le pose entre nous sur la tablette.

— C'est bon, on peut commencer.

— Oh, très bien.

Mitzi est visiblement heureuse de cette diversion qui fera passer plus vite le temps jusqu'à notre arrivée. Elle s'enfonce dans son siège.

— J'ignore si tu sais que, dans les années soixante, il y avait en Allemagne beaucoup de travailleurs immigrés. La Seconde Guerre mondiale était terminée et nous vivions le miracle économique. En Italie du Sud, en revanche, les gens étaient fauchés comme les blés. Beaucoup venaient dans le Bade-Wurtemberg pour ne pas être trop éloignés de leur pays. La plupart travaillaient dans la construction de routes, des garçons jeunes, joyeux, sympathiques en diable, très différents des gars de chez nous. Je vivais à Fribourg, je travaillais à mon premier roman et, n'ayant pas assez d'argent pour acheter une voiture, je me suis offert une moto, une véritable antiquité qui avait dû servir dans la Wehrmacht. Quand je commençais à tourner en rond dans mon appartement, je partais dans la Forêt-Noire sur mon engin pétaradant afin de m'aérer un peu les méninges.

Un léger sourire dans les yeux, Mitzi regarde défiler par la fenêtre du train une plaine monotone et insipide. Je souris en douce tout en m'imaginant la *grande dame*[1], qui pour l'instant est assise devant moi, grimper et dévaler les côtes de la Forêt-Noire, vêtue de cuir et coiffée d'un casque vintage.

— Jeune auteure, j'ai peut-être connu la plus belle période de ma vie. Écrire son premier livre est quelque chose de terriblement excitant. Cela donne la même impression que, sans doute, de poser pour la première fois une pointe de pied sur une corde, de s'apercevoir, le cœur battant, qu'elle vous supporte et d'avancer alors et reculer à son gré, continue-t-elle en riant. Je fonçais dans la nature, pétaradant et laissant derrière moi une traînée de particules fines qui me vaudrait sans doute aujourd'hui d'être jetée en prison. C'était merveilleux.

Lors d'une de ces excursions, il y eut comme une détonation, le moteur cala, je perdis le contrôle de ma machine et je me retrouvai dans le fossé. La route était justement en travaux, qu'accomplissaient des travailleurs immigrés italiens. À l'époque, on goudronnait encore à la main, les hommes poussaient des brouettes pleines de goudron brûlant aux endroits où il devait être étalé. Un travail de forçat ! Un des ouvriers, ayant assisté à mon accident, se précipita, m'aida à m'extraire de dessous la moto et me demanda en italien si ça allait.

— Et ça allait ?

— Miraculeusement, j'étais saine et sauve, même pas une égratignure.

— Une sacrée chance !

— Oui ! C'étaient mes premières retrouvailles avec cette belle langue depuis que Sophia n'était plus ma

1. En français dans le texte.

bonne d'enfants. D'autres Italiens sont arrivés à leur tour en courant, déclenchant l'habituel *chiacchiere*, la célèbre palabre méditerranéenne. Après examen de ma machine, l'Italien sympathique et fluet qui s'était porté le premier à mon secours a trouvé la cause de l'accident, tandis qu'un de ses compagnons arrivait en courant avec un dictionnaire en piteux état. « C'est le joint de culasse », raconte Mitzi en imitant l'accent de l'Italie du Sud de son sauveteur.

— Tu te rappelles qui était ce travailleur immigré ? demandé-je, riant de son numéro d'imitation.

— Un jeune homme de mon âge qui, n'ayant pas trouvé de travail chez lui, était venu en Allemagne. Comme la plupart de ses semblables, il avait l'intention de retourner dans son pays dès qu'il aurait accumulé assez d'argent. Ce jeune homme s'appelait Massimo et était originaire de l'île de Capri.

— Non ! crié-je sous l'effet de la surprise.

— Nous sommes par la suite devenus amis et il m'a tellement parlé de Capri, de son soleil rouge, de ses citronniers et de la mer d'un bleu d'azur qu'est né en moi le désir de partager un jour ce rêve de paradis méditerranéen. Étant de toute façon déjà partie de chez mes parents, vivre à Fribourg ou sur la côte amalfitaine, la différence n'était pas grande. Voilà ! Et c'est ici que je vis maintenant !

— Au fond, c'est grâce à Massimo que tu es partie pour Capri ?

— Au fond, oui.

Elle laisse son regard vagabonder vers la fenêtre derrière laquelle le paysage a totalement changé. Nous traversons la banlieue romaine, populeuse et sans personnalité. D'un seul coup, Mitzi redevient nerveuse, elle commence à fouiller son sac de voyage, sort sa veste du porte-bagages, puis l'y repose, ne cesse de vérifier si ses boucles d'oreilles sont bien en place.

Le tumulte et le brouhaha sont tels, au terminus, que, après les semaines passées dans le calme de l'île, ils sont pour moi comme un coup de poing. C'est une frénésie de bruit et d'agitation, et à peine s'immobilise-t-on une seconde qu'on est déjà dépassé ou bousculé. Nous ne retrouvons un certain calme que dans le taxi.

— Vous avez dit quel hôtel ? bougonne le chauffeur.

— Grand Hôtel de la Minerve, répond Mitzi, visiblement tendue, en même temps qu'elle s'appuie contre le dossier de son siège avec un soupir d'épuisement.

Rome, mon Dieu, Rome, Rome ! J'étais tellement accaparée par mon travail de détective dans l'affaire Patscheck/Paczek que je n'avais pas encore pris conscience que je me rendais à Rome pour la première fois de ma vie. Je connais certes quelques villes italiennes, mais le hasard a voulu que la Ville éternelle me soit jusqu'ici restée inconnue. Le jour est venu ! Enfin !

Quel monde fabuleux défile derrière la vitre du taxi ! On voit d'abord beaucoup, beaucoup de pierre, vieille de centaines d'années et davantage encore. Rome a été un jour le centre du monde et, à le traverser ainsi, on a le sentiment qu'elle l'est toujours. Il y règne une atmosphère si majestueuse ! Mais, en même temps de désolation ! Des ordures en pleine rue, des immeubles aux ouvertures barricadées, des façades décrépies, du verre brisé. Beaucoup de choses semblent également de mauvaise qualité : les enseignes des magasins, les étals des boutiques de souvenirs, les panneaux publicitaires criards. On voit des nuées de touristes, des nuques brûlées par le soleil et des chaussettes blanches, des casquettes de base-ball et des perches à selfies. Moi aussi, je sors de mon sac mon guide de voyage, mais je peine à tourner les pages aussi vite que défilent les curiosités à notre passage. Je finis par ranger le guide, me contentant de recueillir le plus d'impressions possible : le pavé irrégulier d'une minuscule ruelle, le foulard de soie flottant au vent d'une Romaine circulant à Vespa, la porte d'entrée tarabiscotée d'une maison quasiment en ruine, les gants blancs comme neige d'un policier réglant la circulation en gesticulant, le minuscule *ristorante* dont la terrasse n'offre de place qu'à une seule table où est assis un monsieur à costume de lin clair lisant un journal rose.

— Nous ne sommes plus très loin, annonce soudain Mitzi, alors que nous suivons une rue à grande circulation d'où partent de petites ruelles, le mot *à grande circulation* n'étant peut-être ici pas le plus approprié : mieux vaudrait sans doute parler de « combat de rue ». Des coups de klaxon à droite et à gauche, les Vespa frôlent notre taxi de si près que je crains à chaque instant un accident. Et, au bord de la rue, des touristes qui, totalement apeurés, contemplent le flot infernal devant eux puis, paniqués, regagnent le trottoir d'un saut quand une Alfa brûle le feu rouge au tout dernier instant.

Mitzi est elle aussi plongée dans cet univers dément qu'on ne risque sans doute pas de rencontrer une deuxième fois dans le monde. Le chauffeur stoppe enfin et attend qu'elle règle la course. Nous sommes accueillies par un flot de formules de politesse creuses, mais chaleureusement. Un garçon grisonnant monte nos bagages dans nos chambres au premier étage et Mitzi lui fourre dans la main quelques pièces de monnaie. Ma chambre est somptueuse, mais sans comparaison possible avec la suite de Mitzi, si vaste et si haute de plafond qu'on pourrait y jouer au badminton. Ce sont d'authentiques troncs d'arbres massifs, noircis par les siècles, qui soutiennent le plafond, en bois lui aussi. Tout est un peu « trop » à mon goût, trop luxueux, trop pompeux, trop de frime. Mais je me dis que je supporterai bien une nuit cet état d'exception et j'accepte l'invitation de Mitzi à l'accompagner pour une petite collation dans le restaurant sur le toit en terrasse, un restaurant d'une élégance véritablement spectaculaire, d'où l'on voit les églises et les palais de la ville. Nous dégustons des pâtes aux crevettes, aux marrons et à quelque chose d'autre encore, puis une *trilogea* d'agneau. Tout est sans conteste d'une très grande finesse, cela ne m'empêche pas de me réjouir d'avance de ma prochaine visite au Mare Piccolo. On y mange certes sans filet d'or sur les assiettes, mais la vue est au moins aussi exceptionnelle.

Bon, maintenant place aux choses sérieuses.

— Veux-tu te rafraîchir un peu ? me demande Mitzi quand nos tasses d'expresso sont vides.

Devinant qu'elle-même désire encore jeter un œil dans le miroir, j'acquiesce.

Nous disparaissons dans nos chambres. Je regarde une dizaine de minutes par la fenêtre avec étonnement. Je compte vingt et une églises. À Berlin, ce serait sûrement vingt et un panneaux publicitaires lumineux !

Puis Mitzi sort de sa suite, entourée d'un nuage de fard abondant, d'un peu de laque et de plus qu'un soupçon de parfum. Quoique souriant intérieurement, je feins d'être impassible. Comme si son destin, dans les heures à venir, dépendait réellement de l'état de sa coiffure ! Mais, par ailleurs, qui ne mettrait pas toutes les chances de son côté afin de se donner de l'assurance avant une démarche comme celle qui l'attend ?

— On y va ?

— Oui, dit-elle, mais je plaiderais en faveur d'un taxi, le voyage m'a déjà bien fatiguée. Et, à vrai dire… Pour être franche, j'aimerais avoir toute cette affaire le plus rapidement possible derrière moi.

— Tu veux l'avoir derrière toi ? m'écrié-je, stupéfaite.

— Il est plus que probable que cela va être une scène épouvantable, dit-elle à voix basse, au moment où nous entrons dans l'ascenseur. Nous avons tous les deux soixante années de plus. Après tant de temps, qu'allons-nous voir dans l'autre ? Les jeunes gens de jadis ? Vraisemblablement pas. Plutôt la mort qui s'approche.

— Mitzi…

Nous traversons le hall d'entrée et je suis déconcertée par la manière dont elle envisage la visite imminente.

— Tu retrouveras ta jeunesse avec lui ! Certes, vos visages et vos corps ne sont plus ceux d'avant. Mais à l'intérieur ? Là, vous êtes encore vous-mêmes ! Peut-être que les sentiments d'autrefois referont surface !

— Reste à savoir si j'en ai même envie.

Mitzi fait signe au portier qu'il arrête un taxi. Je comprends pourquoi elle se montre aussi rétive. Alors qu'elle va vivre un moment décisif pour le restant de ses jours, elle joue les décontractées et les blasées afin de dissimuler sa peur. Mais elle ne pourra vaincre cette peur qu'en empoignant le taureau par les cornes.

Nous montons dans le taxi.

— *Dove?*
— *Via del Pellegrino 28.*
— *Benissimo*, dit le chauffeur en mettant son taximètre en route.

## 35

C'est l'arrière du musée consacré à Léonard de Vinci qui borde un des côtés de la Via del Pellegrino. De vieilles maisons sombres constituent l'autre côté. La ruelle est si étroite qu'on n'aperçoit qu'une étroite bande de ciel. Dans le crépuscule, le pavé luisant paraît presque crasseux. Il n'y a pas de trottoir, le chemin pour les piétons n'est délimité que par une ligne peinte. Nous sommes néanmoins obligées de faire un bond de côté pour laisser passer une voiture de livraison qui nous frôle à toute vitesse. Une appétissante odeur de pizza cuite au feu de bois sort de la Taverna Lucifero. Deux maisons plus loin, nous arrivons au but.

La plaque portant le numéro 28 est presque illisible, à la différence de l'étiquette de sonnette : elle est même éclairée et on peut y lire : Ventura A. Nous sommes bien devant chez Antonia Ventura.

— *Corragio*, soufflé-je à Mitzi.

— Du *corragio*, j'en ai, murmure-t-elle. C'est juste que j'ai les jambes en coton.

Elle appuie sur le bouton de la sonnette, mais on n'entend rien. L'appartement doit être à l'étage. Nous attendons. Les secondes s'éternisent. Mitzi me regarde. J'opine. Elle sonne une deuxième fois.

— *Si?* entendons-nous cette fois à l'interphone, une voix de femme.

— *Buongiorno*, répond Mitzi, penchée sur le haut-parleur. Je suis Mitzi Hauptmann. *Signora* Ventura ?

Je lève les yeux, cherchant à repérer une éventuelle caméra de surveillance, mais je n'en vois pas.

— *Si?*

— Pourrions-nous entrer un instant, mon amie et moi ?

— *Si?*

Soit la fille de Johann est de nature revêche, soit elle est légèrement obtuse. Mitzi me fait un bref signe de tête et me regarde d'un air d'invite.

— Tu veux que je monte avec toi ? demandé-je à voix basse afin de n'être pas entendue.

— Absolument. Qui sait ce qui m'attend là-dedans !

En fait, je ne suis pas du tout d'accord, mais je finis par dire :

— Si tu le juges utile.

— Auriez-vous l'obligeance de nous ouvrir ? lance Mitzi dans l'interphone.

— *Si?*

Une fraction de seconde plus tard, on entend bourdonner le buzzer et la porte s'entrouvre.

— Elle ne nous a même pas donné l'étage, dit Mitzi en entrant.

Je la suis.

La cage d'escalier est si exiguë que je suis obligée de serrer contre moi mon sac à main pour ne pas l'érafler contre le mur. Nous franchissons un premier palier, puis, au deuxième, une nouvelle inscription Ventura A nous accueille. Mais personne ne nous attend. Mitzi sonne à la porte, qui s'entrebâille. Une femme jette un coup d'œil craintif, puis, nous apercevant, ouvre. Apparemment, elle ne nous considère plus comme de redoutables malfaiteurs. Plus petite que moi, la femme a relevé ses cheveux noirs ; elle porte un t-shirt blanc et un jean. Elle a tout au plus vingt-cinq ans. Est-il possible que Johann ait une fille aussi jeune ?

— *Signora* Antonia Ventura ? s'assure Mitzi.

— Moi ? Non !

— Vous n'êtes pas la *signora* Ventura ? s'étonne Mitzi en franchissant le seuil.

— Je suis Alketa, explique la jeune femme dans un assez mauvais italien.

— Alketa, c'est un joli nom, dit Mitzi. D'où vient-il ?

— Montenegro, dit Alketa soudain plus chaleureuse. Je viens du Montenegro.

— La *signora* Ventura est-elle chez elle ? s'enquiert Mitzi qui s'efforce de parler lentement pour se faire comprendre.

— Non.

Avant que Mitzi puisse poser une autre question, un bruit insolite nous parvient d'une pièce à l'autre bout de l'appartement : on dirait le soupir d'un gros animal. Mitzi lève les yeux, effrayée.

— Vous faites quoi, ici au juste, Alketa ? s'informe Mitzi sans détour.

Je vois à sa tête qu'elle passe en revue à toute allure les réponses possibles.

— Je suis…

Alketa cherche en vain le mot qui convient.

— Vous êtes soignante, n'est-ce pas ?

— Soignante, oui, confirme Alketa avec soulagement.

À l'instant, Mitzi pâlit. Sous le fard, la peau de ses joues devient blafarde.

– Je crois que je connais celui que vous soignez, Alketa, dit-elle avec tact.

– Oui ?

– Auriez-vous… permettez-vous que je rende une brève visite à cet homme ?

– À l'homme, oui, répond Alketa qui semble heureuse d'avoir bien compris.

– Vous m'autorisez donc ?

Mitzi fait un pas prudent dans la direction d'où est venu l'étrange bruit, et Alketa lui laisse la voie libre. Mitzi me jette un regard qui signifie : ne me laisse pas seule maintenant. Je la suis.

Elle frappe doucement à la porte. Elle frappe une seconde fois. Personne ne répond. Alketa nous a rejointes.

– Il peut pas.

Elle ouvre elle-même la porte.

Que ne peut-il pas ? L'homme dans cette chambre, qui ne peut être que Johann, n'est même plus capable de dire : Entrez ? Que ce serait triste ! Nous nous préparons au pire.

Ce que nous voyons est encore pire que le pire. Une personne décharnée est allongée sur un lit dont on discerne du premier coup d'œil qu'il s'agit d'un lit d'hôpital, équipé de dispositifs techniques propres aux lits médicalisés : la potence avec sa poignée, le releveur électrique de la nuque, les barrières latérales destinées à éviter les chutes. Le patient lui-même n'est qu'une forme mince et sans épaisseur, presque invisible sous une couette épaisse qui me paraît bien trop chaude pour la température ambiante. Le crâne, à l'exception de quelques filaments blancs qui se dressent, est déplumé. La peau est tendue sur les os, la bouche ouverte forme un O édenté.

Le spectacle est tellement réfrigérant, triste et sans espoir que les larmes me montent aux yeux. Ni Mitzi ni moi, durant notre enquête, n'en sommes venues à l'idée que Johann pourrait ne pas être en aussi bonne santé qu'elle. Nous aurions tout de même pu l'envisager ! Mais non, nous avions devant les yeux le joyeux garçon boulanger aux joues roses, traversant l'Atlantique sur un vapeur de haute mer, saisissant la vie à pleines mains, comme Mitzi.

— Mon Dieu, le pauvre Johann, chuchoté-je. Mais qu'a-t-il ?

— De quoi souffre-t-il ? demande Mitzi à la soignante.

— Cerveau fichu, démence.

Ma grand-mère est morte de la maladie d'Alzheimer. À la fin, elle ne me reconnaissait plus. Il me suffit d'y penser pour que les larmes me montent aux yeux.

Je m'approche sans bruit de Mitzi.

— Je suis désolée, infiniment désolée, lui dis-je en ne pouvant faire autrement que de la prendre dans mes bras, sans qu'elle résiste. Ne vaut-il pas mieux partir ?

— Non, répond-elle d'une voix ferme. Je suis venue pour revoir Johann. Et je ne me défilerai pas !

Elle se détache de moi avec douceur, se dirige lentement vers le lit, tire à elle une chaise et s'assied. Après une seconde d'hésitation, elle prend la main de Johann et l'entoure des deux siennes.

— Hello, mon chéri, dit-elle en allemand. Je suis Mitzi. Est-ce que tu me reconnais ?

Elle sourit et je vois une grosse larme rouler le long de sa joue. Elle ne l'essuie pas.

— Quel bonheur de se retrouver enfin !

Elle pleure maintenant mais ne lâche pas la main de son Johann chéri. À cet instant, le vieil homme dont le visage était resté jusque-là inexpressif tourne la tête et la regarde. Il essaie de dire quelque chose, mais ne parvient à émettre qu'un râle.

— Non, mon chéri, tu n'es pas obligé de parler, le tranquillise-t-elle. Ça te dirait si je te racontais un peu ce que je suis devenue tout au long de ces années ?

Les yeux de l'homme restent entièrement vides, n'expriment rien. Comprend-il ce qu'elle dit ? Reconnaît-il sa voix ? Ou au moins qu'elle parle sa langue maternelle ? Rien dans son visage ne le laisse penser. Cela ne semble pas déranger Mitzi. Alketa, si. Elle s'approche du lit.

— *Signora*, dit-elle tout bas.

Mitzi lève la tête sans lâcher la main de Johann.

— C'est trop de fatigue pour lui ? demande-t-elle en italien.

— Non, non, mais lui pas comprendre…

La soignante monténégrine ne peut terminer sa phrase. On entend derrière nous la porte de l'appartement s'ouvrir, puis des pas et quelqu'un s'affairer à ranger des affaires. Des bribes de phrases en allemand nous parviennent.

— … que tu as oublié les oignons ! dit une voix de femme.

— Je ne les ai pas oubliés, répond une voix d'homme. Tu ne les avais pas inscrits sur le billet.

— Quand je veux préparer du sanglier aux oignons, je ne vais pas justement oublier les oignons.

— Si, manifestement. Tu as certainement pensé que, pour préparer du sanglier, il va de soi d'acheter des oignons.

— Tu aurais tout de même pu y penser tout seul !

La porte d'entrée se referme et la femme entre dans la pièce pendant que l'homme, dans l'entrée, continue à parler :

— Ce n'est pas la fin du monde, non ? Je redescends en vitesse et j'en rapporte, et puis voilà. Mais avant je dois encore rapidement…

— Ça serait gentil de ta part ! s'exclame la femme en se retournant vers nous.

Elle nous regarde, ahurie.

— Mais qui êtes-vous ? Que faites-vous ici ?

— Je me présente : Isa Ritter, dis-je, un peu mal dans ma peau.

— Et que faites-vous ici ? demande la femme qui paraît ne pas avoir encore vu Mitzi.

— J'accompagne mon amie, expliqué-je en montrant de la main le lit du malade. Elle est venue rendre visite à Johann.

La femme nous regarde comme s'il nous manquait une case, comme si elle allait appeler la police sans plus attendre, ou la mafia. Mitzi lui lance un regard suppliant, afin d'éviter qu'elle nous mette à la porte. Je voudrais expliquer la raison de notre présence, mais je ne sais par où commencer. Soudain, les mots m'échappent comme le sable entre les doigts.

— Papa ? crie la femme en direction de l'entrée.

— Qu'y a-t-il encore ? demande l'homme.

— Reste donc un peu ici.

— Tu as trouvé des oignons ?

— Non, ce n'est pas pour ça.

— Pour quoi alors ?

Un homme passe la tête par la porte, un homme d'assez grande taille, des rides, un visage amical, comme entouré de flammes par des cheveux gris ébouriffés.

Mitzi lâche la main du moribond.

— Johann ! s'exclame-t-elle.

L'homme la regarde un instant, médusé. Il a les yeux d'un clair à laisser croire que la mer s'y reflète, les sourcils qui tressaillent.

— Mitzi, dit-il enfin de la voix de celui qui attend depuis toujours.

Il entre dans la chambre, il a assez belle allure avec ses bras nerveux et bronzés sous un polo bleu foncé, mais avec la démarche un peu gauche d'une cigogne.

Mitzi fait aussi un pas vers lui et ils se retrouvent face à face, au milieu de la pièce, une seconde, ou cent, je ne sais pas. Ils se regardent, ces deux êtres élancés, minces, presque filiformes, ils se regardent, n'en croient pas leurs yeux, retrouvent leurs sentiments, comprennent et, soudain, une étincelle brille dans leurs yeux, leurs lèvres tressaillent. Jusqu'au bout, j'ignore s'ils vont se mettre à rire ou à pleurer.

Finalement, ils font les deux, se regardant dans les yeux, riant et pleurant. Des larmes brûlantes coulent aussi sur mes joues. Tout le monde pleure, même Alketa renifle : elle semble avoir la compréhension du cœur, à défaut de la langue. Tout le monde, à l'exception du pauvre bougre dans son lit. Et de la femme qui est certainement Antonia Ventura.

Mais la voilà qui se racle la gorge et qui élève la voix.

— Papa ?

Elle regarde son père d'un air interrogateur. Il lui rend son regard. Ils donnent l'impression de mener une conversation muette.

— C'est elle ? La femme dont tu n'as cessé de me parler ces dernières semaines ? finit-elle par demander.

Il acquiesce, d'un geste à la fois hésitant et vigoureux, comme s'il n'arrivait pas à y croire lui-même.

— C'est Mitzi ?

Elle dévisage la vieille dame et, brièvement, la peur me saisit : je prends conscience que, quand nous avons préparé ce voyage, nous n'avons pas pris en compte que Mitzi serait une concurrente pour Antonia, une autre femme aux côtés de son père. Puis son regard se fait chaleureux et amical.

— Je suis Antonia Ventura, dit-elle enfin, s'adressant à moi car le vieux couple est entouré d'une auréole dont moi-même je n'ose pas m'approcher.

J'essuie mes larmes et, ayant redit mon nom, je m'informe de l'identité de l'homme alité.

— C'est mon beau-père, Paolo. Nous ne l'avons pas laissé dans la clinique, explique-t-elle en s'approchant du lit. Il passera ses derniers instants dans le cercle familial, ajoute-t-elle en se penchant sur le malade. Hello, Paolo, l'interpelle-t-elle avec amour, en italien, comment vas-tu aujourd'hui ?

— Assez bien, répond Paolo d'une voix de fausset suraiguë. Mais vous avez un très joli chapeau, madame. Participez-vous également au séminaire ?

Aurais-je vu un semblant de sourire dans le visage émacié ?

Tout cela ne paraît nullement intéresser le couple d'amoureux au milieu de la pièce.

— Mitzi, mais comment as-tu fait pour arriver ici ? finit par demander Johann d'une voix faible.

— Je…, commence-t-elle, mais elle secoue la tête et sanglote tout bas. Ah, ça n'a pas d'importance. Je suis ici.

Elle ouvre les bras, ce n'est qu'un geste, mais Johann saisit l'occasion : il avance d'un pas ; elle en fait un autre, plus petit, vers lui, et ils se retrouvent, enfin. Ils s'étreignent, d'abord très chastement comme s'ils se méfiaient encore de la situation, comme si l'autre pouvait se révéler n'être qu'un mirage, une simple chimère. Mais, sitôt que leurs corps se sont sentis, ils ne peuvent résister. Ils s'agrippent l'un à l'autre, de plus en plus fermement.

Soixante ans de séparation. Une mer de journées, de semaines et d'années sur laquelle ils ont navigué, sillonnant deux vies au long cours et différentes. Or les voilà arrivés à bon port, ensemble. Ce sera leur dernière escale. C'est sûr et certain.

Comme pour sceller cette évidence, ils s'embrassent maintenant avec ferveur. Je détourne le regard, par discrétion, cherchant celui d'Antonia qui, de son côté en fait autant, me lançant un regard aussi gêné et ému que le mien. Nous nous regardons et nous ne pouvons nous empêcher de sourire, spontanément, car, au même instant, comme un fait exprès, les cloches de Rome se mettent à sonner.

# 36

— Je me demande si le vase ne ferait pas plus joli sur l'appui de la fenêtre, déclare Mitzi en se levant de son siège, dans le cabinet de travail.

Elle passe dans le salon et rectifie l'emplacement du vase étrusque. C'est déjà la quatrième fois.

— Ou bien ici ? crie-t-elle par la porte ouverte, tout en posant le fameux vase sur la table basse à côté du canapé.

— Oui, c'est très bien comme ça, crié-je en retour, dans un mélange d'amusement et d'impatience.

— Non, je crois finalement que c'est mieux sur l'appui, conclut-elle, en rapportant le vase près de la fenêtre.

— Mitzi, viens maintenant ! lui intimé-je d'un ton un peu trop brusque, et je poursuis donc avec plus de douceur : N'avions-nous pas l'intention de nous remettre enfin au travail aujourd'hui ?

— Travailler ? Un jour pareil ? s'étonne-t-elle en revenant dans le cabinet, le visage avenant, la coiffure un peu de guingois.

— Sinon, ton livre n'est pas près d'être terminé, la sermonné-je comme je sermonnerais un enfant qui renâcle devant ses devoirs à la maison.

Mitzi marmonne quelque chose, l'air bougon.

— Que dis-tu ?

— Je dis : si tu savais à quel point je me fiche de ce foutu livre. Pourquoi devrais-je m'esquinter à me souvenir de vieux trucs du passé alors que je n'ai que l'avenir en tête ? s'exclame-t-elle, souriant de bonheur. Toutes ces fariboles du temps jadis… J'ai plutôt envie d'écrire quelque chose qui se déroule ici et maintenant. Parler du présent, de quelque chose qui vit, qui respire !

— Bon, si c'est ce que tu penses…, concédé-je avec prudence.

Son visage est tout près du mien. Elle est délicatement fardée, mais on voit néanmoins que la grande écrivaine est toujours assez fatiguée.

Elle et Johann ont quasiment passé une nuit blanche à Rome. Je n'en connais pas encore tous les détails, mais, peu après leurs retrouvailles Via del Pellegrino, ils sont sortis en ville. Traversant le Campo dei Fiori, ils sont descendus vers le Tibre qu'ils ont ensuite longé en bavardant, toujours plongés dans le ravissement, puis ils ont emprunté le pont Saint-Ange pour piétons, sans cesser une seconde de parler, de parler, jusqu'à en perdre la voix.

Ensuite, le choc émotionnel provoqué par cette première rencontre après soixante ans s'étant un peu estompé, le soir venu, ils ont flâné dans la ville comme un vieux couple. Johann devait veiller à sa tension et, pour Mitzi elle-même qui ne courrait plus de marathon dans cette existence, la fatigue de cette longue promenade commençait à peser. Ils avaient repris pied dans la réalité, si bien qu'ils avaient eu l'intention de s'asseoir pour boire quelque chose, manger un morceau et revenir ensuite en taxi Via del Pellegrino. Mais le charme de cette nuit a finalement été le plus fort. Ils ont inlassablement continué leur promenade.

Le lendemain matin, Mitzi a eu cette description :

— C'était presque comme si quelqu'un nous criait quelque chose.

— Crier quelque chose ?

Mitzi et moi prenions notre petit-déjeuner à l'Hôtel de la Minerve, ayant eu la chance qu'on nous serve encore, alors qu'il était plus de midi.

— Nous étions complètement crevés, surtout moi, car Johann est le plus sportif de nous deux. Au milieu de la Via della Conziliazione, il y a une *trattoria* où je serais volontiers entrée. Mais je me trouvais exactement dans le même état d'esprit que lui, quelque chose m'attirait toujours plus loin. On avait l'impression que nous manquerions quelque chose si nous nous arrêtions.

— Manquer quoi ? ai-je demandé, trouvant Mitzi particulièrement sibylline ce matin-là.

Mais elle a continué à parler comme si de rien n'était.

— Nous avons fini par déboucher sur la place Saint-Pierre qui, à cette heure tardive, était remarquablement vide, à croire que les badauds avaient laissé place nette afin que nous puissions voir à notre aise.

Cette fois, je n'ai pas posé de question, me contentant de siroter mon jus d'orange, tandis qu'elle commandait son troisième capuccino.

— C'est alors que ça s'est passé ! Nous étions arrivés en ce lieu saint, devant la cathédrale Saint-Pierre, avec les colonnades et l'immense obélisque qui évoque l'index qu'un géant dresserait pour attirer l'attention. Nous nous sommes arrêtés et, sans le vouloir, nous nous sommes enlacés, côte à côte, levant les yeux vers la coupole dessinée par Michel-Ange et la deuxième fenêtre de l'aile droite du palais pontifical, la fenêtre de la chambre du pape. Nous étions là, contemplant et nous imprégnant de l'atmosphère du lieu, nous étions… (Elle a soupiré.) … Je ne peux mieux exprimer ce que nous ressentions que par cette image : c'était comme si des flux électriques parcouraient nos corps. Peut-être que la place Saint-Pierre est un lieu géomantique où se recoupent les principales lignes de force de la Terre, je ne sais pas. En tout cas, nous n'arrivions pas à nous soustraire à cette énergie incroyable, à cette… oui, à cette force de la vérité.

— Et la vérité, c'était… ?

— Johann et moi, nous nous étions attendus une éternité. Et, Isa, nous nous sommes retrouvés dans la Ville éternelle. Et nous nous trouvions face à la mer de pierre éternelle de cette place… et tu ne vas pas croire ce qui est alors arrivé, me dit-elle en me regardant, rayonnante. Johann a mis fin à notre étreinte, il a pris ma main droite et, soudain, s'est effondré…

— Hein ?!

Mitzi eut un clin d'œil. Elle n'était pas écrivaine pour rien : elle avait voulu rendre la scène la plus spectaculaire possible.

— C'est du moins ce que j'ai cru en un premier temps. Il est en effet tombé à terre devant moi. J'ai alors vu mon vieil ami s'agenouiller devant moi. J'ai baissé les yeux vers lui, j'ai vu le sérieux de son regard et je l'ai entendu prononcer avec solennité ces mots : « Mitzi, veux-tu devenir ma femme ? »

J'ai dû faire un effort pour ne pas me mettre à crier en plein restaurant.

— Et alors ? Comment as-tu réagi ?

— C'était un tel choc que je n'ai pas pu émettre un son.

— Et lui ?

— C'est drôle, il a dit exactement ce qui m'était passé par la tête à la vue de la place Saint-Pierre. Que la pierre est patiente et le royaume des cieux aussi, mais qu'une vie ensemble, tous les deux, n'attendrait pas éternellement. Nous n'avons que l'ici et le maintenant et, avec un peu de chance, quelques bonnes années encore. Je lui ai répondu que j'y avais moi aussi songé, mais que si je lui disais tout de suite oui, ce ne serait pas à cause du temps qui s'enfuit. Si je te dis tout de suite oui, mon cher Johann, c'est juste parce que je t'aime.

— Tu as dit oui ? (Les larmes me sont montées aux yeux et Mitzi, elle aussi, s'est soudain mise à cligner des yeux à une fréquence suspecte.) Tu vas te marier ?

— Je l'ai aidé à se relever et je l'ai embrassé. Je vais l'épouser. C'est ainsi !

Je suis restée bouche bée.

— Et ça après quelques heures seulement ?

— Quelques heures et soixante années, a rectifié Mitzi.

Elle m'a encore raconté dans quel restaurant elle et son fiancé étaient entrés, ce qu'ils avaient mangé et bu et dans quel bar ils avaient trinqué pour finir la soirée. Il était 2 h 15 quand Johann l'avait ramenée à son hôtel. Je n'ai pas osé lui demander pourquoi ils n'avaient pas passé la nuit ensemble, mais Mitzi m'a donné la réponse d'elle-même : ils étaient l'un et l'autre à bout de forces et n'avaient plus d'autre envie que de tomber chacun dans son lit.

Peu après le petit-déjeuner, nous avons quitté Rome en train et sommes arrivées le soir à la Villa

Azzurra. Mitzi était si épuisée de bonheur qu'elle a aussitôt disparu dans sa chambre.

Ce matin encore, on remarque combien elle a été bouleversée par ce qu'elle vient de vivre. C'est pourquoi je lui ai proposé de reprendre notre travail. Une proposition malvenue, Mitzi vient de me le signifier. Elle ne veut pas regarder en arrière, elle veut faire des projets d'avenir.

Ils ont l'un et l'autre exclu de se marier à Rome : Johann ne se sent pas chez lui dans cette ville, bien qu'il y vive et qu'il s'entende bien avec sa fille et le mari de cette dernière. Ils ont donc décidé de célébrer leurs noces à Capri, avec tout le décorum voulu, principalement une grande fête dans le jardin de la Villa Azzurra. Il y a au moins une personne qui, maintenant, sait comment s'y prendre pour organiser ce genre de fête : moi.

Nous abandonnons donc toute idée de travail. Nous nous asseyons, un verre de *spremuta* à la main à la petite table sous la pergola, ce qui nous permet d'observer la quasi-immobilité du soleil dans le ciel.

— Encore une fête, dis-je en soupirant au bout d'un petit moment.

— Et quelle fête !

Un enthousiasme inhabituel chez une Mitzi d'ordinaire si réservée.

— Qu'as-tu en vue ?

— Tu sais, dit-elle en tournant son visage face au soleil, je n'avais pas de grandes espérances avant ces retrouvailles avec Johann, notre rendez-vous extorqué aurait finalement tout aussi bien pu foirer. Mais à présent ? m'interroge-t-elle en inspirant et en expirant profondément. Maintenant, tout est différent. Je vais me marier. À soixante-quinze ans, je vais une nouvelle fois être une jeune mariée, et, cette fois, le « jusqu'à ce que la mort nous sépare » n'est pas une vaine promesse. J'estime que nous devons fêter une chance pareille, en y consacrant toute la force et la joie dont nous disposons encore.

— Je comprends, dis-je en souriant. Mais il y a bien autre chose à faire que de trimballer le vase étrusque d'un endroit à un autre.

— Ça, tu peux le dire. (Elle se redresse tout à coup et regarde dans une certaine direction.) Dans tout ce bonheur, il n'y a qu'un problème.

Suivant son regard, j'aperçois le vieux jardinier, courbé sur son râteau.

— Massimo ?

— Massimo, répond-elle, soucieuse.

— Est-il déjà au courant ?

Mitzi acquiesce de la tête.

— Et qu'en a-t-il dit ?

— Je l'ignore, répond-elle avec un haussement d'épaules. Il a accueilli la nouvelle en faisant bonne contenance, mais… Toutes ces années, il s'est considéré comme « l'homme de la maison », jamais comme un employé. Je serais très étonnée qu'il s'accommode sans autre forme de procès de voir dès demain un Allemand de haute taille cueillir ses tomates.

— Dès demain ?

— Nous venons de nous téléphoner. Pourquoi attendre plus longtemps ?

— Dès demain, murmuré-je, pensive, car voilà un problème auquel je n'avais moi-même pas songé.

En effet, Massimo n'est pas le seul dont la vie sera affectée par le mariage de Mitzi et le fait que son mari vienne vivre ici. Que vais-je devenir dans cette affaire ?

Déjà, Mitzi n'éprouve plus aucune envie de travailler à son autobiographie : quand son mari sera là, elle aura moins de motifs encore d'explorer son passé. À quoi servirai-je alors ? Je ne suis pas une invitée, mais une employée. L'été se terminera un jour et il me faudra regagner Berlin où Alex et sa belle pousseront le landau de leurs jumeaux dans le quartier. Berlin où l'automne saisit les feuillages d'une main glacée et où une lumière toujours plus blafarde filtre au travers de cimes d'arbres toujours plus dépouillées. Et comment décrire en vérité ma situation personnelle ? J'ai une aventure, voire une relation avec un autochtone, car on ne peut encore parler de liaison officielle. Le policier en question ne m'a pas encore demandée en mariage. Jusqu'à ce jour, je suis allée deux fois dans son appartement et j'ai fait avec lui deux escapades à la campagne, une fois sur un scooter, l'autre dans un cabriolet Alfa Romeo. À la différence de Mitzi et de Johann, nous n'avons pas en commun un passé tumultueux, nous n'éprouvons l'un pour l'autre que des sentiments sans encore beaucoup de consistance. Et je devrai quitter Capri dans cette situation instable, car ma patronne va certainement se consacrer prioritairement à sa lune de miel. Il y a d'abord eu Majorque et maintenant, c'est Capri.

Telle est ma situation et elle ne prête pas particulièrement à l'optimisme. Mais comme, pour l'instant, rien d'autre ne me vient à l'esprit, je choisis la fuite en avant.

— Johann arrive donc dès demain ? répété-je en me levant de ma chaise longue.

— Où vas-tu ? demande Mitzi, enjouée.

— Je vais chercher du papier et un crayon.

— Pour quoi faire ?

— Établir une première liste de ce qui sera nécessaire pour la fête des fêtes.

— Bonne idée ! Tu peux aussi apporter à boire ?

— Naturellement !

Je quitte donc les lieux, le cœur très loin d'être léger, laissant sur la terrasse une Mitzi aux anges, chantonnant à mi-voix.

## 37

— Vous travaillez ? demande Massimo en s'approchant timidement de notre bureau en plein air.

C'est ce qu'est devenue la pergola, ces dernières heures : la table basse est surchargée de bouts de papier et de listes que j'ai bloqués à l'aide de petites pierres et de coquillages empruntés au jardin.

On pourrait penser a priori que célébrer des noces ne devrait pas coûter excessivement cher : deux amoureux, deux anneaux et autant de vin pétillant qu'il est possible de s'en procurer. Mais plus on réfléchit au problème, plus les frais augmentent lorsque la future mariée se propose de casser la baraque encore une fois dans sa vie.

— Travailler ? dis-je en réponse à Massimo tout en m'efforçant de cacher la liste des courses avec mon coude. Nous essayons.

— Sans ordinateur ? insiste-t-il, cachant quelque chose derrière son dos.

— Pas vraiment, suis-je obligée de répondre car Mitzi ne pipe mot, nous… faisons un brainstorming.

Ce n'est pas tout à fait un mensonge, mais, en tout cas, Massimo me regarde comme si je venais de revendiquer mon appartenance à la scientologie.

— Brainstorming, répète-t-il, déconcerté. Vous feriez mieux de remuer la langue ! Regardez, les premières figues !

Il sort ses mains rugueuses de derrière son dos et nous présente quelques fruits qui luisent faiblement.

— Oh, elles sont déjà mûres ? s'exclame Mitzi avec joie.

— *Dolci come lo zucchero*, assure-t-il.

— Assez sucrées pour être mangées avec du jambon ? s'enquiert Mitzi qui repousse vers l'arrière une mèche de cheveux qui lui tombe sur le front.

— *Certo*, répond Massimo avec son bon sourire, un sourire franc. Voulez-vous que j'aille en chercher ?

— Non, laisse donc, répond Mitzi comme en passant. Aie la gentillesse de poser les figues dans la cuisine.

— Mais je peux vous apporter un petit repas !

— Je préférerais garder les figues, dit-elle en levant la tête, l'air de trouver toutes ces questions un peu lassantes.

— Les garder ?

Consterné, Massimo considère les jolis fruits dans ses mains.

— Pour Johann, assène Mitzi, impitoyable.

— Je comprends, lâche le jardinier, le regard toujours fixé sur les figues.

Moi qui me demandais s'il était jaloux, j'ai la réponse à ma question. Il l'est. Un peu, du moins. Il me fait vraiment de la peine. Mais pourquoi Mitzi se montre-t-elle aussi implacable ? Voilà qu'elle traite comme un domestique Massimo, l'homme qui, il y a des dizaines d'années, lui a donné l'idée de s'installer à Capri, l'homme qui, ami fidèle et serviable, a toujours été à ses côtés ! Elle l'expédie à la cuisine avec les figues qu'il a cueillies pour elle avec amour.

— J'aimerais pouvoir les lui offrir à son arrivée demain.

Instinctivement, je porte mon regard sur Massimo. Son visage bronzé s'assombrit encore.

— Demain ? demande-t-il à voix basse. Johann vient demain ?

— C'est ce que nous avons décidé, lui et moi, lui répond Mitzi en le regardant droit dans les yeux.

Subitement, je comprends ce qui se joue ici. Mitzi n'est ni insensible ni inconsciente. Elle sait très bien ce que ses propos déclenchent en Massimo. Elle le soumet, en réalité par affection, à un remède de cheval. S'apercevant qu'il est dans le déni de la réalité et refuse de comprendre que la vie ici, au-dessus de la mer d'azur, ne continuera pas éternellement ainsi, elle le traite délibérément avec un peu de froideur, avec sa causticité berlinoise. Elle lui signifie à mots couverts ce qu'il en est désormais, elle ne le lui dit pas avec des fleurs, mais, disons, avec des figues.

— Je comprends. Alors, je dois aller chercher Johann à sa descente de ferry demain ?

— Ce serait…, commence Mitzi, mais je lui coupe la parole :

— Ce n'est pas nécessaire, j'avais de toute façon l'intention d'aller à Capri.

— Mais ma voiture est au garage, objecte Mitzi.

— Ah, c'est vrai, c'est bête.

Je l'avais oublié : Luca avait l'intention de conduire la Fiat au garage de son frère.

— Eh bien, à ce qu'il semble, je vais donc devoir te le demander, dit Mitzi à Massimo.

— Ce n'est pas nécessaire, j'ai une idée.

Je me lève d'un bond, bien que n'ayant pas la moindre idée de la manière dont je pourrai me rendre à Capri demain et de comment persuader Luca pendant son temps de service d'aller chercher le vieux Johann à sa descente de bateau. Le vieux Johann : il n'a pas eu le temps de poser un pied dans la vie de Mitzi qu'il suscite déjà des problèmes !

— Il faut que j'y aille, *signora*, dit Massimo d'un ton peu amène. Je pose les figues dans la cuisine. S'il vous en faut davantage, vous savez où est l'arbre.

— Hoho, on n'est pas de très bonne humeur, ce soir, constate Mitzi en suivant des yeux le jardinier, mais ayant subitement un peu perdu de sa superbe.

— Ça t'étonne après ce que tu lui as laissé entendre à l'instant ?

— Non, soupire-t-elle. Mais nous resterons malgré tout les meilleurs amis du monde. Sauf, probablement, que je n'aurai plus autant besoin de son aide que pendant tant d'années.

Nous avions entamé les préparatifs de la noce avec ardeur. Elle est un peu refroidie.

Et pourtant, ce n'est pas la dernière fois que Massimo est confronté aujourd'hui au sort qui le menace. Tard dans l'après-midi, le soleil ayant déjà largement décliné, la voiture de la poste s'arrête devant la porte. Je suis en train de préparer le dîner, mais je n'ai pas le temps d'arriver à la porte que Massimo qui s'est précipité revient à la maison avec un paquet.

— Livraison express, annonce-t-il en posant le colis sur la table. Ses dimensions rendent difficile d'imaginer ce qu'il peut bien contenir.

— Qui l'envoie ? demande Mitzi qui vient de se doucher et descend l'escalier, vêtue de son peignoir en piqué gaufré blanc.

Elle a encore les cheveux mouillés.

— *Non lo so*, répond Massimo, mais je vois à sa mine qu'il ne pressent rien de bon.

Je m'approche à mon tour. Mitzi a chaussé ses lunettes de lecture afin de déchiffrer le nom de l'expéditeur.

— Ça alors, dit-elle tout bas.

— C'est Johann ? demandé-je.

— Oui, c'est Johann.

— Ouvre-le, dis-je, histoire de l'encourager.

Il se passe alors l'événement le plus triste de cette journée. Mitzi, les joues rouges de bonheur, se tourne vers Massimo, son ami et confident depuis si longtemps. Elle le regarde avec un sourire, mais un sourire qui n'a rien de très chaleureux, et lui annonce :

— Aurais-tu la gentillesse… ? J'aimerais être seule pour l'ouvrir.

À vrai dire, on ne peut rien lui reprocher. Johann lui a expédié un paquet et il n'y a aucune raison pour que le vieux jardinier assiste à l'ouverture du colis. J'ai néanmoins le cœur brisé au spectacle de Massimo qui sort de la maison en murmurant une formule de politesse en italien. Il donne l'impression d'avoir reçu une gifle.

Mitzi, elle, a déjà saisi une paire de ciseaux. Elle coupe la ficelle et ouvre le cadeau avec d'extrêmes précautions.

— Dois-je moi aussi sortir ? demandé-je.

— Ne dis pas de bêtises !

Elle dégage un simple carton de son enveloppe bouffante de papier de soie lilas. Avant même l'apparition de son contenu, une odeur légère mais significative nous révèle de quoi il retourne.

— Un gâteau ! m'écrié-je.

— Bien mieux que ça, murmure Mitzi, c'est un…

La dernière feuille d'aluminium tombe à son tour. Le gâteau est là, rond, la croûte croustillante.

— Un *streusel* !

— Un *streusel* aux pommes ! confirme Mitzi, émue.

Comme si c'était le Bon Dieu en personne, nous admirons sur son assiette en papier le gâteau doré, si appétissant sous un nuage de sucre en poudre.

— Tu veux le goûter ? demande Mitzi, comme n'osant pas le faire elle-même.

— Non. Ce gâteau est un message. Il est pour toi, exclusivement.

— Tu as raison.

Nous nous regardons, nous sourions. Je suis heureuse pour elle.

— Je te laisse seule, dis-je en m'éloignant en direction de l'escalier.

— Merci.

Pendant que je monte à l'étage, Mitzi sort du tiroir la pelle à tarte.

Je regagne ma chambre et je suis sur le point de mettre mes écouteurs pour écouter de la musique avec mon portable quand j'entends Mitzi appeler.

— Isa – Isa ! crie-t-elle au rez-de-chaussée.

Le gâteau est-il empoisonné ? Mitzi a-t-elle découvert un chemin de fourmis comme il s'en crée hélas parfois dans la cuisine ? Je jette mes écouteurs sur le lit et descends à toutes jambes.

— Que se passe-t-il ?

— Regarde un peu !

Mitzi mâche frénétiquement, la bouche pleine d'un morceau du cadeau de Johann.

— Exactement… comme… autrefois, murmure-t-elle avant d'avaler une grosse bouchée.

En peignoir, elle est là, bouleversée, tenant d'une main la fourchette à gâteau, de l'autre un bout de papier.

— Comme autrefois…, chuchote-t-elle en avalant le reste.

— Il y a… un message ? dis-je en me précipitant. Johann t'a envoyé un message cuit à l'intérieur du gâteau ?

Elle acquiesce, émue et confondue, elle pose la fourchette et déplie le billet. Je me penche moi aussi sur le message. Je lis *F5ko45z P6f7h*. Suivent plusieurs lignes dans ce style.

— C'est votre langue de voleurs ?

— Oui.

— Et ça veut dire ?

— Je vais te le dire tout de suite, répond-elle avec un sourire heureux, avant de sortir du tiroir un crayon et du papier et de s'asseoir à la table. La lumière de la suspension électrique joue dans ses cheveux d'argent quand elle se penche sur le billet et entreprend de déchiffrer la lettre d'amour de son Johann.

## 38

Certains événements se savourent en silence : un compliment, un moment passé avec un animal, la seconde merveilleuse où le soleil perce les nuages. Et il est des événements qu'il faut raconter avant qu'ils n'explosent comme des bulles de savon dans ce monde où se produit sans arrêt quelque chose de nouveau. Le message de Johann à Mitzi est un de ces événements qu'on a envie de partager.

Je prends le bus pour Capri, une aventure on ne peut plus hasardeuse contre laquelle Massimo m'a à juste titre mise en garde. Des hordes de touristes se pressent avec moi dans le minuscule véhicule et, quand j'en descends enfin, je suis baignée de sueur. De la station jusqu'à Luca il n'y a que quelques pas à faire – non, pas jusqu'à son appartement, il faut bien qu'il travaille de temps à autre. J'entre au *commissariao* où il est aujourd'hui de service de bureau.

Peu après, je sais avec certitude une chose : il est difficile de parler avec un agent en service de l'amour et de la vie ainsi que du bonheur qu'éprouve Mitzi à manger un gâteau, quand trois autres policiers sont dans la même pièce. Je m'efforce de lui narrer les nouvelles à voix aussi basse que possible. Luca s'efforce de son côté de m'écouter en prenant la mine austère du policier, en approchant son oreille de ma bouche et en se donnant l'apparence de quelqu'un qui enregistre une déclaration.

Mais naturellement, les policiers de Capri ne sont pas des benêts. Au bout d'un moment, l'un de ses collègues lui lance :

— Tu ne voudrais pas faire la pause de midi avec ta « connaissance » ?

— Pause de midi, mais il n'est que 11 heures.

— Eh bien, un petit-déjeuner tardif alors ? suggère l'homme avec un roulement d'yeux significatif.

— Mais je ne prends jamais de petit-déjeuner..., rétorque Luca, mais je lui coupe la parole pour abonder dans le sens de son collègue :

— Ma foi, je ne dirais pas non à un petit *cornetto*.

Luca ne sourit pas. Je vois à sa mine que ce mélange du service et du privé ne lui plaît guère.

— Laisse tomber, Giannino, répond-il, sur la défensive. Il n'est pas l'heure de manger. Je vais aller boire un café avec la *signorina*, puisque tu y tiens.

— Beaucoup en effet, répond Giannino avec chaleur. Comme ça, vous n'aurez plus à chuchoter ici et à nous distraire de notre travail avec vos secrets.

— Fichez donc le camp, assène depuis le coin opposé un autre agent.

— Amusez-vous bien, conclut de son bureau le troisième larron.

L'air furibond, Luca saute de sa chaise, boucle à sa taille son ceinturon avec le pistolet, met sa casquette d'uniforme et m'invite de la main à sortir.

— *Ciao – Arrivederci – Buona fortuna !* lui crient ses trois collègues en riant de bon cœur.

— Je suis désolée, dis-je à peine sommes-nous arrivés au parking. Je n'aurais pas dû te mettre dans une situation pareille.

— Tu n'y es pour rien, répond-il, mais je vois bien qu'il doit lutter un bon moment avant de retrouver la légèreté de ton qui nous était familière.

Il finit néanmoins par me prendre le bras pour me faire traverser la rue.

— Viens, c'est le café où j'ai mes habitudes.

Nous entrons, il commande deux expressos et nous prenons place au comptoir. Peu après, notre café nous est servi et Luca lève sa tasse. Puis il s'immobilise.

— Qu'est-ce que nous faisons ici, au fait ? Nous ne pouvons tout de même pas trinquer avec du café, non ?

Puis, sans attendre ma réponse, il lance à la femme derrière le bar :

— Maria, deux *spumante*.

— Du vin pétillant pendant le service ? m'étonné-je en riant.

— Ce n'est pas si souvent qu'on apprend des nouvelles pareilles.

Il a perdu la mine un peu revêche qu'il affecte en service et redevient le Capresi heureux de vivre que j'aime.

— Mitzi va se marier, poursuit-il. Je suis heureux quand les contes deviennent réalité, dit-il en riant lorsque la femme nous apporte les deux verres.

— Moi aussi. À l'amour !

— Et au bonheur qui peut arriver à tout âge !

— *Salute !*

Les verres tintent. Nous nous regardons. Luca, en cet instant, pense-t-il la même chose que moi ?

Se demande-t-il lui aussi si notre propre conte aura une issue heureuse, si notre bonheur est plus qu'une idylle estivale ? Une expression de tendresse envahit son visage et je me mets déjà à espérer qu'il va m'embrasser ici, en service et devant tout le monde. Mais il change de sujet.

— J'ai une cousine, elle s'appelle Apollonia, commence-t-il.

— Quel nom merveilleux !

— C'est aussi une femme merveilleuse. Et elle est tombée enceinte à quarante-six ans.

— Ah bon ? Et a-t-elle été contente ?

— Contente ? Tu parles ! Elle était folle de joie, s'exclame-t-il en riant de bon cœur. C'était son premier enfant.

— C'est vraiment…, balbutié-je, saisie d'un mauvais pressentiment, une petite musique naissant en moi, plutôt un mauvais accord, qui ne me plaît pas du tout.

— C'était un vrai miracle ! Un cadeau de Dieu peut-être. Elle et son mari voulaient un enfant depuis des dizaines d'années. Ils sont tous deux originaires de l'île, mais ont longtemps vécu sur le continent, à Milan où il y a une clinique célèbre, spécialisée en la matière. Ils avaient vraiment tout essayé, testé toutes les méthodes existantes. Mais, frustrés, ils ont fini un jour par revenir ici, persuadés que jamais Apollonia n'aurait d'enfant, explique Luca, croisant les jambes sur son tabouret comme s'il racontait une histoire absolument anodine. Apollonia a eu quarante ans, puis quarante-cinq et le couple a estimé devoir désormais tourner la page. C'est alors que, sans crier gare, la chose s'est produite. Ils ont consulté plusieurs médecins et il a fallu que le troisième confirme qu'Apollonia était effectivement enceinte pour qu'ils s'abandonnent à leur bonheur. Le petit Guido, leur fils, a maintenant deux ans.

Luca me regarde avec un sourire innocent comme si, avec l'issue heureuse de son récit, le sujet était clos lui aussi. Je caresse l'idée de reprendre la conversation à propos de Mitzi. Ou de demander à Luca s'il a le temps d'aller chercher Johann au ferry. Je pourrais aussi faire semblant de ne pas me sentir concernée et lui demander pourquoi il me raconte cela.

Mais je connais Luca. Pas encore très bien, mais suffisamment pour savoir qu'il est fine mouche. Il a lu en moi. Il y a quelques jours, il n'a pas été dupe de mon petit cinéma. Il a flairé que je ne pleurais pas de joie et que mes larmes s'expliquaient par de tout autres raisons. Et il n'a eu besoin de personne pour trouver ces raisons. Je suis une espèce d'Apollonia, sauf que pour Alex et moi il n'y a pas eu de petit Guido, mais la séparation.

Je n'ai pas envie de jouer au chat et à la souris avec lui. Il a mérité que je lui réponde franchement.

— Comment se fait-il que tu sois au courant ? lui demandé-je d'un ton penaud.

— Parce que je te connais déjà pas mal, ma *belezza*, répond-il en me prenant délicatement la main. Tu es une fleur du Nord, tu as des épines et, quand un sujet ne te convient pas, tu refermes très rapidement tes pétales. (Il me caresse la main.) Alors, vois-tu, on n'a besoin de personne pour comprendre.

Je déglutis trois, quatre, cinq fois pour réprimer les larmes que je sens monter en moi.

— Cela ne détruit-il pas tout entre nous ? dis-je d'une voix à peine audible.

— Détruit ?

Il secoue chaleureusement la tête et une telle lueur amicale brille dans ses yeux que j'oublie tout durant quelques secondes.

— Que tu es bête, mon petit chardon allemand, que tu es angoissée ! me gronde-t-il tendrement. Quelle idée te fais-tu donc de moi ? Que je ne recherche comme femme que la mère de mes nombreux enfants ? C'est donc l'image que tu te fais de nous, les Italiens ?

— Non… Oui ! (Je ne me contrôle plus et je sèche mes larmes en riant.) Mais la famille est pour vous une chose tellement sacrée, et puis, les enfants…

Je me fais l'effet d'être une parfaite idiote à débiter de pareils stéréotypes. À aucun moment je n'ai pensé que Luca était tout simplement un être humain, un homme habité de ses propres désirs et besoins.

— Premièrement : oui, la famille est sacrée pour nous. Pour moi au moins. Mais, deuxièmement : bien sûr que nous aimons nos *bambini*. Mais l'Italie ne vit pas sur une autre planète. Ici aussi, nous avons entendu parler d'autres projets de vie. Chez nous, le mariage n'est plus obligatoire et les femmes peuvent avoir une carrière professionnelle.

— Tu es un chou, Luca, dis-je.

— Je suis juste sincère, Isa. Il n'est pas si important que ça, pour moi, que nous ayons des enfants.

— Vraiment ?

— Oui. Pour l'instant, je suis heureux quand je suis avec toi. Et je crois qu'il en sera ainsi à l'avenir aussi. Je l'ai senti tout de suite.

— Je… je suis tellement contente que tu dises cela, Luca. Parce que, chez moi, ça ne se passera pas comme chez Apollonia.

— Comment peux-tu en être aussi sûre ?

Pour un peu, je serais contrariée, tant il paraît impossible de faire perdre à cet homme sa bonne humeur et son inébranlable assurance.

— Comment je le sais ?

Je me mets alors à parler, je raconte mon calvaire. Sobrement, mais sans fard, je décris le drame auquel sont exposés les couples qui n'arrivent pas à avoir un enfant. J'évoque les cliniques que nous avons fréquentées, le spray nasal et les piqûres, les gourous de la fécondité et les ostéopathes. Je ne lui fais pas grâce de mes efforts pour améliorer ma fécondité, mon renoncement durant de longs mois au sucre et à la farine blanche, tandis que, parallèlement, je me goinfrais de saumon sauvage, d'ail et de yaourt grec jusqu'à ce que cette saloperie finisse par me sortir par les yeux. Je raconte et, tout en parlant, je reste moi-même incrédule devant l'énumération des tortures que je me suis infligées dans l'unique but d'avoir un enfant.

— Tout ça n'a servi à rien, dis-je pour conclure. J'aurais tout aussi bien pu me mettre debout sur une table et ne pas cesser de sauter en l'air dans l'espoir de m'envoler.

Je regarde Luca en me demandant s'il comprend à présent que je ne suis pas une pessimiste acrimonieuse qui aime se vautrer dans son malheur, mais une réaliste qui porte un jugement objectif sur ses chances de connaître un jour une maternité.

Manifestement non.

— Plutôt que de sautiller sur une table, as-tu déjà expérimenté l'amour ? me répond-il d'un ton si sec que je manque de tomber de mon tabouret. Un amour véritable, sans compromissions ? Est-ce que tu as essayé la foi comme remède ? Je ne parle pas de la foi en Dieu, mais en toi-même et en l'idée que c'est le « tout » qui est bien et juste ? Qu'il n'est pas obligatoire que tout tourne aussi mal qu'on se l'imagine, ou que les médias le suggèrent ?

Je dois rester bouche bée et rouler de grands yeux, car Luca sourit de nouveau.

— Je ne suis qu'un petit policier, Isa, ce n'est pas moi qui détiens la sagesse du monde. Mais il y a une chose que je sais avec certitude, que je sais tout simplement : si tu te laisses contaminer par la stupidité qui fait fureur dans ce monde, ta vie elle aussi deviendra stupide à un moment ou à un autre. Je ne prêche pas l'optimisme aveugle, Isa. Je suis un réaliste. Il se peut que ton infertilité soit affaire de destin – mais c'est le destin d'Alex et de toi, un destin que tu as connu en un autre temps et avec un autre homme. Maintenant, nous sommes assis ici tous les deux, nous buvons du *spumante* et nous sommes heureux pour notre vieille amie parce qu'elle-même est heureuse. Cela n'a rien à voir avec les moments terribles que tu as connus. Absolument rien. C'est pourquoi nous pouvons tranquillement vider nos verres, aller chez moi et nous aimer, avec fougue et tendresse, excitation ou sérénité, et nous pourrions avoir un enfant. Admets-tu que ça au moins est possible ?

Je le regarde. J'ai la tête vide comme si souvent quand quelqu'un s'obstine à me convaincre. Luca a-t-il raison ? Je n'en sais rien. Peut-on modifier la réalité en croyant fermement qu'elle est autre ? Cette idée me paraît si naïve que je suis presque tentée d'y croire. Peut-être que ce n'est pas plus compliqué que ça ? Peut-être la simplicité de cette foi donne-t-elle la force de changer sa vie pour de bon ?

— Mais, Luca…

— Il n'y a pas de mais. Admets que c'est possible.

— Puisque tu le dis, soupiré-je.

— Non, ce n'est pas parce que je le dis, Isa. C'est toi qui dois le penser. C'est toi qui dois le croire !

— Mais…, m'entêté-je, puis j'abandonne. D'accord.

— Bien. Payons.

— Hein ?

C'est fou ! Luca vide son verre, puis le mien. Ensuite, il demande à Maria de mettre les consommations sur son compte et, me tenant par la main, m'entraîne dehors. Je commence par me défendre en mon for intérieur contre son exubérance soudaine, mais, sur le chemin menant à la vieille maison où il a son domicile, je ne peux tout à coup m'empêcher de rire.

— Ah, tu vois ? Ça marche !

Nous nous embrassons déjà dans l'escalier. Nous ne prêtons pas attention à une vieille dame qui, passant le nez par sa porte, crie :

— C'est toi, Luca ?

Il me soulève dans ses bras.

— Mais bien sûr que c'est moi, tante Rosa.

— Mais qu'est-ce que tu montes là-haut, mon garçon ?

Luca monte deux marches d'un coup et crie derrière lui :

— C'est ma chérie que je monte, tante Rosa.

Je parviens à chuchoter :

— Lâche-moi, je suis beaucoup trop lourde.

D'en bas nous parvient la voix de la vieille femme :

— Ton amie n'est-elle pas trop lourde ? demande-t-elle en pouffant de rire. Ah, cette jeunesse. Quand on est jeune, rien n'est trop lourd.

Puis la porte se referme.

Luca ouvre la sienne sans me reposer par terre. Il me dépose sur le lit et se déshabille. Je suis son exemple même si je ne sais toujours pas que penser de ce que nous sommes en train de faire, mais il se penche sur moi et mes réserves faiblissent. À chaque caresse, elles faiblissent un peu plus. Vient le moment où je les oublie. J'oublie tout, d'ailleurs. Tout sauf lui.

Quand, peu après, le souffle vient presque à nous manquer et que Luca s'affaisse sur moi, je l'entends chuchoter quelque chose. Aurais-je mal entendu ?

— Dis, tu ne viens pas de dire Mario ? demandé-je.

— Excuse-moi, c'était stupide de ma part, souffle-t-il.

— Mais non, pas du tout, dis-je en riant.

— C'est un joli nom, n'est-ce pas ? Et si c'est une fille, nous l'appellerons Maria !

Luca me sourit et je ne peux que lui rendre son sourire, tout simplement parce que je suis heureuse de la naïveté à laquelle nous nous abandonnons pour l'heure. Pourtant, au même instant, la situation me rend également triste, parce que je sais, naturellement, qu'il n'y aura pas de Mario.

Un troisième sentiment naît encore en moi : le bien-être. Qu'un enfant vienne ou pas, je ne peux imaginer lieu plus beau que ce lit dans cette mansarde, les bras vigoureux de Luca et son souffle qui me chauffe la nuque. Même si le rire ne peut pas me faire oublier complètement ma stérilité, je parviens toutefois à cesser de m'apitoyer sur moi-même avec autant de complaisance et à m'abandonner à l'amour sans craindre l'avenir.

## 39

JE ME SUIS ENDORMIE ! Mon Dieu, quelle heure est-il ? Je me lève en sursaut.

— Johann ! Le ferry ! crié-je à Luca, mais pas de Luca à l'horizon. Luca ?

— Je suis là.

Celui que j'aime est déjà tiré à quatre épingles : uniforme, ceinturon et pistolet. Rien sur lui n'indique que, quelques heures auparavant, il a été un amant enflammé et échevelé.

— Je nous ai fait du café, dit-il en sortant du coin cuisine avec deux tasses.

— Il faut que j'y aille, lancé-je, affolée, en cherchant à rassembler mes vêtements.

— Moi aussi. Mais on a quand même le temps de boire un expresso.

— Pas cette fois, objecté-je en agrafant mon soutien-gorge.

— Pas de panique. Il y a le feu quelque part ?

— En ce moment même, le ferry de Johann arrive à quai. C'est moi qui dois l'accueillir !

— Pigé ! dit Luca, avalant d'un trait son expresso et regardant sa montre. Hum !

— Que veut dire ton hum ?

— Je ne peux malheureusement pas, même avec la meilleure volonté du monde, vous conduire à la Villa Azzurra.

— Bien sûr que non. Je ne me figurais d'ailleurs pas…

Avant d'avoir fini ma phrase, je dois cueillir au vol un objet qu'il me lance et qui tinte dans ma main.

— Sois prudente avec la marche arrière, dit Luca.

— Mais c'est… tu me prêtes ton Alfa ?

— Oui, pourquoi ?

— Parce que je ne connais aucun homme qui ferait ça avec autant d'insouciance, dis-je, épatée.

— Je commence à me dire que tu ne connais que des machos, se met-il à rire.

— Moi aussi, je commence à le penser.

Je quitte l'appartement sur ses talons, nous dévalons l'escalier. Cette fois, la porte de tante Rosa reste close.

Au moment de m'installer au volant du cabriolet rouge, j'ai l'impression de monter à bord d'une fusée. Tout m'inspire un profond respect. Le bruit du moteur ne m'est pas familier et j'embraye aussi délicatement que possible. Je manœuvre avec d'infinies précautions pour sortir du parking.

— Tu peux tout de même accélérer un peu ! s'écrie Luca.

— D'accord !

L'Alfa vrombit et, sans crier gare, exécute un tel bond que je n'appuie plus qu'avec modération sur le champignon. Je prends la direction du port, en contrebas, et m'amuse des regards admiratifs des hommes qui me suivent des yeux – ou peut-être tout simplement la voiture.

J'arrive au but à l'instant précis où Johann quitte le débarcadère, un léger bagage à la main. Je n'ai aucun mal à le repérer parmi la foule grouillante des arrivants, en raison de sa haute taille et de sa manière d'embrasser du regard le spectacle qui s'offre à sa vue. Alors que chacun court dans tous les sens, recherche quelqu'un des yeux, prend des photos ou manipule ses bagages, il fait songer à une cigogne égarée, un peu apeurée, au milieu de la foule. Il donne une impression de maladresse et peut-être aussi de manque d'assurance, mais ses yeux clairs dans son visage ridé lui donnent un aspect fort sympathique.

— Johann ! Par ici ! crié-je en lui faisant signe de la main.

Il me rejoint et je lui conseille de poser son sac sur la banquette arrière. Il monte mais doit s'y prendre à plusieurs fois pour réussir à loger ses longues jambes sans heurter des genoux la boîte à gants. Il me tend ensuite la main d'un geste un peu cérémonieux.

— Merci d'être venue me chercher.

— Tout le plaisir est pour moi.

— Et en plus avec une voiture de cette classe ! s'exclame-t-il en détaillant l'Alfa Romeo d'un regard impressionné. Ne me dis pas qu'elle appartient à Mitzi !

— Non, non, protesté-je en lui expliquant le prêt généreux du policier local. Mitzi n'a qu'une minuscule Fiat.

Johann a visiblement l'air soulagé de ne pas avoir, à l'avenir, à parcourir l'île au volant d'un véhicule aussi voyant.

— La villa est-elle loin ?

— Non, pas vraiment.

Nous démarrons, bavardons un peu, mais Johann n'arrête pas de glisser d'un côté à l'autre de son siège. Il est visiblement tendu. Mais qu'y a-t-il d'étonnant à cela ? Il se rend dans la maison de sa fiancée, qui sera peut-être bientôt son domicile. Pour le distraire de ses pensées, je lui raconte l'histoire de mon *streusel* aux pommes et lui décris Mitzi grimpant sur le muret avec un morceau de gâteau à la main, mais je n'arrive pas vraiment à retenir son attention.

— La maison est au bord de la mer ? s'enquiert-il avec méfiance.

— Juste au-dessus de la falaise.

— Elle est certainement très grande ? continue-t-il à demander, visiblement un peu inquiet.

— Assez grande, oui, mais elle n'est absolument pas tape-à-l'œil. Elle est confortable et intime avec beaucoup de fantaisie et un peu de folie, avec beaucoup d'amour en tout cas. C'est un bel endroit, Johann, soyez sans souci !

Je le regarde en cachette du coin de l'œil et le vois respirer un bon coup.

— Je suis navré, finit-il par dire. En fait, il m'est absolument égal de savoir dans quelle maison vit Mitzi, dans un palais ou dans une cabane en tôle ondulée. Je suis juste…

Il se tait.

— … inquiet et impatient ? demandé-je.

— Oui, je souhaite si fort que nos manières de vivre s'accordent. Nous… nous avons derrière nous des vies si différentes. Elle a écrit, elle a vu le monde, tandis que je charriais des sacs de farine et que je pétrissais la pâte.

— Mais n'êtes-vous pas, vous aussi, parti pour l'étranger ? Au Canada ? Puis vous avez vécu en Italie !

— Comme boulanger, oui. Mais pas comme une star. Si Mitzi n'avait pas retrouvé ma trace, jamais je n'aurais osé la contacter.

— Mais pourquoi ? demandé-je bien qu'ayant depuis longtemps compris ce qui tracasse Johann.

Mitzi a, durant son existence, publié des livres qu'il n'a peut-être même pas lus. Elle a rencontré des gens célèbres, a voyagé, participé à des lectures publiques et tenu des conférences. Rien donc d'étonnant à ce qu'un homme comme lui ait peur de ne pas être à la hauteur de la grande Mitzi Hauptmann, de la décevoir ? De lui paraître inférieur ? Qui sait comment il s'imagine l'existence d'une grande auteure. Avec des domestiques et des robinets en or ?

— Nous nous sommes connus adolescents, élude-t-il. Je n'envisageais pas que quelqu'un d'aussi célèbre puisse encore s'intéresser à une amourette du temps où elle était à l'école.

— Et pourtant Mitzi n'a cessé de penser à vous tout au long de ces années, Johann, dis-je en engageant la voiture de Luca dans un virage en épingle à cheveux.

Il me regarde, l'air toujours incrédule.

— C'est ce qu'elle m'a dit.

— Et c'est vrai ! certifié-je avec un sourire d'encouragement. Tout ira bien, Johann. Comment dit-on déjà, cette formule si belle ? Il suffit de le vouloir.

— Mais je le veux, bien sûr, dit-il, se forçant à sourire. Il n'y a rien que je veuille autant !

# 40

Dès que Johann a franchi le seuil de la Villa Azzurra, je suis devenue invisible. C'est comme si je n'avais jamais existé. Mitzi, elle non plus, ne s'intéresse plus à moi, trop occupée à montrer à Johann la maison. Ensemble, ils parcourent le jardin où aujourd'hui – qui s'en étonnera ? – Massimo ne se montre pas.

Bon, eh bien qu'ils se débrouillent tous les deux !

Je m'apprête à me retirer discrètement dans ma chambre quand le téléphone sonne dans la cuisine. Je décroche, c'est le garage du frère de Luca. La voiture de Mitzi est prête, si je veux venir la prendre ?

– Je passe la chercher sans attendre, dis-je, presque heureuse de cette occasion de laisser le champ libre aux tourtereaux dans le jardin.

C'est de plus une bonne occasion de ramener son Alfa à Luca.

Sur la route du retour à Capri, beaucoup de choses me traversent l'esprit. Ces dernières semaines, je me suis habituée à jouer un rôle important dans le ménage de Mitzi, mais je sens que le temps m'est désormais compté. Mitzi et Johann vont se marier, cette décision se lisant sur leurs visages enamourés tandis qu'ils se promènent à travers la maison et le jardin. Elle et moi n'avons encore pas abordé le problème de ce que je vais devenir. Je présume qu'elle-même n'y a pas encore réfléchi. Terminera-t-elle son autobiographie ? Pour l'instant, ce n'est pas l'impression qu'elle donne. D'une manière ou d'une autre, il faut bien que je me prépare mentalement à voler de nouveau de mes propres ailes.

Et que va devenir ma relation avec Luca ?

Cette dernière question m'occupe l'esprit pendant le reste du trajet et j'ai le cœur qui s'affole quand je fais le tour des hypothèses. Comment entretenir à distance une liaison avec un Italien ? Comment imaginer une vie où mon cœur serait resté sur une île de la Méditerranée ? Est-ce que cela marcherait ? Et si je demeurais tout simplement ici, qu'est-ce que cela donnerait ? Est-ce réaliste ? Les chances, pour une libraire allemande, de trouver un boulot sur l'île sont quasi nulles, mais il y a peut-être d'autres possibilités ? Un emploi quelconque dans l'un des nombreux hôtels ou restaurants ? Ou bien comme guide pour touristes ? Car il est évident que le salaire d'un policier serait insuffisant pour nous deux. Et même si c'était le cas, mener une vie de ménagère à la maison est la dernière chose que je désire. Je veux voler de mes propres ailes, ainsi que je l'ai toujours fait. Mais je veux aussi vivre avec Luca, avec l'homme aux côtés duquel je me sens aussi légère et aérienne qu'une danseuse. Aurais-je encore ma place dans sa mansarde ? Pourrions-nous continuer à travailler à faire de petits Mario, de petites Maria ?

Je donne un coup de frein brutal avant le virage qui se présente. Mais que m'arrive-t-il ? À quels rêves est-ce que je m'abandonne ? Et comment en suis-je venue à considérer ce qui se passe entre Luca et moi comme une relation durable ? Certes, Luca considère la chose comme allant de soi, il veut que je jette mes vieilles idées par-dessus bord et que je commence avec lui une nouvelle vie. Et, avec l'assurance qui est la sienne, il emporte mon adhésion. Mais n'est-ce pas tout aussi complètement irréaliste ? Ne s'abandonne-t-il pas lui-même à une illusion ? Il ne prend pas le moins du monde ma stérilité au sérieux, il l'a prouvé. Il feint de croire qu'il suffirait d'un peu d'insouciance et de foi pour en venir à bout. D'un côté, je trouve cela merveilleux : cela m'encourage à vivre et à aimer au lieu de me sentir en permanence ratée et imparfaite. Mais qu'adviendra-t-il quand il aura compris que lever ce handicap n'est pas si simple ? Que je ne lui donnerai effectivement jamais d'enfants. Ne se passera-t-il pas exactement la même chose qu'avec Alex ? Lui aussi avait toujours affirmé qu'une seule chose était importante à ses yeux : vivre avec moi. Quelques semaines encore avant notre séparation, il m'assurait que nous serions heureux aussi longtemps que nous nous aimerions. Et qu'est-il advenu de ces promesses ? Un an plus tard, exactement ?

La tête me tourne littéralement quand j'arrive enfin à Capri et que je me gare dans la cour de l'*autofficina* Nino.

Bien que Nino soit une abréviation d'Antonio, le grand frère de Luca a la taille d'un ours, avec des bras aussi épais que des tonneaux et des bacchantes qui inspirent le respect.

— Ah, on vient chercher la Fiat de la *signora*, m'adresse-t-il en guise de bonjour tout en s'essuyant les mains à sa salopette couverte de cambouis. Content d'enfin te connaître.

Je n'ai manifestement pas besoin de me présenter. Nino sait déjà qui est l'Allemande au volant de l'Alfa Romeo.

— Il y a eu pas mal de boulot à faire sur la bagnole, annonce-t-il d'un air soucieux, la tête penchée.

— C'est-à-dire ? demandé-je prudemment.

— Eh bien, ça va coûter bonbon. On aurait plus vite fait si je t'énumérais ce qui n'était pas foutu.

Il disparaît derrière un petit comptoir, farfouille à grand bruit parmi des papiers et en sort finalement un bloc de factures sur lequel il établit la liste de divers postes d'une écriture maladroite. Il me présente ensuite la note qui, effectivement, est assez salée.

— Ouh là là ! m'écrié-je. Tu ne pourrais pas l'envoyer directement à la *signora* Hauptmann ? J'ai bien peur de ne pouvoir avancer une telle somme.

— Pas de problème. C'est en général comme ça qu'on fait. Tiens, voici la clef.

Il me la lance et c'est tout juste si j'arrive à l'attraper. Mais, au lieu d'ouvrir la voiture de Mitzi, je ne bouge pas d'un pouce.

— Je… je dois auparavant ramener sa voiture à Luca, dis-je, un peu hésitante.

J'aurais bien entendu pu le faire d'abord, maintenant que j'y pense : la petite marche de l'appartement de Luca jusqu'au garage m'aurait fait du bien. Et cela aurait été plus simple du point de vue de la logistique. Où ai-je donc la tête ?

— La voiture de Luca ? m'interrompt Nino dans mes pensées. Laisse-la donc ici. Il pourra venir la chercher quand il ne sera plus de service.

Hum, je demeure un tantinet perplexe.

— Oh, je crois que je préfère la lui ramener directement. Après tout, c'est à moi qu'il l'a confiée. Je ne voudrais pas qu'il se dise qu'on ne peut pas se fier à moi, murmuré-je timidement.

Nino secoue négativement la tête.

— Allons donc, dit-il en levant les sourcils. Pour ce genre de choses, tu n'as pas de soucis à te faire pour Luca, question confiance…

— Non ?

— Pour ça, non, insiste-t-il en me regardant.

L'homme veut-il m'informer de quelque chose ?

Je réfléchis quelques secondes, me demandant ce qu'il a bien voulu me dire, puis je le questionne sans autre forme de procès :

— Désolée, mais je ne comprends pas vraiment ce que tu veux dire.

Il fronce alors les sourcils, semblant se demander s'il peut se montrer aussi direct avec la nouvelle amie allemande de son frère. Puis il lâche le morceau :

— Il ne faut pas que tu fasses du mal à mon petit frère, Isa.

J'en reste comme deux ronds de flan, avec, aussitôt, le sentiment de devoir me défendre. Je me mets, sans plus réfléchir, à parler à cœur ouvert.

— Mais je ne veux pas du tout lui faire de mal. Au contraire. Je veux le rendre heureux, l'aimer et…

Puis la voix me manque : d'un seul coup je repense à ce à quoi j'ai pensé durant le trajet jusqu'ici. Je veux rendre Luca heureux, certes. Mais le pourrai-je ?

— Luca a vécu des choses très dures, continue Nino qui, manifestement ne m'a pas écoutée. Il a le cœur plein d'amour, mais il tombe sans arrêt sur le mauvais numéro.

— *Sans arrêt sur le mauvais numéro…* ? répété-je, consternée.

— La dernière fois, il a failli y laisser sa peau, ajoute Nino en s'approchant d'un pas. Il ne faut pas que cela se reproduise.

Je le regarde, j'ai la tête qui bourdonne. D'un seul coup je prends conscience que, ces derniers temps, je n'ai eu que moi-même en tête, mon propre sort, mes angoisses, mes problèmes. À aucun moment, je ne me suis préoccupée de Luca ; je n'ai même pas songé qu'il avait peut-être lui aussi sa croix à porter. Je suis restée focalisée sur moi-même durant tout ce temps. Je ne le voyais même pas !

Alors qu'il aurait pourtant été facile de deviner, non ? Un homme de son âge vivant seul dans une pièce sous les toits ?

— Que s'est-il donc passé ? demandé-je d'une voix éteinte.

— C'est sans importance, dit Nino qui, reniflant, s'accroupit pour examiner la lumière avant d'un utilitaire Piaggio garé dans la cour. Luca n'aime pas parler de ça, alors je ne vais pas le faire à sa place. J'ai simplement voulu – comment dire ? – te mettre en garde. Il faut que je protège Luca. C'est mon devoir de grand frère !

— Mais… tu penses que c'est à moi de l'interroger ? (En plein désarroi, je regarde Nino.) Sur son passé, je veux dire ?

Nino me lance un sourire comme si nous nous connaissions de toute éternité et étions les meilleurs amis du monde. En cet instant, sa ressemblance avec son frère est frappante.

— Il n'est pas nécessaire de toujours parler de tout, Isa, dit-il avec pragmatisme. Il suffit parfois de sentir.

À quoi sert d'aller rechercher des détails qui appartiennent à un passé lointain ? L'amour n'est pas une chose qui se prête à la discussion, à la réflexion ou à la philosophie. C'est quelque chose qu'on fait. Allez, Isa, cesse de toujours te tracasser. Aime, tout simplement !

Comme si tout était ainsi tiré au clair, il prend un tournevis et répare le phare du véhicule.

## 41

Rien n'est plus fort que l'amour.

De quel penseur célèbre est cette phrase, déjà ? De Goethe ? De Shakespeare ? Ou seulement de Rosamunde Pilcher ? Peu importe, en définitive, car elle est vraie. Le véritable amour est immense, il envahit tout l'espace et il est plus fort que tout ce qui, chez l'être humain, est susceptible de lui barrer la route.

Non que ce soit une découverte pour moi, mais, depuis que Johann est ici, on ne peut que constater combien cette phrase est vraie. Car la Villa Azzurra s'est transformée en un nid d'amour et la grande écrivaine âgée en une jeune fille aux joues rouges. Johann, le maître boulanger à la retraite qui, il y a quelques jours encore, menait une existence minuscule dans une chambre minuscule de l'appartement de sa fille, est devenu un homme amoureux, grand, fier, le regard empli de désir, gai et attentionné, aimable et tendre. Certes, je ne le connaissais pas avant que Mitzi entre de nouveau dans son existence, je ne savais ni qui il était exactement, ni comment il se comportait. Néanmoins, je suis presque certaine qu'il n'est plus le même qu'avant : on sent qu'il lui a fallu ces retrouvailles pour s'éveiller à une vie nouvelle. On le sent quand, le matin, ils boivent sur la terrasse leur cappuccino et que, plein d'amour, il la regarde porter sa tasse à ses lèvres. On le sent quand ils organisent leur mariage prévu dans quatre semaines déjà et qu'il se montre prêt à devancer le moindre de ses désirs. On le sent dans chacun de ses regards, dans chacun de ses gestes d'une tendresse maladroite. Et dans chacun des petits billets codés qu'il lui laisse un peu partout, sur la table, dans le frigo, sur le livre qu'elle est en train de lire. Non que j'aie entretemps appris à déchiffrer leur code, mais on n'a pas besoin de déchiffrer l'amour qui s'y niche. Un analphabète chinois l'y décèlerait.

Partout dans cette maison on sent l'amour, le matin, à midi, le soir. On le sent dans les plats délicieux que Johann prépare à la cuisine. L'amour loge-t-il aussi dans l'estomac ? C'est pour l'instant le cas à la Villa Azzurra. Car Johann, en plus d'être un excellent boulanger, est aussi un magnifique cuisinier ! Dès le deuxième jour, il a pris possession de la cuisine et, depuis, il y est à l'œuvre, cuit au four, à la poêle, pétrit et touille, si bien que du matin au soir la maison est envahie de fumets plus appétissants les uns que les autres. À la différence de Mitzi, on ne remarque pas son âge quand il fait la cuisine. Au contraire, dès qu'il manipule les casseroles et les poêles, qu'il lave les légumes et coupe la viande, il paraît presque aussi jeune qu'autrefois, au temps où il a connu Mitzi et où il a succombé à son charme. Son visage affable mais tanné par des années de travail est épanoui, juvénile et alerte. Ses gestes parfois empreints d'une certaine gaucherie acquièrent la souplesse et la sûreté de ceux d'un chimpanzé pelant une banane.

Pour la première fois depuis que je suis ici, nous mangeons donc comme des rois. Nous avons savouré des pâtes préparées par ses soins et aussi une pizza à la *mozzarella di bufala* avec une sauce tomate exquise. Nous avons dégusté des artichauts farcis, du fenouil en gratin et des salades divines. Un paysan qui habite quelques maisons plus loin ayant tué son cochon, Johann lui a acheté un beau morceau de cou et nous a régalés d'un rôti dont l'odeur a éveillé en nous la nostalgie de notre bonne vieille République fédérale dans la Villa Azzurra. Le repas nous est, à vrai dire, quelque peu resté sur l'estomac si bien que Massimo a couru chez lui afin de rapporter la meilleure de la grappa qu'il distille lui-même. Johann et lui n'ont cessé de remplir leurs verres jusqu'au moment où leurs joues se sont mises à luire dans l'obscurité.

Car, oui, Massimo est de retour. On a d'abord eu l'impression qu'il ne sortirait jamais du coin où il boudait, mais, à force de nous entendre sans cesse rire, trinquer et faire la fête à la maison, Mitzi, Johann et moi, il a fini par craquer un beau jour. Soudain, il s'est accidentellement trouvé non loin de nous à l'instant même où Johann ouvrait une bouteille de *Greco di Tufo*. Celui-ci lui a offert un verre et, depuis lors, maussaderies et jalousies ne sont plus que de vieilles lunes.

Une Mitzi heureuse, un Johann suscitant l'envie et un Massimo compréhensif, ainsi s'écoulent nos journées. Décrire le bonheur est chose difficile parce que le bonheur ne fait pas de bruit, n'a rien de dramatique. Mais, si quelqu'un me demandait, un jour, de décrire le bonheur, j'évoquerais ces journées, les journées ayant suivi l'arrivée de Johann Paczek à la Villa Azzurra.

## 42

— Demain, nous serons absents toute la journée, annonce Mitzi. Nous partons aux aurores pour Naples, dans l'espoir de trouver un beau costume pour Johann.

— Juste un costume pour Johann ? m'étonné-je, levant un sourcil.

— Ah, Isa, combien de fois faudra-t-il te répéter qu'une robe de mariage à mon âge aurait vraiment l'air ridicule ? répond Mitzi, de bonne humeur.

— Il n'est pas nécessaire que ce soit une robe de mariée, mais puisque vous allez faire du shopping…

— Mes armoires débordent littéralement. J'y range les vêtements design les plus chers de toute une époque, mais je ne les mets jamais.

— Je peux y jeter un coup d'œil ? lui demandé-je, pleine de curiosité, m'imaginant des modèles de haute couture des années cinquante et soixante. Tu veux qu'on fouille ensemble ?

— Si ça te fait plaisir. Nous trouverons sûrement quelque chose.

— Pas quelque chose. Pour une journée pareille, il faut le plus beau. Mais, au fait, tu as pris un rendez-vous chez le coiffeur ?

— Oui, c'est fait.

— Et pour Johann aussi ?

— Il ne veut pas, répond Mitzi en haussant les épaules.

Je me précipite sur la terrasse où le fiancé mange en toute sérénité un *prosciutto* au melon.

— Johann ! Tu ne veux pas aller chez le coiffeur ?

— Pour quoi faire ? dit-il en piquant de sa fourchette un morceau de melon. Je n'ai déjà pas beaucoup de cheveux.

Compte tenu de l'épaisse crinière grise qu'il arbore, sa réponse est absurde. D'ailleurs, les deux fiancés me font peu à peu perdre la tête. Deux jours seulement nous séparent désormais du mariage et, alors que l'excitation me gagne et progresse, ils sont, eux, de plus en plus détendus. Un comportement insolite, car j'ai déjà assisté au mariage de quelques couples, ceux de mon cousin et de mon ancienne amie d'école Lea, d'Anni et de Peter, de Jo et Evelyn. Plus approchait la date du grand événement et plus la plupart d'entre eux en étaient obsédés, devenaient nerveux, irritables, comme écorchés vifs. Chez l'ancien boulanger, c'est apparemment le contraire qui se produit. Il évoque plutôt pour moi une plante qui s'épanouit lentement. Une plante qui, après avoir timidement sorti la tête du sol, développe prudemment ses feuilles et ses bourgeons. Il est désormais en passe de se déployer et de montrer ce qui était resté si longtemps caché en lui, de montrer quel homme extraordinaire il est.

Chez Mitzi aussi, on peut voir que se renforce la conviction d'être sur la bonne voie. Elle paraît presque avoir grandi depuis que Johann l'a rejointe dans l'île, et, depuis qu'il a décidé d'emménager définitivement chez elle, dans la villa, on a l'impression qu'elle est en totale harmonie avec elle-même. On ne remarque plus, chez elle, l'irritabilité ou le toupet propre aux Berlinois, elle n'est plus qu'ouverture à la vie. À l'amour.

Ils semblent effectivement se donner l'un à l'autre force et énergie, à un point que je n'avais encore jamais connu, pas même chez Anni et Peter. À l'instant encore, alors que Johann, sur la terrasse, cligne des yeux sous l'effet du soleil et que Mitzi est occupée à la cuisine, on sent le magnétisme entre eux.

– Et toi, Isa ? me répond le boulanger. Pourquoi ne vas-tu pas chez le coiffeur ? Tu passes ton temps à trimer pour notre mariage. Prends donc un peu de repos !

Comme si je n'avais rien de plus important à faire ! Pourtant, passant devant un miroir, je constate que le conseil de Johann est opportun. La masse qui s'agite au-dessus de ma tête est l'image même du chaos. Dans la frénésie de ces derniers jours, je n'ai pas eu le temps de voir Luca, si bien que je me moquais de mon apparence. Mais il sera naturellement là après-demain, dans son plus beau costume, rasé de près, avec ses yeux d'ambre, son regard lumineux. Ne voulant pas ressembler à la cousine de King Kong à ses côtés, j'appelle Salvatore qui trouve effectivement un moment pour moi la veille du mariage.

Nous sommes à la mi-août et, depuis quelques jours, la canicule campanienne forme comme une cloche incandescente au-dessus de l'île. La chaleur est telle qu'il est presque impossible de lui échapper : le matin, on se réveille en sueur, on prend une douche froide et à peine s'est-on séché qu'on a déjà envie de se rafraîchir à nouveau. Je ne porte rien d'autre que les légères robes de lin, légères mais beaucoup trop grandes pour moi, que m'a prêtées la belle-fille de Massimo,

Luisa. Si je m'écoutais, je me passerais même volontiers d'elles. Je suis quasiment incapable de mettre des chaussures. Ma peau, attendrie par la chaleur, attrape des ampoules à la seule vue de mes souliers. Les seules choses que je supporte à mes pieds sont les sandales réduites à quelques bandes de cuir que j'ai achetées chez le cordonnier de la Via Giuseppe Orlandi qui, tous les jours que le bon Dieu fait, est assis devant son échoppe, cousant et rivetant.

Et si tout ce qui vit dans la baie de Naples ne bouge plus qu'au ralenti et, tels des lézards, ne sort de l'ombre qu'au coucher du soleil, cela n'est pas mon cas, malheureusement. J'ai pris en charge l'organisation des noces. Mitzi, en effet, continue à me payer l'intégralité de mon salaire et, ses mémoires étant provisoirement le dernier de ses soucis, je souhaite au moins me rendre utile là où elle a besoin de moi.

— Où place-t-on les tables hautes ? crie l'un des livreurs qui, depuis une demi-heure, déchargent la camionnette chargée du mobilier de la soirée, traînant dans la maison et le jardin des bancs, des chaises et un tas de caisses pleines de décorations.

— Le mieux est de les poser là-bas, contre le mur, dis-je en indiquant de la main l'emplacement qui convient.

— Et le pavillon ? demande un autre livreur qui, plusieurs barres métalliques sur le dos, essaye néanmoins de s'essuyer la sueur du front avec l'épaule de son t-shirt. Là-bas aussi ?

— Le pavillon ? Non, il faut le monter directement devant le muret, au bout de la pelouse, afin que les futurs mariés aient la vue sur la mer pendant la cérémonie.

— Ah bon, le mariage a lieu ici ? Pas à l'église ? dit l'homme dont on voit à sa mine que, en parfait Italien, il trouve cela étrange.

— Ce n'est un premier mariage ni pour l'un ni pour l'autre. Qu'un officier de l'état civil enregistre leur consentement mutuel leur suffit, lui expliqué-je.

L'homme porte les barres à l'endroit prévu mais en hochant la tête de manière démonstrative. Je cours à la maison afin de vérifier s'il a été livré assez de coussins pour les chaises, mais, à mi-chemin, je m'immobilise soudainement et je m'appuie contre le vieil olivier. Quelle chaleur ! Je ferme les yeux pour ne pas tomber à la renverse. Durant ces quelques secondes de repos, sur le point de tourner de l'œil, je sens un léger courant d'air venant de la mer me caresser les bras, s'engouffrer sous ma robe et rafraîchir mes omoplates couvertes de sueur. Quel plaisir de ne rien faire un instant !

— La guirlande lumineuse ne marche pas ! crie quelqu'un.

J'ouvre les yeux et j'aperçois Massimo, désespéré, qui s'est emmêlé dans la guirlande, telle la victime d'un poulpe géant dans un mauvais film d'horreur. Il ne cesse d'enfoncer la fiche d'alimentation dans la prise extérieure puis de l'enlever, s'y essaye à maintes reprises, mais sans résultat.

— Court-circuit, constate-t-il laconiquement tout en tentant cette fois de se libérer de l'enchevêtrement de la guirlande.

— Ne bouge pas ! entends-je dire quelqu'un.

C'est Johann qui arrive en courant et, sous les rires et les palabres, aide son ami à se défaire des tentacules de l'horrible pieuvre. Mitzi vient à son tour au secours des deux hommes et, bien que Johann et elle, chacun tenant un bout de la guirlande, s'éloignent en cet instant l'un de l'autre, ils sont indissolublement liés, comme par magie. Même à distance, chacun peut le sentir.

Cent problèmes à régler m'attendent et je reste pourtant appuyée à mon arbre, pensant à Luca. Une telle certitude nous unira-t-elle un jour, lui et moi, comme elle unit ces deux personnes âgées ? Ai-je le droit, d'ailleurs, de m'abandonner à ce genre d'espoir ? J'aime Luca de tout mon cœur, de cela je suis sûre. Il m'a de son côté donné assez de preuves du sérieux avec lequel il s'engageait dans notre liaison. Mais ne la vivons-nous pas dans l'ivresse d'un été entièrement placé sous le signe d'un amour rafraîchissant ? N'est-ce pas qu'un rêve dont nous nous réveillerons un jour ou l'autre ? Ne s'achèvera-t-il pas avec la fin de l'été, quand je m'embarquerai sur le ferry pour Naples, que je m'envolerai pour Berlin, que j'irai de Schönefeld à Schöneberg par le S-Bahn, que je gagnerai le dernier étage de la vieille maison, que j'extirperai mes clés de mon sac et que j'ouvrirai mon cher appartement où les anciennes photos et les anciens meubles de ma grand-mère renoueront les fils avec mon ancienne existence ? La réalité, alors, ne m'apprendra-t-elle pas ce qu'il advient des rêves dans la vie de tous les jours ? Tout ce que je suis en train de vivre ici ne se révélera-t-il pas, avec le recul, qu'un flirt de vacances à la fin duquel on échange des adresses tout en pressentant qu'on ne les utilisera pas ?

Ce séjour se terminera à un moment ou à un autre, il n'y a aucun doute à ce sujet. Je ne suis à Capri qu'une employée, une invitée, pas un membre de la famille. Je suis une étrangère même si j'ai pris quelques personnes en affection. Mitzi, Massimo, Luca, tous resteront ici, je serai la seule à partir. Mitzi continuera à aimer Johann, Massimo à cueillir des citrons et Luca à faire respecter la loi et l'ordre, à rêver d'enfants et de petits-enfants qu'il poserait un jour sur les genoux de sa mère.

Je fonds soudain en larmes. Je pleure l'existence que je ne mènerai pas ici. Toutes les journées que je ne passerai plus ici. Je pleure les citrons que je ne cueillerai pas, ainsi que le petit Mario et la petite Maria qui jamais ne verront le jour. Car il ne suffit pas, pour qu'un enfant naisse, que Luca, dans l'ivresse de l'amour, souffle dans un gémissement le nom d'un enfant. Nous nous aimons, mais Luca se souviendra un jour d'avoir voulu une famille et il devra alors admettre qu'on ne peut changer la réalité en croyant fermement à quelque chose. Je serai alors la femme qui rend son bonheur impossible, la femme qui fait obstacle à la vie à laquelle il aspire. Les gens de l'île verront en moi une autre fille faisant le malheur de Luca alors que ce garçon adorable aurait, à la vérité, mérité un peu de bonheur. Et Luca ? Pourquoi devrait-il rester avec moi, quand le monde, autour de nous, est peuplé de femmes qui ne demandent pas mieux que de satisfaire le rêve le plus cher d'un policier beau garçon ?

Toujours appuyée au vieil olivier, je sens son écorce rêche pénétrer dans ma peau. D'un seul coup, je comprends que cela n'a pas de sens d'approfondir une relation dont je sais déjà comment elle finira. Nous avons fait un rêve, un rêve beau et bref. Mais il est maintenant temps de se réveiller et de regarder les faits en face.

J'aime Luca. Vraiment. De toutes les fibres de mon corps. Il a mérité d'être heureux et de ne pas passer de compromis boiteux qu'il regretterait amèrement un jour ou l'autre. Car cela se produirait tôt ou tard. Si je restais avec lui, j'aurais sans cesse l'impression de lui avoir ôté ce qui lui revenait.

Je viens de le comprendre. Cette certitude est entrée au plus profond de moi tandis que je regarde trois vieilles personnes entreprendre la tentative insensée de se dépêtrer d'une guirlande lumineuse totalement entortillée.

# 43

Mon portable vibre dans ma poche. Je le sors rapidement afin de voir qui appelle : c'est Bettina qui m'annonce que son avion a du retard et qu'elle n'arrivera sans doute qu'à attraper le ferry de 14 heures.

Mon Dieu, dans quel état d'excitation je suis !

Nous ne sommes que quelques heures avant le mariage et je ne parviens pas à me débarrasser de l'idée qu'il reste une quantité incroyable de choses à faire. Ce n'est pas vrai, bien entendu, seul peut expliquer ce sentiment le fait de croire à tort qu'il repose sur mes seules épaules que cette journée soit, pour Johann et Mitzi, la plus belle de leur vie. Alors que ni l'un ni l'autre n'a besoin de tout ce bazar. Ils n'ont pas besoin de lampions, de guirlandes, de décorations florales et de buffet. Dans quelques heures, ils vont simplement entrer sous le baldaquin du pavillon et prononcer un bref « oui ». Même cela n'est qu'une formalité car ce « oui », il y a longtemps qu'ils l'ont dit dans leur cœur.

C'est sans doute aussi pour une autre raison que je suis si nerveuse, que je ne suis pas aussi décontractée que les futurs époux. Mes doutes sont toujours là. Je sens en moi un étrange acharnement, un sentiment que je n'aime pas, mais qui m'habite parfois, malheureusement, la volonté absolue d'avoir la mainmise sur les événements. Je sais qu'il s'agit là d'un réflexe de défense, un réflexe qui date du temps où ma mère voulait en permanence se débarrasser de moi et où je me rendais invisible jusqu'au moment où se présentait à elle l'occasion de m'expédier ailleurs. On appelle cela le principe de l'obéissance par anticipation, une attitude qui s'est profondément ancrée en moi. Je me sens mieux, tout simplement, quand j'ai le volant en main même si ce vers quoi je me dirige est douloureux.

Suis-je d'humeur à participer à un mariage ? Non, évidemment. Mais je n'en laisse rien voir, et personne ne peut deviner que je suis en proie à des idées noires. Je porte une légère robe bleu azur en soie, que j'ai achetée à Capri. J'ai une nouvelle coupe de cheveux, très jolie, même si, par cette chaleur, elle a tendance à ne pas tenir en place. Je procède aux derniers préparatifs, je salue à droite et à gauche, je souhaite la bienvenue aux premiers arrivants et je montre au maire d'Anacapri qui veut célébrer le mariage la pièce dans laquelle il pourra se préparer à la cérémonie. Puis je crie à Mitzi que je fonce encore à Marina Grande pour aller chercher Bettina, la retardataire.

— Prends ton temps, répond-elle de sa chambre. Rien ne presse. Et dis à Bettina que je suis heureuse de faire sa connaissance !

Mitzi est en train de se changer. Bien que curieuse de savoir comment lui va la robe que nous avons déterrée hier de l'armoire, je prends congé et me hâte vers la Fiat. Au début, j'ai trouvé étrange que Mitzi souhaite inviter mon amie berlinoise, mais, par ailleurs, elle a naturellement raison : sans Bettina qui nous a informées de la bonne orthographe du nom Paczek, nous n'aurions vraisemblablement jamais trouvé Johann.

Mitzi a même insisté pour lui offrir non seulement l'hôtel à Anacapri, mais aussi le voyage.

En tout cas, la venue de Bettina me réjouit. Ma crainte que mes soucis berlinois puissent être du voyage en sa compagnie s'est envolée. Je suis heureuse de lui montrer mon paradis provisoire, la Villa Azzurra et son jardin, ma ravissante petite chambre et « ma » vue sur la mer. Et je suis aussi heureuse à l'idée d'enfin pouvoir bavarder avec une véritable amie. Entretemps, nous nous sommes écrit des e-mails à diverses reprises et nous nous sommes même téléphoné avant son départ, mais ce sera formidable d'enfin nous regarder à nouveau dans les yeux.

« Je pars te chercher, j'arrive ! », tel est le texto que je lui expédie, tout en conduisant sur l'étroite route sinueuse.

# 44

Et alors je pleure malgré tout. Je m'étais pourtant promis de ne pas le faire ; au contraire, pendant que Mitzi et Johann écouteraient le discours du maire en hochant sagement la tête, je comptais, un sourire affable aux lèvres, garder l'œil sur la cérémonie, peut-être diriger, à l'arrière, les photographes et, le moment venu, faire signe aux filles et garçons d'honneur afin qu'ils n'attendent pas, pour jeter leurs pétales de roses, que les jeunes mariés soient déjà en train de festoyer au buffet.

Et pourtant, ça me prend aux tripes. Parce que je crois soudain au destin, à quelque chose qui nous dépasse. Et aussi, tout simplement, parce que tout est merveilleusement beau : le pavillon blanc devant la mer d'un bleu d'azur ; la décoration faite de roses, de lys et d'ornithogales disposés par Massimo avec tant de goût que même Bettina ne tarit pas d'éloges ; le buffet couvert des délices livrés par Mare Piccolo ; les coupes de champagne brillant au soleil ; la foule des invités en habits de fête qui, émus, se tiennent par la main, formant de la sorte la plus belle décoration de jardin qui soit (même si je sais que, quelque part dans cette foule, il y a aussi Luca) ; et enfin, à tout seigneur tout honneur, le couple nuptial : Johann dans un costume bleu ciel magnifique, debout devant tout le monde et pourtant si cool et si charmant que même moi je l'épouserais sans hésiter, et Mitzi dans sa robe de soie toute simple datant des années cinquante, avec un boa de plumes lui aussi bleu ciel. Elle a un collier de perles et un merveilleux bouquet de mariée pour toute parure, mais ses yeux sont aussi brillants que deux diamants, que deux soleils, que le pur bonheur. Je parviens encore à retenir mes larmes quand ils disent « oui » tour à tour et également quand ils échangent leurs anneaux. Mais, lorsque Johann se penche sur Mitzi et que ses lèvres frôlent les siennes avec la délicatesse d'un papillon, que quatre ou cinq invités, au moins, éclatent en sanglots au même instant et que Johann écrase une larme qui perle au coin d'un œil, je n'y tiens plus. Je pleure. Sous l'effet de la joie, du bonheur.

Je pleure même de manière si déchirante que Bettina me prend la main et me demande si tout va bien.

Si je vais bien ? Je vais merveilleusement bien, mais je suis en même temps au trente-sixième dessous. J'ai aidé Mitzi à trouver le bonheur, j'ai découvert pour elle l'homme qui donnera une toute nouvelle direction à son existence. Je l'ai aidée à choisir une robe et j'ai chorégraphié l'ensemble de cette cérémonie romantique dans tous ses détails. Et maintenant, tout le monde est heureux autour de moi. Tout le monde, sauf moi. Car je suis sur le point d'être très, très malheureuse.

— Ça va aller, chuchoté-je en lui serrant la main avec reconnaissance.

Du coin de l'œil, je m'aperçois que Massimo lui aussi s'est détourné afin d'essuyer quelques larmes sur ses joues tannées par le soleil : elle est en partance, sa très chère et vieille amie Mitzi, elle convole en justes noces.

— J'ai juste un peu trop pris sur moi ces derniers temps, expliqué-je.

— Si je peux faire quelque chose, dis-le-moi, chuchote mon amie.

— Tu le fais déjà, Bettina. Déjà par ta seule présence !

Elle passe un bras autour de ma taille et, quelques instants, je laisse aller ma tête sur son épaule. C'est vrai, la présence de Bettina est pour moi un réconfort, Bettina avec ses cheveux sans apprêt et ses joyeuses rides, Bettina dans sa robe vert tilleul à la coupe droite et son orchidée piquée à la boutonnière. Bettina qui paraît si inébranlable qu'on est obligé, en sa présence, de reprendre pied sur la terre ferme.

Mais, quelques secondes plus tard, voilà qu'à nouveau le sol se dérobe sous mes pieds. Je me suis tournée un peu vers la gauche, là où se tient le plus bel homme de la fête, pas en uniforme, mais dans un costume bleu marine, avec une cravate gris clair. Il est si élégant que mon estomac se serre, que je me sens mal et que mon cœur s'affole parce que la résolution que j'ai prise va me faire souffrir de manière indicible.

# 45

La mer bruit doucement. Il y a déjà une ou deux heures que le soleil s'y est englouti dans un rougeoiement intense ; le buffet est démonté depuis un bon moment, la plupart des invités sont partis et les quelques infatigables qui ne les ont pas suivis sont affalés dans leurs sièges de terrasse. S'ils ne soulèvent pas leurs dignes postérieurs, c'est sans doute pour l'unique raison qu'ils sont ivres et épuisés. Les lampions sont encore allumés et l'herbe, au-dessous d'eux, brille d'un vert irréel, mais les flambeaux qui plongeaient les extérieurs de la propriété dans une lumière dansante étant eux déjà éteints, on a l'impression que l'obscurité qui règne au dehors grignote l'emplacement de la fête. Le couple des jeunes mariés s'est retiré sous les applaudissements unanimes, et à présent, les lumières chez eux, au premier étage, ont elles aussi disparu. Bettina, qui avait derrière elle une journée interminable, est rentrée à son hôtel. De la part d'une femme qui se lève tous les jours à 4 h 30 du matin, il a été particulièrement courageux de rester aussi longtemps à la fête.

Moi aussi, je suis fatiguée, si fatiguée que j'aurais surtout envie d'aller m'asseoir avec un dernier verre sur le muret au-dessus des falaises et de contempler la lune. C'est d'ailleurs ce que je fais. Mon verre à la main, je me laisse tomber avec un soupir sur les pierres encore chaudes. Au-dessous de moi, la mer, inlassable, bat mollement les rochers.

De toute la journée il ne s'est pas présenté la moindre occasion de m'expliquer avec Luca. Il y avait trop à faire; c'est tout juste si j'ai pu échanger quelques mots avec lui. D'un côté, j'en ai été satisfaite car cela m'a évité de troubler l'atmosphère du mariage et de jeter une ombre sur la fête, mais, d'un autre côté, je connais les dangers qui vous guettent quand vous remettez les choses au lendemain. Demain peut vite devenir après-demain et, un jour ou l'autre, mes hésitations peuvent prendre le dessus sur ma ferme résolution. Légèrement éméchée comme je suis, je commence d'ailleurs à trouver que ma décision a perdu de son urgence et de sa nécessité; elle m'apparaît plutôt comme une réaction de dépit. Incapable de retenir le bonheur, je préfère lui couper la tête avant qu'un autre le fasse. C'est ainsi que je ressens pour l'instant ce qui, naguère, avait été une courageuse résolution. Non, on ne devrait pas prendre de décision aussi importante quand on se trouve en état de légère ébriété !

— Remettons donc ça à demain, bredouillé-je en direction de la lune.

— Avec qui parles-tu ?

Quelqu'un s'est approché de moi, par-derrière, sans que je l'entende. Effrayée, je sursaute.

— Luca !

Je me rends compte qu'il se trouve exactement à l'endroit où je me tenais quand j'essayais de persuader Mitzi de descendre du muret, et que je suis assise à l'endroit où Mitzi, debout, mangeait le *streusel*. Mais, contrairement à moi alors, il ne me demande pas de descendre du mur. À l'inverse, il me rejoint d'un petit bond, s'assied à côté de moi. Nos jambes se balancent au-dessus du vide.

– Ce fut une fête splendide, dit-il en m'entourant les épaules de son bras. Tout a été parfait jusqu'au moindre détail.

Je sens mon corps se raidir à son contact. Pourquoi est-il soudain si tendre, maintenant précisément ? Comment réagir ? Avec tendresse moi aussi ? Ce serait lui donner un mauvais signal. Mais par ailleurs… Déchirée au plus profond de moi-même, je reste assise, sans bouger. Je me tais.

Luca et moi nous sommes bien entendu croisés à quelques reprises dans la journée. Nous avons mangé un morceau et deux ou trois fois bavardé. Je l'ai observé tandis qu'il s'entretenait avec une amie de la fille de Johann. Mon angoisse s'est aussitôt réveillée, car il n'était pas difficile de lire sur les traits de la jolie Romaine combien le séduisant lieutenant l'attirait. Les joues cramoisies, elle était littéralement sous le charme et je l'ai aussitôt soupçonnée d'être à la recherche d'un père pour ses futurs enfants. Je me suis méprisée, bien sûr, de nourrir un tel soupçon. Mais le soupçon était là. Reviendrait-il chaque fois que je verrais Luca avec une femme en âge de procréer ? Parviendrais-je un jour à me débarrasser de l'angoisse que Luca se laisse séduire par une autre, qu'il parte avec une autre pour enfin avoir un petit Mario ? Mais ce qui caractérise les angoisses, n'est-ce pas justement qu'on ne parvient pas à les vaincre à l'aide de la raison ? À tout simplement les chasser ?

Et nous voilà à présent assis sur ce mur. Luca me caresse l'épaule, le cou ; la lune nous inonde de sa lumière douce et quiconque nous observerait jurerait certainement que nous formons un couple heureux. Que, imprégnés de l'atmosphère de cette fête nuptiale, nous rêvons ensemble à l'avenir et nous demandons quand nous échangerons les anneaux de mariage, quand nous en serons là, à notre tour.

— Luca, dis-je, me forçant enfin à lever la voix.

— Hum ?

— J'ai réfléchi.

— Moi aussi, dit-il en me serrant l'épaule avec tendresse.

Je me retourne vers lui.

— À quoi ?

— Non, toi d'abord.

— Pourquoi moi d'abord ?

— Parce que c'est toi qui as parlé la première.

— Est-ce quelque chose de… *sérieux* à quoi tu as réfléchi ?

— Ce n'est pas impossible, répond-il d'un ton que je ne parviens pas à interpréter.

— Alors mieux vaut que ce soit toi qui commences.

— Ce à quoi tu as réfléchi n'est donc pas sérieux ?

— Pas sérieux, peut-être, mais plutôt *éclairant*, éludé-je.

— Même chose pour moi. Plutôt éclairant que sérieux.

Match nul ! Luca a-t-il eu la même idée que moi ? S'est-il dit qu'il ne pouvait se décider à ne pas avoir d'enfants et donc que notre aventure était sans issue ? Mais commencerait-il alors par m'enlacer ?

Je m'éloigne un peu de lui.

— J'aimerais que tu me dises d'abord ce à quoi tu as pensé.

— Comme tu veux, dit-il en dégageant son front d'une mèche de cheveux. Ces derniers temps, je n'arrête pas de penser que tu ne vas probablement pas rester éternellement à Capri. Si j'ai bien compris, la durée de ton séjour ici dépend de Mitzi et du temps qu'il vous faudra pour écrire ses mémoires.

— C'est exact, dis-je et je sens monter une inquiétude en moi.

— Bon, eh bien, j'en suis donc parvenu à la conclusion que, pour nous deux, ce n'était peut-être pas si mal que ça, en définitive.

— En quoi ça ne serait pas si mal que ça ?

— Cela nous obligera à observer une pause dans notre relation.

— Une pause ? dis-je en déglutissant avec peine.

— Tu seras à Berlin, moi à Capri, nous ne nous verrons plus un certain temps, je suppose.

— Et tu trouves que ce ne serait pas si mal que ça ?

— Cela nous permettrait de gagner du temps, à mon avis. Du temps pour savoir ce que nous voulons exactement.

Je ferme les yeux. Je m'efforce de respirer à fond et calmement, mais je n'y parviens pas. Luca a besoin de savoir ce qu'il veut exactement. Cela ne signifie-t-il pas qu'il le sait déjà, en réalité, et qu'il lui faut juste un peu de temps pour me le faire savoir de manière définitive ?

— Tu penses vraiment qu'un peu de distance nous aidera ? dis-je d'un ton plus agressif que je ne le voudrais. Ne penses-tu pas plutôt que tout est déjà très clair entre nous ?

— Clair ? Qu'est-ce que tu entends par là ? demande-t-il, l'air décontenancé.

— Eh bien, dis-je avec un rire de frustration. Tu veux avoir des petits Mario et des petites Maria avec moi. Mais moi je ne peux t'en donner. Mauvaise base de départ pour une relation durable, non ?

— Isa… (Il me regarde d'un air terrifié.) Mais ce n'est pas du tout ce que je pensais avec cette prise de distance. Je ne pense pas une seconde que des enfants suffisent à me rendre heureux. Je voudrais tenter de l'être… avec toi.

— Tu le regretterais, Luca.

— Je ne crois pas, assure-t-il d'un ton ferme.

— Si, tu le regretterais, m'entêté-je. Pas dans l'immédiat, mais un jour ou l'autre, plus tard, forcément. Un jour, tu commenceras à sentir qu'il te manque quelque chose. Tu te demanderas quoi et il te reviendra alors en mémoire à quel rêve tu as dû renoncer pour vivre avec moi.

— Mais alors je me rappellerais tout ce que j'ai obtenu en échange : toi. Et tout serait de nouveau OK.

— C'est ce que tu penses maintenant. Mais que se passera-t-il quand ce sentiment de manque deviendra trop fort ? Que tu te diras avoir à un moment pris le mauvais virage ? Que tu sentiras soudain que quelque chose t'attend encore ailleurs ? Des enfants ? Des petits-enfants ? Une grande et joyeuse famille ?

— Moi…, commence Luca.

Mais je l'interromps.

— Tu auras toujours le sentiment d'avoir passé un compromis.

— Isa, dit-il d'une voix subitement autre. Je vais te dire pourquoi je pense qu'un peu de distance nous sera salutaire.

— Je t'écoute, fais-je d'une voix atone.

— Parce que je suis las. Las de sans cesse te courir après pour dissiper tes doutes, te convaincre qu'il se présente à nous une chance réelle. Je crois que nous devons l'un et l'autre retrouver notre calme, chacun chez soi, afin de voir venir.

Une profonde colère se met à bouillir en moi.

— Qu'est-ce que tu racontes ? répliqué-je, consternée. Mes doutes continuels ? Luca, je suis seulement franche à ton égard ! Tu dois tout de même savoir ce que tu peux attendre de moi, et ce que tu ne peux pas. Aurais-tu préféré que je fasse comme s'il n'y avait pas ce problème ? Pourquoi ne me prends-tu pas une seconde au sérieux ? Tu te comportes comme si j'étais bêtement prisonnière de mes angoisses, comme s'il me suffisait de m'en ficher et de me mettre à croire aux miracles. Mais tu veux que je te dise, Luca ? Les miracles n'existent pas, Luca ! Au moins pas pour moi.

— C'est donc ainsi que tu as compris que je croyais aux miracles ? s'écrie-t-il, visiblement touché. Je… Je t'ai dit « oui » et je voulais juste que tu croies enfin à la vie, au lieu de perpétuellement te torturer à la stupide manière allemande qui est la tienne.

— Ma stupide manière allemande ? dis-je en détournant la tête, vexée.

— Mais quand j'essaie de t'ôter ton angoisse et que je te conseille de simplement t'abandonner à l'amour, tu me fais passer pour un benêt superstitieux, pour un idiot ayant perdu tout sens de la réalité. Est-ce ta manière de voir les choses ?

— Non, Luca.

— C'est pourtant l'impression que ça donne ! s'écrie-t-il, furieux.

Nous nous sommes mis à parler de manière si bruyante que les gens qui cuvent leur vin dans les chaises longues sur la terrasse se tournent dans notre direction.

— Ce que je veux dire…, continué-je en baissant la voix, mais je m'arrête, mes pensées se bousculant et me jetant dans la confusion.

Qu'est-ce que je veux dire, au juste ? Je m'éloigne un peu plus de Luca en glissant le long du muret, mais je perds un instant l'équilibre et sa main me retient.

— Attention !

Je repousse sa main.

— Mais je ne vais pas tomber ! Arrête donc de toujours vouloir me sauver, espèce de minable policier de province.

Non, ce n'est pas moi qui ai dit ça ! Ce doit être l'alcool qui parle en moi. Je suis instantanément désolée. Mais le mal est fait.

— Un minable policier de province ? (Il me regarde, humilié.) C'est donc ce que je suis pour toi ?

— Ce n'est pas ce que j'ai voulu dire.

Je lui prends la main, mais, cette fois, c'est lui qui la repousse.

— Bien sûr que non, dit-il, amer.

Il fixe un moment la mer, au loin, puis il balance les jambes par-dessus le muret, saute dans l'herbe, traverse le jardin, fait le tour de la maison et disparaît dans la nuit.

— Luca ! Luca !

Pour lui barrer la route, je traverse en courant la terrasse où les derniers invités me suivent des yeux, encore hébétés. Je suis encore à l'intérieur de la maison quand j'entends démarrer la Vespa à l'extérieur.

— Luca ! hurlé-je.

Je me fiche de réveiller Mitzi. Ou Johann. J'ouvre à la volée la porte d'entrée de la maison et je n'aperçois plus que le feu rouge du scooter qui sort de la propriété. Je cours de toutes mes forces mais j'ai aux pieds des sandales à courroies et je ne peux aller plus loin qu'au bout de l'allée d'entrée. Je reste plantée là, hors d'haleine, regardant la lueur rouge disparaître derrière le premier virage. Je ne bouge pas, espérant que Luca va se raviser, mais, quelques secondes plus tard, le bruit du moteur se perd dans le silence de la nuit. Je reste là, seule, désespérée, le cœur battant comme jamais encore il n'avait battu.

## 46

Il est presque déjà 4 heures du matin, mais une nuit méditerranéenne à la chaleur oppressante qui s'est accumulée dans tous les coins et les recoins durant la journée règne encore. La chaleur irradie des dalles de la terrasse sous mes pieds, du mur de la maison dans mon dos, de la terre friable des massifs fleuris, des pierres, des arbres et des buissons. Moi pourtant, j'ai l'impression qu'on m'a plongée, la tête la première, dans un bassin rempli d'eau glacée : déconcertée, tourneboulée, terrorisée, mais effroyablement éveillée. Assise, je réfléchis, mais mes pensées ne mènent nulle part, elles se perdent quelque part à l'horizon d'où, bientôt, va monter un voile gris, annonciateur de l'aube.

Je ne peux m'allonger, je ne veux pas m'allonger, au contraire, je veux bouger, courir, sauter, voler, tomber, que sais-je. Je me lève donc, j'ai dans les membres des fourmillements d'impatience et je ne peux faire autrement que remuer les jambes. Je pars, en dépit de l'heure tardive, je remonte l'allée d'entrée, toujours avec mes sandales à lanières aux pieds, puis je prends la route qui mène au village que j'aperçois vaguement, tassé, silencieux, pareil à un animal endormi, au-dessus des falaises.

Je passe devant chez les Valentini. Avais-je eu l'espoir de trouver le scooter de Luca devant la maison de ses parents ? Avais-je eu l'espoir de pouvoir taper d'une main hésitante contre sa fenêtre, de le voir sortir la tête, ébouriffé et ensommeillé ou pleinement éveillé comme moi ? Avais-je eu l'espoir qu'il me prenne dans ses bras, m'embrasse et m'attire dans sa chambre d'enfant ? Que nous nous réconciliions et qu'après une nuit courte et ardente, il me présente à ses parents ? « Maman, papa, je vous présente ma fiancée. Nous ne voulons pas d'un mariage aussi grandiose que celui de la *signora* Mitzi, mais nous aimerions qu'il soit aussi beau ! » Était-ce là la signification profonde de ma promenade nocturne ? Peut-être, mais le devant de la maison est vide. Aussi vide que ma tête. Et que mon cœur dans ma poitrine.

J'accélère le pas et la côte raide qui précède l'entrée au village finit par me faire monter la sueur au front. Sentir mon corps dans l'effort – le battement de mon pouls, la mince couche de sueur sur mon front et dans mon dos, la brûlure de mes mollets et de mes pieds – m'est bénéfique.

J'ai l'impression d'être le seul être humain sur l'île : toutes les fenêtres sont obscures, les portes closes. Il n'y a même pas un chat en chasse pour croiser mon chemin.

Un moment plus tard, je suis au bout de la côte et j'arrive dans le vieux centre d'Anacapri. Les constructions sont moins espacées, je passe le long de hauts murs et de porches étroits, j'emprunte des ruelles de plus en plus étroites elles aussi et tortueuses. Je dois parfois gravir quelques marches ou prendre un tunnel à peine assez large pour mes épaules avant d'atteindre le cœur de la bourgade. C'est presque comme si je me déplaçais dans un labyrinthe secret. Mais plus j'avance et plus le but de ma promenade m'apparaît clairement. Je ne suis pas à la recherche de Luca, pas cette nuit. Mes sandales me conduisent à l'hôtel de Bettina, dans la vieille ville.

Sur la Piazza Diaz, qui sert de parvis à la *chiesa di Santa Sofia*, je me laisse tomber, le souffle court, dans l'une des niches artistiquement carrelées où, le jour, s'assoient à l'ombre des groupes de personnes âgées qui observent la foule des touristes frénétiques ou les enfants donnant à manger aux pigeons. Parfois, ce sont les propriétaires des boutiques proches qui y prennent place pour discuter du temps ou de leur chiffre d'affaires. Maintenant, c'est le silence total et le portail de l'église, si agréable à contempler durant la journée, est à présent aussi sombre et rébarbatif que si l'obscurité provenait directement du chœur.

La sensation d'oppression qui me tourmentait il y a peu me rattrape à nouveau, j'ai l'impression de sortir d'un rêve particulièrement pénible et de m'apercevoir soudain que je n'ai pas du tout rêvé, mais que le sentiment désagréable qui m'accable, c'est ma vie. C'est d'ailleurs peu ou prou la vérité : j'ai essayé de laisser mes problèmes derrière moi, pour quelques mois au moins. Et me voilà assise, en pleine nuit, sur la place du village d'une île méditerranéenne, obligée de constater que mes problèmes n'ont eu aucun mal à me débusquer à nouveau à quelque deux mille kilomètres de chez moi.

Me voilà ici, Isabell Ritter. Et je suis toujours moi-même.

À deux ou trois rues de là, Bettina dort dans son hôtel, sans se douter un instant que je ne suis qu'à quelques pas, espérant recevoir d'elle conseils et réconfort.

La cloche de Santa Sofia sonne trois fois, des coups brefs, le clocher au-dessus de moi, se dresse dans le ciel noir, tel un sage et vieux gardien. Il est 4 h 45, pour moi une heure totalement incongrue depuis la dernière fois où, adolescente, je n'étais pas encore au lit à ce moment de la nuit, à supposer même que ç'ait jamais été le cas. Mais Bettina, elle, est toujours debout à cette heure-là, que ce soit un jour ouvrable ou le week-end, voire durant les vacances. Vais-je oser ?

Je ne suis pas très fière de moi, mais je me dirige pourtant vers l'hôtel qui, effectivement, n'est qu'à deux pas de la Piazza Diaz. C'est une vieille et belle maison donnant sur un magnifique jardin où une armée de citronniers et d'orangers portent des fruits de belle allure. Je parcours des yeux la façade. Hier, j'ai accompagné mon amie jusque dans sa chambre, après son arrivée, pour satisfaire ma curiosité, et vérifier que tout était en ordre. Cette fenêtre, là, en haut, à droite, ce devrait être celle de sa chambre, si je ne m'abuse.

Je cherche mon portable, mais, comme si souvent, il est resté dans la villa, sur ma table de nuit.

Un bref instant, je suis tentée de la héler, sans autre forme de procès, mais je m'en abstiens finalement : et si, exceptionnellement, elle dormait encore ? Vais-je réveiller la moitié de la maison ?

Ma foi, qu'il en soit donc ainsi, pensé-je. Durant cette nuit, je le sens, je n'ai plus rien à perdre.

— Bettina ! crié-je d'une voix néanmoins un peu étouffée, mais rien ne se passe.

— Bettina ! crié-je un peu plus fort et j'entends, quelque part dans la rue, une fenêtre s'ouvrir violemment.

— Bettina ! crié-je plus fort encore. Bettina !

Peut-on, a-t-on le droit de crier dans la rue au petit matin ? Cette nuit, je me donne tous les droits.

— Bettina ! Bettina !

Soudain, une lumière brille derrière la fenêtre et une silhouette apparaît – sa silhouette. Sa drôle de coiffure, son visage ahuri d'étonnement. La fenêtre s'ouvre.

— Isa ?

Elle a la voix cassée, en rien celle d'une personne éveillée. Est-il possible que Bettina, pour la première fois depuis si longtemps, ait eu envie de faire la grasse matinée ?

Je lui fais signe.

— Hello, excuse-moi !

— Il s'est passé quelque chose ? demande-t-elle, effrayée.

— Non, mais je n'arrive pas à dormir.

C'est la vérité, mais, en même temps, juste un bout insignifiant de la vérité.

Bettina semble comprendre.

— Je descends, dit-elle en me contemplant un instant, du haut de sa fenêtre, avec perplexité malgré tout.

Elle finit par rire, referme sa fenêtre et disparaît pour, quelques secondes plus tard, se retrouver devant moi, en jean et en sweat-shirt.

# 47

— Alors, tu me trouves idiote ?

Un café serait le bienvenu, mais, à Anacapri, à 5 heures du matin, on ne sert pas de café. Comme nous n'avions pas envie de rester dans la rue, nous avons escaladé la barrière d'une aire de jeux et, assises sur une balançoire, nous nous sommes lentement balancées côte à côte.

— Idiote n'est pas le mot qui convient tout à fait, répond sèchement Bettina. Mais pas mal à côté de la plaque.

Je donne une poussée des pieds et nous montons plus haut.

— Mon Dieu, dire que je suis venue en Italie pour enfin ne plus être à côté de la plaque !

— Pour ce qui est de ton problème, dit Bettina en riant, pour ne rien te cacher, je m'étais déjà fait ma petite idée, hier.

— C'est vrai ? Comment ça ?

Elle me regarde avec son air signifiant « On ne me la fait pas, à moi ».

— J'ai les yeux en face des trous, figure-toi. C'est ce type en costume bleu foncé ? Tu n'as pas arrêté de regarder dans sa direction.

— Ça se voyait tant que ça ?

Elle sourit.

— Tu sais ce qui se voit plus encore que deux personnes n'arrêtant pas de se regarder ?

— Non.

— Quand ils essaient désespérément de ne pas le faire. Vous vous lanciez des regards aussi voyants que des éclats de phare.

— Bonté divine ! dis-je en hochant la tête.

— Dans tes courriels, tu avais fait allusion à quelque chose comme ça, alors j'étais prévenue d'une certaine manière. Mais à vrai dire, tu étais restée très sibylline. Pourquoi, au fait ?

— Pourquoi, soupiré-je. Pour me protéger, probablement.

Bettina me regarde, l'air sévère.

— Dis donc, Isa. Tu m'as sortie du lit à 5 heures du matin, alors qu'aujourd'hui je n'avais pas à me rendre au marché en gros. Et cela fait près d'une demi-heure que nous nous balançons. Je voudrais enfin connaître l'histoire dans son intégralité. Allez, crache le morceau !

Bettina a raison. Je ne lui ai jusqu'ici raconté que la scène sur le muret, après la fête, expliquant que Luca et moi nous étions engueulés, échangeant des reproches stupides. Maintenant, c'est plus fort que moi, je lâche tout : ce que je viens de lui dire n'était que la partie visible de l'iceberg, j'évoque mon désir irréalisable d'avoir un enfant et la véritable raison de notre séparation, Alex et moi. Et je lui dis mon angoisse de voir un jour Luca m'abandonner pour une autre, une jolie femme non stérile qui lui donnera un Mario ou une Maria, si ce n'est l'un et l'autre.

— Ma pauvre cocotte, dit Bettina en hochant la tête avec quelque chose comme de la considération.

Dis donc, tu en avais sacrément lourd sur le dos. Tu as bien fait de me réveiller.

— Malheureusement, j'en ai toujours autant sur le dos et, malheureusement encore, je n'ai pas trouvé de solution. Même si Luca ne m'abandonnait pas, j'aurais néanmoins toujours l'impression, je crois, de lui avoir caché quelque chose, d'être un obstacle à son bonheur, finis-je par dire.

Bettina me considère en silence. Je me tais moi aussi. Ensuite, un petit moment plus tard, elle penche la tête et me demande :

— Crois-tu que c'est là ton véritable problème ?

— Qu'est-ce que tu veux dire ?

— Que ton problème, ce sont en réalité tes angoisses et pas de savoir si vous aurez ou non un enfant.

Je me sens rougir et je regarde Bettina dans les yeux, perplexe.

— Nous nous connaissons maintenant depuis un sacré bout de temps, Isa. Ne crois-tu pas que le problème puisse être que toi, tu aies en permanence le sentiment que tu n'as pas le droit à une place dans la vie des autres ? Que tu es un obstacle pour eux ? Pour ta mère ? Pour ton ex ? Même pour moi quand tu me donnes un coup de main au magasin ?

Je penche la tête à mon tour, touchée au point sensible. J'aimerais pouvoir répondre quelque chose, mais je ne vois absolument pas quoi. Elle a raison : l'idée de n'être pour les autres qu'un obstacle dans leur existence me poursuit… depuis toujours. C'est ma mère qui a implanté en moi cette idée, le sentiment de n'être qu'un fardeau pour l'autre, de ne pas avoir droit à son affection. Un sentiment qui s'est enraciné et est devenu partie intégrante de ma personnalité. Je suis devenue un animal farouche flairant à tout instant un danger et prenant la fuite dès qu'il craint d'être attaqué ou bien, simplement, de n'être pas le bienvenu.

— Pourquoi penses-tu que Luca ne pourrait s'accommoder de ne pas avoir d'enfant avec toi ?

— Parce que je ne crois pas qu'il soit possible de mettre de côté, comme ça, son désir d'avoir un enfant comme on parvient à se débarrasser d'une envie de pizza. Le monde est rempli de femmes qui rêvent d'avoir un enfant avec un policier séduisant.

— Pourtant, à ce qu'il semble, ce policier veut être avec toi et non avec elles.

— C'est possible, éludé-je.

— Tu aimes Luca ? demande Bettina du ton froid d'un médecin s'enquérant de ce que la toux d'un patient est sèche ou non.

J'acquiesce de la tête.

— Et lui, il t'aime ?

— Je crois.

— Eh bien alors ? Il t'aime et tu l'aimes. Les assurances contre les ruptures, ça n'a jamais existé, mais un amour réciproque, c'est en soi déjà beaucoup plus que ce dont rêvent la plupart des gens. Et il se peut que ton Luca soit impulsif, mais il ne m'a pas donné l'impression d'être un chien fou. Au contraire, il semble assez réfléchi, pas l'homme à promettre n'importe quoi.

Je regarde Bettina et m'étonne une fois de plus de sa connaissance de la nature humaine. Elle a l'air si inoffensive et insignifiante avec ses gentilles rides qu'il m'arrive d'oublier combien elle est intelligente.

— Mais nous nous sommes disputés. Luca trouve que nous avons besoin de prendre un peu de distance et qu'il n'est pas mauvais que je retourne d'abord à Berlin. Comment m'y prendre maintenant avec lui ?

Elle me lance un regard amusé.

— Ma foi, fais comme on a l'habitude de faire après une dispute. Va le voir et montre-lui que tu ne le considères pas du tout comme un péquenot benêt et superstitieux. Va le voir et réconciliez-vous !

## 48

Mon pouls s'accélère quand, au petit matin, je me mets en route pour Capri, le cœur vivant de l'île. Il devient frénétique lorsque j'arrive enfin devant sa porte, que j'appuie sur la sonnette, que l'interphone crachote et que j'entends la voix ensommeillée de Luca.

— C'est moi, Isa.

— Qu'est-ce que tu veux ? répond l'interphone, revêche.

— Te parler, réponds-je en essayant de mettre dans ma voix à la fois de l'insistance et de la douceur.

— Tu ne penses pas qu'on a déjà assez parlé comme ça ?

— À vrai dire, si. Mais il y a quelque chose que j'ai oublié. Quelque chose de vraiment important.

Il soupire, le déclencheur de la porte vibre. Passant par le couloir d'entrée de la maison, je suis heureuse de ne pas apercevoir tante Rosa dans la cage d'escalier menant à l'appartement de Luca.

Il est debout, appuyé dans l'encadrement de la porte, n'ayant pour tout vêtement qu'un boxer blanc et un t-shirt. Il vient apparemment de se lever. Il a pourtant quitté la fête aux environs de 1 h 30, tandis que je ne me suis couchée qu'aux aurores. À mon approche, il se contente de lever un sourcil pour me signifier qu'il est prêt à m'écouter. Il envisage manifestement que notre entretien ne durera guère, car il ne m'invite pas à entrer. Le lieu, entre deux portes, n'est pas le meilleur endroit pour lui dire ce que j'ai à lui dire.

— Puis-je entrer ? demandé-je.

— Bien sûr.

Il recule d'un pas.

Nous prenons place à la petite table de la cuisine où je me suis déjà assise une première fois, attendant mon assiette de *spaghetti sciuè sciuè*, quelques semaines plus tôt, quand, moment trop bref, tout roulait entre nous. Il me propose un café, mais je refuse poliment. Ce que j'ai à dire est trop important pour que je réussisse à l'exprimer en remuant une petite cuillère.

— Luca, je n'ai quasiment pas dormi de la nuit. En revanche, j'ai beaucoup réfléchi.

— Et à quelle conclusion es-tu parvenue ?

— Que je suis une idiote.

— Oh, s'exclame-t-il, surpris. Et pourquoi ça, si soudainement ?

— Parce que…, commencé-je, mais j'interromps là l'explication. Pour des tas de raisons. Mais surtout parce que c'est moi, hier, qui ai fait en sorte que nous nous empêtrions dans cette querelle lamentable. Alors que ce que je désire ne fait pas l'ombre d'un doute.

— Et que désires-tu donc ?

— Toi, dis-je avec, dans la voix, un désespoir sincère.

Luca me regarde en hochant la tête, pas dans un geste de refus, du moins je l'espère, mais plutôt d'un air perplexe, étonné.

— Même si tu me plonges dans le malheur ?

— Même si je te plonge dans le malheur.

Je le regarde droit dans les yeux, mais son propre regard me dit que mon explication ne suffit pas à le convaincre.

— Je… je ne sais pas pourquoi je crois toujours ne représenter qu'un obstacle pour les autres, ni pourquoi je joue la fille de l'air dès que surviennent des problèmes. Bon, en réalité, je le sais bien sûr : c'est la faute de ma mère. Elle a implanté en moi la conviction que j'étais, dans sa quête du bonheur, un petit trouble-fête beaucoup trop exigeant, que je n'avais pas droit à l'amour et à l'affection et…

— Isa ? m'interrompt Luca. Je ne suis pas ta mère.

— Je sais, mais, vois-tu, j'ai aussi rendu Alex malheureux et…

— Je ne suis pas non plus Alex. Aujourd'hui, ce dont il est question, ce n'est pas ce qu'il t'est arrivé jadis, il est question de toi. Et de moi.

Je reste interloquée, effrayée. J'ai l'impression qu'il vient de m'arracher quelque chose des mains, les explications que je me donne, le mode d'emploi de mes sentiments. J'ai soudain les mains vides, je suis nue, démunie et même presque gênée.

— Tu n'as pas à t'accrocher à ce qui s'est produit un jour, poursuit-il. Ce qui est passé, est passé. Fini, tu comprends ?

— Mais… mais le temps m'a marquée de manière épouvantable, dis-je, tentant de m'expliquer. C'est lui qui a fait de moi ce que je suis.

— Oui, bien sûr, acquiesce-t-il. Tu es ce que tu es, pas de problème. Mais ça ne t'empêche pas de toujours avoir le choix : te libérer de ce qui t'attache et avancer ou bien rester éternellement ce que tu es.

— Mais…

Je ne peux continuer. Je sens qu'il a raison. Néanmoins, il y a en moi quelque chose qui regimbe. J'ai l'impression d'avoir circulé toute ma vie sur un globe et de m'entendre soudain dire par quelqu'un que la Terre est plate.

— Tu penses que c'est possible ? demandé-je.

— Quoi ?

— De se laisser en chemin, derrière soi, comme ça ?

— On peut au moins essayer, me répond-il en me regardant, l'air grave.

— C'est vrai, avoué-je, honteuse.

— Viens.

Luca se lève et se dirige vers moi. Il me prend dans ses bras, si fort que c'en est presque douloureux. Douloureux et bienfaisant, parce que je me retrouve moi-même dans cette étreinte.

Et parce que je sens que tout est bien : ici, maintenant, Luca, moi.

## 49

Étrange, non ? À l'origine, je suis venue à Capri afin de fuir mon ancienne existence, d'échapper à moi-même. Et voilà que, comme sans doute jamais encore de toute ma vie, je me suis approchée de moi-même. Quelque chose, en moi, s'est effondré, ou peut-être pas en moi, mais autour de moi : un mur, une façade, un masque. D'ailleurs, cela tient peut-être aussi au fait que j'ai si peu dormi cette nuit. Toujours est-il que, en quelque sorte débarrassée de cette peau extérieure, je me sens certes plus vulnérable, et plus nue, mais beaucoup plus sensible aux contacts et aux regards, aux gestes et aux sentiments, au ciel, à la mer, à la lumière.

Nous avons, Luca et moi, passé ensemble une journée merveilleuse. Une journée paisible, du reste : nous avons usé de nos paroles comme si chacune d'elles était précieuse, les échangeant comme autant de fleurs rares et non comme de matières disponibles à profusion. Pourtant, nous avons communiqué avec d'autant plus d'intensité que nous parlions peu, échangeant des baisers, des contacts, des regards. Et nous nous sommes compris sans mot dire. Je l'ai senti caresser mes plaies intérieures, embrasser et consoler l'enfant qui loge encore en moi et je me suis appliquée à me comporter avec lui d'une manière mêlant gratitude et confiance en l'avenir. Nous avons aussi fait l'amour, avec l'impression que c'était la première fois, un acte sans précédent, car, effectivement, il y avait des années que je ne m'y étais pas abandonnée sans être torturée par le problème obsédant de l'enfant. Nous avons fait l'amour, puis nous nous sommes endormis, car nous étions épuisés. Notre sommeil a été paisible et profond, exactement le sommeil qui convenait.

Nous sommes maintenant pleinement éveillés. Je me blottis contre le corps de Luca, sentant sa peau douce, ses muscles, ses os, sa chair. Encore tant à découvrir ! Il m'embrasse et je sens sur mes lèvres le sommeil qui nous unit, l'intimité du réveil après une nuit ensemble.

— Il faut que j'y aille, dit Luca entre deux baisers et c'est alors que je m'avise que le temps ne s'est pas arrêté ces dernières heures.

Nous devons être lundi matin, à moins que je n'ai perdu tout sens du temps en ce week-end chaotique.

— Moi aussi.

Je mens. Mitzi et moi n'avons pas décidé de rendez-vous aujourd'hui. J'ignore totalement si, à présent que la fête est terminée, elle a l'intention de passer une espèce de lune de miel avec Johann dans la villa (tous deux ont très vite abandonné l'idée de partir en voyage de noces : « Nous voulons cheminer l'un vers l'autre, pas partir pour nous ne savons où », avaient-ils dit), ou bien si elle envisage de reprendre son autobiographie, voire de repousser le livre à une date indéterminée. Il se peut même qu'elle renonce définitivement à ce travail maintenant que la fin de ses mémoires risque d'être tout autre que prévu. Tout à coup, dans le lit de Luca, cette dernière perspective déclenche à nouveau une légère panique en moi: je n'aurais alors plus aucune raison de séjourner dans l'île. Notre relation est-elle assez forte pour que je cherche à rester ici? Ce qui se passe entre nous est-il assez important pour repousser tout le reste à l'arrière-plan ? Notre complicité actuelle suffit-elle pour une vie entière ?

— Je reviens ici ce soir, dit Luca quand nous sortons de la maison, lui partant en direction du commissariat, moi me dirigeant vers la voiture de Mitzi.

— Moi aussi, dis-je tout bas, m'empressant d'ajouter : Si tu n'as rien contre, bien sûr.

Il s'immobilise et me fait face. Puis il hoche la tête et me caresse les lèvres de son pouce. Je rougis un peu car je comprends aussitôt ce que signifie son geste : je ne dois pas hésiter ainsi à exiger une place dans sa vie.

— Je te donnerai une clef, dit-il en posant sur mes lèvres un léger baiser. Comme ça, à l'avenir, tu pourras aller et venir à ton gré.

# 50

Ces derniers jours se sont écoulés dans un calme singulier, caractérisé par le sérieux et la modération qui s'installent quand, après une période de chaos et d'excitation, la normalité reprend le dessus.

La Villa Azzurra ne donne plus l'impression d'être le théâtre d'une grande histoire d'amour, elle est redevenue la Villa Azzurra, les repas ne sont plus des festins, ce sont des repas, bons mais simples. Le quotidien est de retour et le quotidien, c'est le travail. Maintenant que s'est apaisé le tumulte de leurs retrouvailles, Mitzi et Johann se demandent à nouveau le matin : que vais-je faire de la journée qui commence ?

Cela ne semble pas perturber Johann, qui se satisfait de ce que les heures lui apportent. Il se tient en retrait, s'occupe à la cuisine et a entrepris de prêter main-forte à Massimo dans le jardin. Hier, les deux hommes ont commencé à planter de nouveaux citronniers afin que la *spremuta* ne vienne jamais à manquer dans la maison.

Mitzi est venue à bout de ses lourdes tâches. L'énigme de son amour perdu a été résolue, elle a retrouvé l'homme de ses rêves et celui-ci s'est révélé ne pas être un vieux gâteux. On est allé le chercher pour le conduire au château de sa reine et il a été couronné roi.

Il reste le livre, ses mémoires. Ces derniers jours, nous nous y sommes à nouveau attelées à plusieurs reprises, dans l'espoir de nous replonger dans le travail. Mais cela n'a pas marché. Nous sommes passées d'un sujet à l'autre sans avancer et sans parvenir à l'impression que nous pourrions redonner une direction au livre. Nous restons assises de longs moments et, quelles que soient les questions que je pose, quels que soient les fils narratifs que nous tirons, tout semble conduire dans le vide. In petto, je pense depuis plusieurs jours qu'elle est en train de me payer mon dernier salaire et qu'elle me renverra ensuite chez moi.

Pourtant, elle paraît avoir envisagé autre chose.

— Je vais jeter tout ça à la poubelle, dit-elle soudain d'un ton sans réplique.

— Pardon ? Tu… tu veux jeter… Mais pour quelle raison ? demandé-je, interloquée.

C'est encore le petit matin, le jeune couple a pris l'habitude de se lever tôt. Ils trouvent que l'aube à Capri est le meilleur moment de la journée. Je m'installe donc dans le cabinet de travail dès potron-minet, après m'être douchée. On entend au loin Johann manipuler les casseroles et les poêles. Dehors, la faune et la flore de l'île s'éveillent à la vie.

— Mémoires, quel mot prétentieux ! Quel idiot n'a pas écrit ses mémoires ? explique Mitzi.

— Mais il existe de merveilleuses autobiographies ! protesté-je, inquiète que mon licenciement me soit signifié dès aujourd'hui.

— Mais aucune n'est signée d'un très grand auteur. Ceux-ci s'abstiennent de coucher sur le papier chacun des petits pets qu'ils ont pu lâcher dans leur vie. C'est leur œuvre qui parle pour eux et pour leur existence.

Par exemple, Hermann Hesse et Thomas Mann n'ont pas laissé d'autobiographie, pas plus que Patricia Highsmith ou Else Lasker-Schüler.

Elle lève la main pour prévenir toute objection de ma part.

— Je ne me compare pas à ces grands écrivains. J'ai inventé mes propres histoires et bien des gens ont eu du plaisir à les lire. C'est le plus grand compliment que puisse recevoir une auteure et la seule reconnaissance qui compte. Voilà pourquoi, aujourd'hui, après tout ce qui s'est passé ces dernières semaines, je me demande ce que je veux faire de ces… de ces fragments de vie ?

— Des fragments de vie ?

— Ce que nous avons écrit jusqu'ici n'est pas beaucoup plus que ça ! Un petit bout d'enfance, un peu de niaiserie amoureuse dans l'internat du couvent, un peu de Liz Taylor et de soirées festives. Et je voudrais en faire un livre ? Ça deviendra un best-seller ? Je terminerais ainsi mon existence d'écrivain ?

Elle secoue la tête avec véhémence.

— Non, Isa, non, vraiment ! dit-elle en tapant sur la table.

— Mais alors, ça signifie quoi ? m'exclamé-je, m'apprêtant à fermer le traitement de texte et à éteindre l'ordinateur. Tu abandonnes ton travail ?

— Abandonner ? Qui parle d'abandonner ? répond-elle, stupéfaite, comme si j'avais posé une question totalement débile. Est-ce là l'idée que tu te fais d'un travail créateur : tout envoyer promener ?

— Mais tu as toi-même dit que, tout ce fatras, tu allais le…

Elle ne me laisse pas terminer.

— Mais oui, c'est exactement ça, un fatras incohérent ! Et nous allons le jeter à la poubelle et tout reprendre depuis le début.

— Tout ce que nous avons écrit… ?

Désemparée, je montre l'écran. À vrai dire, je ne me sens pas désemparée, mais pleine d'espoir au contraire. Mitzi a l'intention de tout reprendre de zéro ! D'écrire un livre qui soit un bon livre, pas un bric-à-brac de petites histoires et d'anecdotes. Et, pour cela, elle a besoin de moi ! Sensationnel, me dis-je. Je voudrais crier : « C'est génial ! », mais Mitzi est déjà passée en mode travail.

— Nous pourrons certainement utiliser certaines esquisses de ce que nous avons déjà.

Elle court jusqu'à l'étagère et y prend un bloc-notes. La couverture est pâlie par le soleil, il doit être rangé là depuis des mois, sans avoir jamais servi.

— Nous allons procéder de la manière suivante, dit-elle en l'ouvrant. Je prendrai des notes pendant la journée, et le lendemain matin nous mettrons noir sur blanc mes idées. Et, le soir, nous lirons et corrigerons ce texte. C'est-à-dire que tu me le liras à haute voix et que nous éliminerons tout ce qui nous paraîtra sans valeur.

Elle me regarde avec un large sourire, comme s'il s'agissait d'une évidence.

— Le matin, la journée, le soir, dis-je avec étonnement. Et que devient Johann dans l'histoire ? Ne compte-t-il pas t'avoir un peu pour lui ?

— Moi, il m'a, ce bon Johann. Mais il a épousé une écrivaine. Il lui faudra bien s'habituer à ce que je ne passe pas la journée entière assise sous un parasol à siroter un spritz en sa compagnie.

— Tu es… Ah, Mitzi, tu es trop ! dis-je, pleine d'admiration.

— Merci beaucoup, répond-elle, nullement flattée. Allons, assez théorisé. Ne perdons pas de temps. Aujourd'hui, je vois cette femme, Mitzi Hauptmann, avec plus de recul. Je n'aime pas écrire sur moi et ma vie « si extraordinaire ». Je vois Mitzi Hauptmann comme un personnage vivant et déambulant au travers de ce livre. C'est pourquoi il nous faut un autre style, une autre approche, je vais peut-être même changer le nom du personnage principal. Il faudrait par exemple que le nouveau chapitre initial…

Et cela continue ainsi, non pas une heure, ni deux, mais toute la matinée. Midi s'écoule aussi et, quand la chaleur se fait trop forte, Mitzi ferme tout simplement les volets. Nous poursuivons notre travail dans la pénombre. Johann finit par se montrer. Il paraît sentir ce qui se passe dans le cabinet de travail, que quelque chose d'important est en cours, important pour sa femme, pour celle qu'il aime. Il ressort sans piper mot. Peu après, il réapparaît, toujours silencieux et pose devant Mitzi et moi une assiette de pâtes aux pignons de pin rôtis et au basilic. Puis il disparaît. Plus tard – Mitzi a entrepris d'étaler ses pages de notes sur le canapé, puis, quand il n'y a pas de place, sur le plancher –, Johann entre à nouveau dans la pièce et nous sert un expresso bien serré accompagné de quelques biscuits. Pas un instant il ne s'étonne devant le spectacle de Mitzi à quatre pattes au milieu des papiers. Il se contente de poser la tasse de café devant elle, par terre. Il caresse délicatement ses cheveux puis sort en refermant sans un bruit la porte derrière lui.

# 51

— C'est ce qu'il a souhaité, dit Mitzi en émergeant de ses papiers et en me plaçant sous le nez le billet qu'elle recherchait.

Elle a l'air plus fraîche que jamais, les joues roses, les yeux brillant de vie. Elle déborde littéralement d'idées et supporte mal de ne pas encore leur avoir donné forme.

— Mais n'est-ce pas un peu bizarre, une sortie baignade en pareille circonstance ?

— Je trouve l'idée absolument merveilleuse.

— Pour l'anniversaire de la mort de sa femme ?

Bien que toujours aussi perplexe, je prends néanmoins la feuille de papier.

— Cela correspond exactement à Massimo et à Laura, et à la manière dont ils ont vécu ensemble. Ils avaient une telle spontanéité, une telle gaieté. Il y a peu de maisons où l'on ait tant ri.

— Tu as bien connu Laura ? demandé-je en posant la feuille à côté du clavier, prête à recopier le texte.

— Bien sûr, nous étions voisins ! Et maintenant cessons de bavarder pendant le travail, assène-t-elle tout en attrapant son cahier de notes.

Elle s'assied sur le canapé, dévisse le bouchon de son vieux stylo et se met à écrire.

Avec un dernier regard vers la feuille à côté de l'ordinateur, elle dit :

— Je suis certaine qu'il y a des dizaines de fautes. Je t'en prie, aie la gentillesse de les corriger sans me mettre chaque fois le nez dans mon caca.

Je tape les premières phrases et ne peux qu'admirer le style clair et sans compromis qu'a adopté Mitzi depuis que nous avons tout repris de zéro. Elle a cessé de raconter son histoire sur le ton du bavardage. L'écrivaine est de retour ! Tout est parfait dans son texte, pas un mot de trop et, quant aux fautes de grammaire et d'orthographe, je suis là.

— Et quel jour cette sortie à la mer est-elle censée avoir lieu ? demandé-je quand j'ai fini de recopier la note.

— Vendredi, murmure-t-elle, mais elle n'est plus du tout là.

Mitzi est dans son monde, dans son histoire.

# 52

— Brou, qu'elle est froide ! s'exclame Mitzi.

Debout dans l'eau, elle grelotte dans son maillot de bain démodé, décoré de marguerites cousues et qui lui descend jusqu'aux genoux.

— Tu n'as qu'à plonger ! Plus que quelques mètres, allez, viens ! l'encourage Johann qui nage déjà à petite distance de la plage et fait signe à sa femme.

— Ne me mets pas la pression, proteste Mitzi sans bouger d'un millimètre. Il y a plus de dix ans que je n'avais plus mis les pieds dans l'eau. Il faut bien que je commence à m'habituer !

— Mais pourquoi, au fait ? demandé-je. Tu habites au bord de la mer et tu laisses la place aux touristes ?

— L'eau est froide à Capri, répond-elle. Plus froide qu'on ne le croit dans un premier temps. Cela vient de ce que l'île est au beau milieu du golfe de Naples et qu'elle est privée de la chaleur du continent. Et de plus, il y a peu de plages d'accès facile.

— Oui, oui, assez de baratin ! crie Johann qui s'est encore éloigné. Tu vas entrer dans l'eau, sinon je sors et je t'arrose !

— Garde-t'en bien ! répond Mitzi qui avance d'un pas timide dans l'eau. Hou là là… mais c'est glacial !

— Tu fais des chichis comme si nous étions dans l'Alaska ! rigole Johann.

Je ris moi aussi.

— Et toi, pourquoi tu ne vas pas à l'eau ? me lance alors Mitzi.

— Par politesse, je te laissais la priorité. Mais, d'accord, si tu préfères…

Sans mettre mon bonnet de bain, je plonge du rocher qui m'a servi de poste d'observation. Je garde les yeux ouverts afin de ne pas heurter un obstacle éventuel, puis j'émerge. L'eau est effectivement assez froide.

— Elle est bonne ! crié-je à Mitzi. Une fois que tu seras dedans, tu la trouveras chaude.

Je sens des picotements dans tout mon corps, dans mes bras et mes jambes. J'ai le cœur qui cogne, de peur, de joie. Je nage en direction de Johann.

— Je vois arriver Massimo et les enfants ! crie Mitzi qui, ainsi, esquive une nouvelle fois l'épreuve du bain.

Nous faisons, tous les trois, signe à la famille. On a d'abord l'impression que Massimo, Gianni, Luisa et les petits, après avoir jeté leurs habits dans le sable, vont immédiatement se jeter à l'eau. Mais, quand ils ont fini de se déshabiller, il se produit quelque chose de singulier, quelque chose de singulièrement beau. Massimo sort de son sac de plage un objet enveloppé dans du tissu et le porte jusqu'à l'un des rochers qui émergent de l'eau. Puis, tirant sur le tissu, il dévoile une grande photo encadrée de sa femme défunte. Il l'installe face à la mer, reste immobile quelques secondes face à elle. Enfin, il l'embrasse et s'éloigne du rocher. Les autres membres de la famille s'approchent alors tour à tour pour rendre hommage à Laura le jour anniversaire de sa mort. Les petits-enfants ferment la marche. Je n'avais encore jamais vu un mort s'animer ainsi devant le flux et le reflux. On dirait que le cadre de la photo est un balcon d'où Laura regarde ses enfants et petits-enfants s'ébattre dans l'eau.

Car c'est à présent l'heure du bain ! Carlo, Roberto et Lorenzo entrent dans l'eau en criant, entraînant leur grand-père. À peine se sont-ils complètement immergés qu'ils entreprennent d'asperger Massimo. Des gouttes d'eau scintillent au soleil, le vieil homme rit et se défend, mais en vain : les monstres marins ne cessent de le plonger tout entier dans l'eau, se tordant de rire chaque fois que sa tête émerge et qu'il s'ébroue.

Et voilà qu'enfin Mitzi en personne cesse de se faire prier. Elle avance d'un pas hardi cette fois, rentre le ventre, soulève les épaules et se plonge jusqu'au cou dans l'eau glacée. Un instant, elle paraît effrayée, indignée, puis elle se met à nager, se dirigeant à brassées énergiques vers Johann. Quand elle le rejoint, elle se cramponne à lui en riant tandis qu'il la couvre de baisers mouillés et froids. Ils se tiennent à bras-le-corps comme deux adolescents. L'eau froide ? Oubliée !

Et moi ? Je vogue au gré des vagues tout en scrutant la rive, les chemins et les escaliers qui mènent à la plage. Massimo a choisi celle de Marina Piccola, parce que nous nous réunirons, dans la soirée, autour d'un grand repas au Mare Piccolo, en l'honneur de Laura. Le choix n'était de toute façon pas très grand, car il n'y a que deux ou trois autres plages convenables à Capri. Rareté au demeurant sans gravité, la plupart des touristes ne prévoyant, dans l'organisation de leur séjour, que peu de temps pour la baignade et les habitants de l'île préférant contempler la mer plutôt que de s'y risquer.

Je sais pertinemment ce que je cherche du regard. Mais n'est-ce pas puéril en réalité ? Luca travaille. Il est certes au courant de la fête d'aujourd'hui, mais il a annoncé qu'il ne viendrait ici que dans la soirée. Un policier ne peut se libérer uniquement pour se livrer au *dolce farniente*.

D'un seul coup, deux petites mains froides m'attrapent par les épaules. C'est Lorenzo qui, sans bruit, s'est approché de moi par-derrière et cherche à m'enfoncer dans l'eau.

— Arrête ! lui crié-je en me débattant.

Mais Lorenzo se contente d'éclater de rire, encouragé par son grand frère qui lui vient en aide. Soufflant et reniflant, je repousse leur attaque, mais ils ne lâchent pas prise avant de m'avoir plongé la tête dans l'eau. Un bref instant, affolée, je ne sais plus où je suis.

— Au secours ! crié-je dès que je me retrouve à l'air libre.

Mes protestations ont encore le ton de la plaisanterie, même si je commence à en avoir assez. Je perds le souffle, je gigote, je renifle et je crache.

— Ça suffit comme ça ! intime soudain une voix impérieuse.

Je n'arrive pas à voir d'où elle vient, car l'eau salée me brûle les yeux. Mais en tout cas, elle suffit à dissuader mes enquiquineurs de poursuivre leur petit jeu. Que s'est-il passé ?

— Quand quelqu'un crie « au secours », il faut arrêter la plaisanterie, continue la voix. Vous ne saviez pas ça ?

La voix m'est familière et, peu à peu, je devine d'où elle me parvient. Clignant des yeux, j'aperçois alors le bateau de la police qui s'est approché sans qu'on le remarque et qui oscille légèrement non loin de moi. Luca s'y tient, jambes largement écartées, arborant son air de flic le plus rébarbatif.

— Disparaissez, lance-t-il d'une voix sévère. Sinon, j'en toucherai deux mots à vos parents.

Les gamins roulent de grands yeux et s'éloignent en faisant gicler l'eau autour d'eux, Lorenzo ne se privant pas d'émettre à notre intention de bruyants baisers.

— Je peux aussi vous mettre en état d'arrestation ! leur crie Luca, ne s'attirant que des éclats de rire. Il n'y a plus de respect, grommelle-t-il en hochant la tête.

Puis il s'intéresse de nouveau à moi et me tend la main. Mon cœur bondit de joie : Luca est de service et il en a profité pour venir me voir ! Mais je n'en laisse rien voir. Je lui souris simplement avec tendresse en écartant de mon visage les mèches dégoulinantes d'eau.

— Mais qu'est-ce que tu fais ici ? demandé-je d'un air faussement innocent.

— On fait un petit tour de bateau ?

Je regarde autour de moi : tout le monde, dans l'eau ou sur terre, m'observe : Mitzi et Johann, la famille de Massimo, les enfants sur la plage, les touristes en short de bain et en bikini.

— Avec plaisir, dis-je en saisissant enfin sa main des deux miennes – tôt ou tard, il faudra bien que je m'habitue à ce qu'un homme en uniforme attire les regards sur nous.

Mitzi croit en effet qu'il lui faudra encore plusieurs mois pour achever de rédiger le livre et, jusque-là, elle aura besoin de moi. Qu'adviendra-t-il ensuite ? On verra bien. Nous ne pouvons, ni Luca ni moi, attendre de le savoir.

Mon sauveteur et son bateau penchent de mon côté puis se redressent quand je prends appui des pieds sur le rebord du bateau puis que Luca, d'une traction énergique, me fait passer par-dessus le bastingage.

— Tu n'es donc pas de service ? demandé-je une fois à bord.

— Je patrouille dans les baies et les criques, répond Luca, une lueur espiègle dans les yeux.

— Et donc tu as besoin de moi ?

— Absolument !

# 53

L'eau de la crique vers laquelle Luca met le cap est d'un tel bleu azur qu'elle en paraît irréelle. Sans parler de l'île qui se dresse au-dessus de nous ! Des falaises hautes de plusieurs centaines de mètres, presque blanches, quelques mouettes qui tournoient au-dessus de nos têtes et crient, comme furieuses de ne plus être seules en ce lieu. Au loin – à cinquante kilomètres si ma mémoire est exacte – apparaît le phare de Punta Carena, dominant la mer qui l'entoure avec autant de superbe qu'un roi victorieux d'une partie d'échecs.

— Est-ce que nous n'étions pas là-haut, l'autre jour ? demandé-je en montrant la minuscule rambarde que j'aperçois, au loin, accrochée au bord de la falaise.

— Exact. C'était notre première fois.

Luca n'en dit pas plus, parce qu'il est intelligent, qu'il n'entend pas détruire par des mots le mystère qui nous entoure. Parce qu'il me connaît aussi. Parce qu'il est un homme qui me touche au plus profond de moi-même, parce que ce Luca est mon homme.

Je lève la tête, je contemple le ciel, les falaises, les mouettes, puis, lentement, je me laisse retomber en arrière et je reste allongée là, incapable d'imaginer rien qui soit plus beau, rien qui puisse me rendre plus heureuse.

— Ici, en bas, c'est tout aussi beau, dis-je.

— Ici, en bas, c'est plus beau encore, dit-il en se penchant sur moi.

Il m'embrasse, geste devenu désormais familier mais qui, ici, sur ce bateau, me paraît étrange et inhabituel : j'ai encore la peau humide, les cheveux froids et mouillés et le soleil ne parvient qu'avec peine à redonner un peu de chaleur à mon corps engourdi. Il y a quelques minutes, je grelottais, mais, dès que nous avons été hors de vue de Marina Piccola, Luca m'a persuadée d'enlever mon maillot de bain trempé et de le faire sécher. Il l'a exposé au soleil sur le gouvernail et m'a donné une serviette moelleuse dont je me suis frileusement enveloppée. Les baisers de Luca sont, eux aussi, doux, chauds et ardents.

— On retourne à l'eau ? demande-t-il au bout d'un petit moment.

— Je croyais que tu étais de service ?

— As-tu l'intention de me dénoncer ?

Il déboutonne sa chemise d'uniforme, geste toujours aussi troublant et sexy, au point que je me demande si je m'y habituerai un jour. Il la jette négligemment sur le banc, déboutonne maintenant son pantalon dont il se débarrasse également. Puis, d'un mouvement lascif des hanches, il fait glisser son slip.

— Et toi, alors ? demande-t-il, hilare.

— Puisque tu me le demandes si expressément, répliqué-je.

Un instant, une éternité : le corps bruni de Luca et ses fesses plus claires glissant dans le bleu de la mer, soulevant une gerbe d'éclaboussures scintillantes. Son visage qui réapparaît, ruisselant, rieur, heureux. Luca qui crie : « Eh bien, vas-y ! » et me fait signe de la main, rayonnant. Je laisse tomber ma serviette de bain, je me mets debout sur le bord du bateau qui danse au gré des vagues, puis je plonge.

Mon corps refroidi trouve l'eau presque chaude. J'ai l'impression que la mer m'accueille, m'enveloppe de mille mains. Je nage pour rejoindre Luca qui, lui aussi, se dirige vigoureusement dans ma direction. Je sens ses mains qui me saisissent d'un geste familier – familier et pourtant excitant. Je me mets sur le dos, je fais la planche, je sens ses bras sous moi, je sens l'eau qui me porte et lui qui me protège. On ne voit plus de mouettes dans le ciel à présent, on ne voit rien, sinon la boule solaire à l'éclat insoutenable. L'eau au-dessous de moi est fraîche et claire, mais les rayons du soleil me réchauffent.

— Tu es si jolie, dit Luca à voix basse, mais suffisamment fort pour que ces quatre mots me pénètrent tout entière.

« Tu es si jolie » – quand ai-je entendu quelqu'un me dire cela pour la dernière fois ? Ai-je d'ailleurs jamais entendu ces mots ?

— Tu trouves ? demandé-je, prise d'un léger doute.

— Tu ne le sens pas ?

Il ne me soutient maintenant plus que d'une main placée sous mon dos. En clapotant, la mer baigne mes épaules, mon ventre et mes cuisses qui, réchauffés par le soleil, se balancent sous la houle.

De son autre main, Luca monte le long de mon ventre qui se soulève et descend au rythme de ma respiration et dont les muscles se contractent avec douceur dans l'eau. Je me mets soudain à penser : au fait, rien ne me manque, non ? Mon corps obéit à la moindre de mes volontés : il respire, me nourrit et me maintient en vie. Il me porte, que ce soit sur l'eau ou sur terre. Il me permet même d'aimer. Il sera mon ami tant que je ne réclamerai de lui pas plus que ce qu'il est en mesure de me donner.

La main de Luca remonte maintenant, caresse ma taille, mes côtes et atteint mes seins ramollis, dont les pointes se replient, petites et dures, sous l'effet de l'eau froide.

— Nous devrions les réchauffer, chuchote-t-il en les recouvrant du plat de la main comme d'une couverture.

— Peut-être, oui, admets-je tout bas.

D'un seul coup, je me sens effectivement jolie, dans le sens où je me sens bien dans ma peau, où j'accepte mon corps imparfait.

Il est étrange de constater combien notre regard sur les choses peut varier, comment la déception peut se muer en bienveillance, comment on peut se mettre à aimer certaines choses, bien qu'elles soient telles qu'elles sont, et peut-être même parce qu'elles sont telles qu'elles sont.

— Bon, suis-moi.

Nous regagnons le bateau. Cette fois je ne suis pas obligée d'attendre que le soleil m'ait réchauffée : nos lèvres qui se joignent, nos peaux qui se touchent et ses baisers sur mon corps ont tôt fait de rendre sa chaleur à ce dernier. Le bateau roule à présent avec plus d'ampleur et je trouve on ne peut plus naturel d'y être allongée à côté de Luca, sous Luca.

Quand, plus tard, beaucoup plus tard, nous mettons le moteur en marche et volons au-dessus des vagues en direction de Marina Piccola où ce bon Luigi est en train de servir ses fameuses entrées, je sais soudain que je n'ai en réalité besoin dans la vie que de mes amis, de la mer d'un bleu d'azur, d'un verre de *Greco di Tufo* et de quelques délicieux *antipasti*. Et de Luca bien entendu.

Les grandes vérités ont toujours l'apparence de la banalité. Oui, et plus elles sont grandes, plus elles semblent banales. Parfois même, elles le sont tellement que les larmes vous montent presque aux yeux tant elles sont vraies. Quel grand penseur, déjà, a exprimé cela avant moi ? Peu importe, car il a raison : la vie est belle.

CHEZ LE MÊME ÉDITEUR

**EMMA STERNBERG**
**CINQ AMI(E)S AU SOLEIL**
Traduction : Jean-Marie Argelès, Laurence Richard

**Un amour perdu… cinq amis trouvés !**

Juste après avoir surpris son fiancé dans les bras d'une autre, Linn apprend que sa lointaine tante Dorothy lui a légué une maison dans les Hamptons, station balnéaire ultrachic au nord de New York.

Ni une ni deux ! Linn traverse l'Atlantique pour prendre possession de la vaste demeure. Mais, surprise !, elle est encore habitée par les colocataires de tante Dorothy, cinq seniors un rien loufoques.

Adoptée par cette communauté atypique, Linn se laisse charmer par leur philosophie et reprend doucement goût a l'existence. Elle qui etait décidée à vendre la maison pour empocher l'héritage se met à douter.

D'autant que Ted, le fils d'une de ses nouvelles amies, ne la laisse pas indifférente…

« Un roman qui va vous offrir
une véritable déconnexion… »
*20 Minutes*

EAN 9782377352937 / 8,95 €

**PETRA HÜLSMANN**
**DES PAPILLONS DANS LE CŒUR**
Traduction : Anne-Judith Descombey

## Un cœur à prendre

À une semaine de leur mariage, Simon annonce à Lena qu'il est tombé raide dingue d'une autre. Pour couronner le tout, Lena est virée après une énorme bourde et se retrouve sans rien, obligée de camper chez son frère…

La jeune femme aimerait reprendre sa vie en main, mais rien ne se passe comme prévu. Elle qui espérait entrer dans une agence de relations publiques se retrouve à aider Otto, un vieux libraire bougon.

Lena n'est pas du genre à faire tourner la tête des hommes. Pourtant, ils sont plusieurs à papillonner autour d'elle et à lui vouloir du bien… En apparence, du moins.

Avec ce premier roman, Petra Hülsmann signe une comédie romantique pétillante.

« Une belle histoire d'amour pleine
de chaleur et d'humour. »
*Le Tarn Libre*

EAN 9782377352999 / 8,95 €

**PETRA HÜLSMANN**
**UN PETIT GRAIN DE SABLE**
Traduction : Penny Lewis

## La vie n'est pas un long fleuve tranquille

Sans être maniaque, Isa, 27 ans, a une vie bien réglée. Voilà onze ans qu'elle travaille chez la même fleuriste, déjeune chaque midi dans le même restaurant vietnamien et regarde chaque soir un épisode de son feuilleton préféré.

Mais un petit grain de sable vient enrayer la belle mécanique… M. Lee a fermé boutique et le resto bobo branchouille qui a ouvert à la place ne sert pas de soupes de nouilles !

Le premier réflexe d'Isa est de prendre en grippe son nouveau voisin. Quel type prétentieux, ce Jens, et arrogant ! Mais n'est-il pas aussi terriblement séduisant ? Et célibataire…

Avec ce deuxième roman, Petra Hülsmann signe une comédie romantique piquante. Une explosion de saveurs.

« Le roman idéal pour rire et s'évader. »
*People*

EAN 9782377354689 / 8,95 €

*Cet ouvrage a été composé*
*par Atlant'Communication au Bernard (Vendée)*

*Impression réalisée par*
*CPI France*
*en avril 2020*
*pour le compte des Éditions Archipoche*

*Imprimé en France*
N° d'édition : 620
N° d'impression : 3039020
Dépôt légal : mai 2020